講談社文庫

半沢直樹　アルルカンと道化師

池井戸　潤

講談社

目次

主な登場人物

半沢直樹（はんざわなおき）　東京中央銀行　大阪西支店　融資課長

浅野匡（あさのただす）　同　大阪西支店　支店長

江島浩（えじまひろし）　同　大阪西支店　副支店長

中西英治（なかにしえいじ）　同　大阪西支店　融資課行員

宝田信介（たからだしんすけ）　同　業務統括部長

和泉康二（いずみこうじ）　同　大阪営業本部　副部長

伴野篤（ばんのあつし）　同　大阪営業本部　調査役

渡真利忍（とまりしのぶ）　同　融資部企画グループ　調査役

仙波友之（せんばともゆき）　仙波工藝社　社長

堂島政子（どうじままさこ）　友之の伯母

本居竹清（もとおりたけきよ）　立売堀製鉄　会長

仁科譲（にしなじょう）　画家

佐伯陽彦（さえきはるひこ）　仁科譲の友人

半沢直樹　アルルカンと道化師

第一章　アルルカンの部屋

1

東京中央銀行大阪西支店は、大阪市内を南北に貫く四ツ橋筋と東西を走る中央大通りが交差する一等地にある。

午前八時半。いまその銀行ビルの屋上に、支店に勤務する行員全員が集まっていた。月初めの恒例行事、稲荷(いなり)参拝のためである。

周りに目を転ずれば、東京から来た者なら誰でも屋上に赤い社(やしろ)を構えているビルの多いことに驚かされるだろう。毎月、こうして行員たちが屋上に集ってお参りをするのは大阪西支店の、いや大阪ならではの慣習なのだ。

社の名は、東京中央稲荷という。どうせ銀行の総務部あたりがつけた罰当たりな名称だろうが、格式は高い。地元の大社、由緒ある土佐稲荷神社の分祀(ぶんし)だからである。いまは、二十一世紀になって間もない頃。

九月であった。

屋上から見下ろす大阪市内は残暑の厳しい日射しに溢(あふ)れ、九月の声を聞いても、油照りの日々はいつ終わるとも知れず続いている。

「ああ、支店長。お待ちしておりました。どうぞ——」

ひと足遅れて屋上に現れた浅野匡(あさのただす)の姿を見つけると、副支店長の江島浩(えじまひろし)が揉(も)み手(で)で駆け寄って行った。

ヤクザまがいのパンチパーマがトレードマークの江島は、取引先を訪ねると守衛に止められるほどのコワモテである。いまその面(つら)を愛想笑いで埋め、眉をハの字にしている様は、コワモテというより面妖としかいいようがない。

副支店長の丁重な出迎えを当然のごとく受けた浅野は、長く人事畑を歩んだ〝本部官僚〟で、抜き難いエリート意識の持ち主だ。

浅野にとって支店勤務の行員など武家社会における百姓同然、見下して当然の相手である。

その浅野は、着任して三ヵ月。この参拝には遅れてくるのを常としていた。主役は最後に登場するものだと主張したいのだろうが、部下の行員の中に浅野を好いているものなど、おそらく誰ひとりとしていないだろう。副支店長の江島だって、面従腹背、腹の中ではどう思っているか知れたものではなかった。

「ささっ、こちらへ」

人垣を割って小さな社の前に浅野を誘導した江島は、融資課長の半沢直樹を振り向いて愛想笑いを引っ込めると、不機嫌な声を出した。

「おい、半沢課長。どうして全員を整列させてないんだ。君の仕事だろう」

「私の仕事ですか」

そんな仕事は聞いたことがない。だがいちいち反論するのも面倒なので、半沢は周囲の行員たちに、「おい」、と一声かけて自分も浅野の後ろについた。

声にならない返事があり、ぞろぞろと行員たちが半沢の背後に並び始める。

「支店長、お願いします」

それを見届けた江島の声がけで、しかめっ面の浅野が一歩、前に進み出た。と

――、

「あっ」

ズボンのポケットを探り出したところを見ると、賽銭を忘れたらしい。

「支店長どうぞ」

即座に江島が自分の小銭入れから差し出した百円玉を「うむ」という礼とも思えないひと言で受け取って賽銭箱に投じると、垂れ下がった紐(ひも)を引いて鈴を鳴らす。浅野が恭(うやうや)しく二礼したところで、何かを期待するような小さな笑いが聞こえた。

両手を大きく広げて、二拍。行員の間で〝不知火型(しらぬいがた)〟と笑われている浅野独特の動きである。誰かが噴き出した。畏(かしこ)まった一礼を終えて振り返った浅野は仏頂面だが、笑われたことに腹を立てたのではない。浅野が不機嫌なのは、大阪西支店長というポストが気にくわないからだ。

眉を顰(ひそ)め、憎々しげな視線を浪速(なにわ)の空へ向けているのは、ここは自分のようなものが来るところではない、という無念の現れである。

往生際の悪い男だと、半沢は思った。

銀行員が辞令一枚で異動するのは当たり前である。そして与えられた場所には理由がある。同じように、審査部調査役として辣腕(らつわん)を揮(ふる)っていた半沢がこの店に来たのにもやはり理由があった。行内の実力者である宝田信介(たからだしんすけ)とことある毎(ごと)に対立し、多くの場合、徹底的に論破したからだ。

メンツを潰された宝田は激怒し、人事部にかけあって半沢をどこかの僻地(へきち)へ飛ばせと圧力をかけた。ところが人事部長の杉田はそれを一蹴し、ほとぼりが冷めるまで〝安全地帯〟である大阪西支店に異動させたのである。

くるりと背を向けた浅野が、半沢の前でつと足を止めた。

「後で支店長室」

そう言い残し、部下たちを置いてさっさと屋上から姿を消していく。

「なんでしょうね」

半沢の隣で、課長代理の南田努が耳打ちした。南田は長く支店を歩いているベテラン融資マンで、半沢のふたつ年長である。

「さあな。何かお気に召さないことでもあったか」

浅野はとかく気難しいところのある男であった。そして、部下に厳しく自分に甘い。選民思想に凝り固まった専制君主だ。

浅野の次に社の前へ立った江島が、十円玉を賽銭箱に投げ入れた。

「支店長には百円渡したのに」

誰かが背後で呟くのが半沢の耳に入った。「せこいな」

半沢が大阪に赴任して、ようやくひと月が経つ。この慣習にも、そして大阪弁にもようやく馴染んで、融資課で担当している取引先のことも頭に入ってきた。

浅野は不満らしいが、半沢はこの地が好きであった。大阪には人情があるし、食いものも旨い。気取ったところもなく、遠慮無い物言いや商売のやりとりは、半沢の性に合っている。

唯一の悩みは、浅野や江島といった上司に恵まれないところだが、これぱかりはどうしようもなかった。

こと銀行という組織では、石を投げれば人でなしに当たる。

そんなものに逐一目くじらを立てていたらキリがないのである。

「いいか半沢。しばらくは大人しくしておけよ」

とは友人の渡真利忍の有難いお言葉だが、言われるまでもなく、そのつもりであった。知に働けば角が立つ世の中だ。イヤな上司だろうと、腹を立てずに受け流すのが、サラリーマンの渡世である。さて――。

お参りを済ませ、部下たちと二階フロアに戻ったとき、浅野は固く閉ざされた支店長室に籠もっていた。ノックをして入室すると、執務用デスクについたまま「こっちにこい」と目で合図を寄越す。

「大阪営本から連絡があった。重要な案件の相談に乗って欲しいそうだ。電話してやってくれ。相手は伴野調査役。伴野君の前場所は業務統括部だ。彼のことは知ってるよな」

大阪営本とは、「大阪営業本部」の略だ。そして伴野篤は、業務統括部長の宝田と激しくやり合ったとき、宝田の下にいた男である。関西に異動になったとは聞いていたが、まさかこんな形で再び名前を聞くとは思わなかった。

一礼した半沢が自席の電話で大阪営本の内線番号にかけると、聞き覚えのある声が出た。

「ああ、半沢君。どうですか、大阪の水は。どうもぼくは今ひとつ馴染めなくてねえ」

伴野は、相変わらず気取った口調でいった。

「水はどうせ水道水だ。さして変わるものか」

「相変わらず口の減らない人だなあ、君は。だから、審査部からそんな場所に都落ちするんだ。もっとしおらしく反省した方がいいんじゃないの？」

「生憎、反省することは何もないんでな。で、なんの用だ」

半沢が問うと、

「実はひとつＭ＆Ａの話がある」

意外な用向きを、伴野は切り出した。

「Ｍ＆Ａ？」

企業売買のことである。

「大阪西支店の取引先を買収できないか、という話があってね。できれば、ぼくが直接出向いて相手に説明したいんだけど、その際、御支店もご同行願えないだろうか」

御支店は、ごしてん、と読む。東京中央銀行特有の変形敬語だ。

「ウチの取引先？　どこだ」

「仙波（せんば）工藝社（こうげいしゃ）」

売上げ五十億円程度の出版社であった。百年近く続く出版社で、現社長は創業者から三代目になる仙波友之（ともゆき）。四十歳そこそこの、若手経営者といっていいだろう。大阪でここまでの規模の出版社は、そうない。

「買い手は？」

「それは今はいえない。情報が洩（も）れると困るから」

「オレから洩れるとでも思うのか」

ふざけたことをいう奴だ、と半沢は腹を立てた。「子供の使いじゃあるまいし、買い手がどこかもわからないのに取り次げるか」

「じゃあ、浅野支店長に直接頼むからいいですよ。浅野さんは、どこが買い手かなんて、野暮なことはきかないだろうし」

半沢は、小さく舌打ちした。面倒くさいことをいう奴である。

「アポを取ればいいのか」

「ぜひ、お願いします」

そういうと伴野は自分の都合のいい日時をさっさと三つほど挙げた。「先方には耳寄りな経営情報があるとでもいっていただけると幸いです」

なにが幸いだ。半沢は、こういう気取った輩が嫌いであった。

「後でかけ直す」

そういって受話器を置いた半沢は、

「中西君」

融資部の最若手で、仙波工藝社の担当者を呼んで事情を説明すると、面談のセッティングを命じた。

「M&A、ですか」

「相手はわからない。仙波社長が会社を売るとは思えないが、なにせ――支店長からじきじきの指示だ」

中西英治は、支店長ときいて少し肩をすくめてみせた。

2

仙波工藝社は、大阪市西区のオフィス街に、洒落た煉瓦造りの本社屋を構えていた。

古いが重厚な造りで、地上五階地下一階。美術系の出版社である同社は、看板の芸術専門誌「ベル・エポック」を筆頭に、建築やデザインの専門誌を発刊する他、美術館などでの特別展示会、さらに各種イベントを企画するなど、広く芸術分野とその周辺事業に根ざした業態が特徴だ。

とはいえ、出版不況のご多分に洩れず、本業は看板雑誌の「ベル・エポック」を除いて軒並み赤字。むしろ同社の業績を牽引し、赤字を穴埋めしているのは企画部門であった。

いま、その仙波工藝社五階にある社長室に、半沢はいた。

壁にかかった「アルルカン」が印象的な部屋である。

ひと目で誰の作品かわかる特徴的な筆致。コンテンポラリー・アートの巨匠、仁科譲のリトグラフだ。

ちなみにアルルカンとは、ピエロとともに伝統的なイタリア喜劇に登場する人気のキャラクターである。ずる賢いアルルカンと純粋なピエロの対比は、画家たちが好んで取り上げるテーマのひとつになっている。

以前、仙波友之から聞いたところによると、仁科はアルルカンとピエロを同時に描くことが多かったらしいが、この絵はアルルカンのみを描いているところが珍しいのだという。

「要するに、この絵を見ているあんたがピエロや、とでもいいたいんちゃうか」

というのが、そのときの友之評。友之らしく冗談めかして、少々自虐的であった。

さて、その社長室のソファに半沢は、大阪営業本部調査役の伴野と並んでかけていた。先ほど、十五分ほど前に大阪西支店に現れた伴野を連れ、ここまでは歩いてきた。仙波工藝社は支店から徒歩五分という至近である。その伴野の隣で、いまひとつ浮かない表情を浮かべているのは担当者の中西だ。

「お忙しい中、ありがとうございます」

どこか皮肉めいたアルルカンに見下ろされながら、
名刺交換を終えた伴野が、恭しく切り出した。「本日は折り入ってお伺いしたいことがございまして、お時間を頂戴しました」

「わざわざ、大阪の本部からですか。それはどうも」

伴野が差し出した名刺をテーブルに置きながら、社長の仙波友之が恐縮したようにいった。とはいえ、用向きがわからないままだから、友之も、隣にいる妹のハルもどこか身構えている。

友之と五歳違いのハルは、東京の私立大学で美学美術史を専攻した後にフランスに留学し、そのまま現地の美術館で実績を積んだ経歴の持ち主だ。その後、それまで会社を手伝っていた母親の死をきっかけに帰国して家業に戻ると、専門分野の知識と人脈を活かした企画部門を立ち上げ、収益の柱に育て上げたやり手である。

「御社は歴史ある出版社で、美術界では一目置かれる権威であると伺っています。ただ、小耳に挟んだところでは、ここのところ若干、業績の方は苦戦されているようで」

取引先の経営状況については、銀行のデータベースに記録されている。事前にそれを調べただろうから、伴野は仙波工藝社の実態を詳細に把握しているに違いなかった。

「今後資金需要など発生するでしょうが、業績が悪化すれば融資も難しくなってきます。仙波社長も、資金繰りには頭を悩ませておられることと推察いたしますが、いかがでしょうか」

「まあ、そうですね」

友之が曖昧にこたえた。伴野の話がどこへ向かおうとするのか、まったく見えないに違いない。

「そこで、本日はひとつ抜本的な解決策をお持ちいたしました。それが実現するかどうかは、仙波社長の気持ち次第です」

というと、伴野は本題を切り出した。「率直にお伺いします、仙波社長。御社を売却されるおつもりはありませんか」

突拍子もないひと言に、友之が目をぱちくりさせた。ハルは、口を半ば開いたまま、言葉を失っている。

「いやいや、驚かれるのは無理もありません」

伴野は顔の前で手をひらひらさせて、愛想笑いを浮かべた。「ですが社長、考えてみてください。これからの出版業界はジリ貧です。こういう経営判断も選択肢のひとつとして有ると、そう思われませんか」

困った友之は、「いやあ、まったくそんなこと考えてもみませんでした」、と頭に手を乗せていった。「なあ」

相づちを求められたハルの方は、驚きを通り越して、呆れ顔だ。さっぱりした性格らしく、「ないわあ」、そんな言葉が口をついて出る。

伴野の愛想笑いが、すっと萎んでいく。

「しかし、資金繰りはいかがですか？　他の資本の傘下に入れば安定しますよ」

「ずいぶん簡単におっしゃいますね」

足元を見た伴野の言い草に、友之は軽い苛立ちを滲ませた。「ウチはまもなく百周年を迎える老舗ですよ。そんな簡単に売れますかいな。いったい、どこなんです。ウチを欲しいなんていう会社は」

「それは、秘密保持契約書にサインしていただかないと」

「なら結構ですわ。いりません」

友之が顔の前でひらひら手を動かし、伴野の目から表情が抜け落ちた。

口調は慇懃でも、伴野の本性は、銀行至上主義だ。取引先に文句は言わせない、という優越的思考が骨の髄まで染みついている。

「このままでいいのかなあ、社長」

ふいに伴野はなれなれしい口調になった。「銀行が常に融資できるとは限りませんよ。こういう話だって、いつもあると思ったら大間違いです。困ったことになる前に検討されるべきだと思いますけどね」

脅しめいたひと言である。

「なんや、ちょっと業績が悪くなったら、もう融資してくれんのかいな。どうなんや、半沢さん」

友之に問われ、「そんなことはありません」、半沢は慌てていった。

「伴野も少々言葉が過ぎたようです。申し訳ありません」

だが、頭を下げたのは半沢と中西だけで、当の伴野は見下すような目を友之に向けたままであった。

「社長、悪いことはいいませんから、この話、前向きに検討していただけませんか」

「もういいだろう」

半沢が制したが、

「出版業界の将来は明るくありません」

伴野は無視して続けた。「これからの出版社経営は確実に体力勝負になっていきます。それだけのものが御社にありますか」

「体力がないから売れと、そういうことですか」ハルはむっとした口調である。

「いえいえ、これも経営判断だということです」

伴野は取り繕う。「お二人ともまだ若い。売ればかなりの資金が手元に残ります。それを元手にしてもっと有望なジャンルに投資をすることができるじゃないですか」

「仕事っていうのは、金儲けのためだけにやるもんやないで、伴野さん」

友之が、諭すようにいった。「我々は、芸術という分野で社会的な意義を背負ってる。いうならば老舗出版社のプライドや」

「それなら余計に、安全確実な資本の傘下に入るべきです」

懲りる様子もなく、伴野は続ける。「企画部門だって、現状に止まっていては勿体ない」

「そうですか。私の力不足でえらいすんまへん」

ハルの嫌みに、

「そうはいってません」

へらへらとした愛想笑いを浮かべた伴野は、言葉とは裏腹な眼差しをハルに向けた。「ですが、経営には経営のプロがいます。どちらが発展するでしょうか」

「失礼じゃないですか、伴野さん。ハルさんは、ゼロから企画部門を立ち上げて、社業を支えていらっしゃるんですよ」

「私は、仙波工藝社さんのために申し上げてるんだ」

口を挟んだ中西を、伴野は怖い顔で睨み付けた。「どうも、わかっておられないようなので」

「もうよせ」

半沢が制した。「仙波工藝社さんは、会社を売買するようなステージにはないし、望んでもいない。ゴリ押しするような話でもないだろう」

「支店の担当者は、会社の事情を一番わかってなきゃいけないんですがねえ」

皮肉な口調で、伴野は返す。「言いにくいことでも、会社の発展のためなら、敢えて口にすべきだと思うけどなあ」

最後に友之を振り返ると、伴野はいった。「今日のところは挨拶代わりということで、このへんで失礼させていただきます。すぐに結論を出さなくて結構ですので、よく検討してみてください」

面談を終えた伴野は、会社の前でやってきたタクシーに乗り込み、さっさと引き上げていく。

「なんなんですか、あれ」

中西が呆れていった。「よくあんな脅迫じみたことといいますね」

「言語道断だな。あいつは取引先のことを商売の道具としか思ってない」

半沢は切り捨てた。「どうせ、ボーナスポイントを稼ごうっていう腹だろう」

この四月から、東京中央銀行は、Ｍ＆Ａ、つまり企業売買を成立させた本支店に、業績考課上のボーナスポイントを加える制度を新たに導入していた。特大のポイントは、銀行がいかにＭ＆Ａ業務を重要視しているかの裏返しでもある。

「そのために、取引先の意向は無視ですか」

中西は目を怒らせ、いまは見えなくなってしまったタクシーの方を睨み付けている。「しかし、仙波さんたちに悪いことしましたね。友之社長もハルさんも、相当むっとしてましたよ」

「売る気がないことは伴野にもわかっただろうよ」

「このまま立ち消えですかね」

頷（うなず）いた半沢だったが、この話が思いがけない形で再燃したのは、その翌日のことであった。

「半沢課長。ちょっと」

外出から戻った半沢が、不機嫌そうな浅野から呼ばれたのは、ちょうど昼過ぎのことだ。浅野は感情がすぐに顔に出る男である。

「君、仙波工藝社の買収話、随分と消極的だそうじゃないか」

支店長のデスクの前に立つと、浅野はいった。「大阪営本の伴野君が、わざわざ取引先を訪問してまで進めようとしているのに、一体その態度はなんだ」

おそらく、伴野が裏から手を回して「いいつけた」のだろう。

「仙波社長は売却に興味がありません」

半沢はこたえた。「強引に進めるというのはいかがなものかと――」

「興味がないからといって簡単に引き下がるのかね、君は」

浅野は、非難めいた口調でいった。「ボーナスポイントのことは知ってるだろう。買収が纏まれば、ウチにポイントが加算されるんだぞ。これは店の業績に直結する重要な問題なんだ。融資課長のくせに、意識が低いんじゃないか」

「そうだぞ、半沢」

隣の副支店長席から、江島がいった。「反省しろ」

「相手が求めてもいない買収を進めろというんですか」

異を唱えた半沢に、

「仙波工藝社は前期赤字じゃないか」

浅野は、大袈裟に指摘してみせた。「しかも出版業界は縮小の一途と来ている。大阪の、吹けば飛ぶような会社がのうのうと生き残れるほど世の中は甘くないんだよ。仙波社長がどういおうと、この買収が仙波工藝社の存続にとって有益なのは間違いない」

「いや、それは――」

反論しかけた半沢に、「半沢、反省」、また江島がいい、

「支店長、もしナンでしたら、不肖、この江島が説得して参りましょうか」

何を勘違いしたのか、そう申し出た。「仙波工藝社ごときに、文句は言わせません。なにしろこの提案は、仙波工藝社の為を思ってのことですから」

「頼めるか、副支店長」

「もちろんです」

勇ましく頷いた江島は、「君も一緒にきたまえ」、と半沢に命じた。その江島と連れ立って、再び仙波工藝社を訪ねたのは、同日、夕刻のことである。

「それで？　どうなった」

興味津々の体で、渡真利忍が問うた。

融資部企画グループ調査役の渡真利は、半沢と同じ慶應義塾大学の同窓同期で、行

内きっての情報通。銀行組織の津々浦々にまで張り巡らされた人脈の広さは、余人の追随を許さない。

「どうもこうもないさ。とんだ見かけ倒しだ、あの江島という男は」

「しゃ、社長。ウチの営業本部の者が大変に失礼なことを申し上げまして。申し訳ございませんでした」

そういって頭を下げた江島はおどおどして、説得すると大見得を切った自信の欠片もなかった。

「なんや、謝りにきたんかい、副支店長」

「いやいや、本日は是非とも、提案を前向きに検討していただけないかと――」

「またその話かいな。とっくに断ってるやんか。忙しいんやから、頼むで」

「そこを、なんとかなりませんか」

パンチパーマのコワモテで愛想笑いを浮かべながら、江島は眉をハの字にする。

「文句はいわせない」と強弁した態度とは裏腹で、この変容ぶりには半沢も、随行した中西も唖然とするばかりである。挙げ句、

「M&A業務を強化せよとの銀行方針もございまして」

手の内を明かすようなひと言は、完璧な失言であった。

「そんなん、お宅の都合でしょ」

友之に一蹴され、江島の愛想笑いが歪(ゆが)んだ。「そりゃね、定期預金してくれとか、クレジットカードの一枚や二枚作ってくれとか、いままでも散々、つきあってきました。そやけど、お宅の銀行の成績のために会社を売れってなに？　副支店長、本気でおっしゃってるんですか？」

「いや、もちろん、社長のお気持ちはよくよく、存じ上げております。しかしですね――」

「まあわかりました。考えときますわ」

さすがに友之も面倒くさくなったらしい。大阪で考えときます、は体(てい)の良い断り文句である。

ところが、

「考えていただけますか。ありがとうございます、社長」

江島はそれを真に受け、嬉々(きき)として浅野に報告したのであった。

「それで、浅野支店長はなんと」

渡真利が笑いを押し殺し、肩だけを揺すっている。

「それはやんわりとした断り文句だ、大阪に三年もいてそんなことも知らないのかって、叱りつけてたよ」

梅田駅から近い馴染みの和食の店、「ふくわらい」でふたりは呑んでいる。カウンター越しに料理の腕を揮っているのは今年七十になる寡黙な主人だ。老夫婦ふたりと娘ひとりで切り盛りする小さな店であった。

「しかしまあ、伴野も強引だな」

「ああいう連中がいるから、銀行が誤解される」

「まったくだ」

我が意を得たりとばかり頷いた渡真利は、そこで声を潜めた。「実はいま、大阪営本は副部長の和泉さんが音頭を取って、M&Aの一大キャンペーン中だ。実績を積み上げて、岸本頭取に気に入られようとでも思ってるんだろう」

東京中央銀行頭取の岸本真治が、将来に亘る収益の柱として企業買収、つまりM&Aを挙げていることは周知の事実である。こと銀行という組織には、忠犬よろしく、上席の意向には過敏なほどに反応する行員がいるものだが、こいつらは、上席から「右を向け」といわれれば、何の考えもなく一日中だって右を向いている。組織の論理を顧客にまで振りかざし、世の中で銀行が一番エライと勘違いしているのも、こういう目出度い御仁たちである。

「M&Aが将来、収益の柱になるという考えは間違っていないと思う」

半沢はいった。中小零細企業の経営者の高齢化が進んでいるからだ。将来的に、後継者のいない会社による「企業売買」ニーズは、確実に増えるに違いない。そのとき、東京中央銀行のM&A業務はおそらく一大事業分野になるだろう。

「といってもだ――」

半沢は続ける。「岸本さん自身は、実需のない会社にまで売買を働きかけようとは思っていないはずだ」

「おっしゃる通り」

渡真利は頷いた。「ところが、頭取が〝M&Aを将来の目玉にしたい〟といったとたん、言葉がひとり歩きする。業務統括部の宝田さんが真っ先にそれに飛びついた」

半沢の審査部時代、徹底的にやりあった業務統括部は、支店の業務目標を掲げ管理する部門である。

「あの男の設定する目標には、中味がない」

当時と同じ舌鋒で、半沢は切り捨てる。「目標のために目標を立て、結果を支店にフィードバックすることすらしない。支店をバカにしている」

静かにグラスの酒を呑む半沢の目に、怒りが浮かんだ。「あんな奴に旗振りをやらせていては、銀行がダメになる」

収益に結びつくとは思えない無意味な目標設定は宝田の真骨頂だが、そのために数万人の行員たちが本来必要のない業務に振り回され、ムダな残業に駆り出される。宝田ひとりクビにするだけで、銀行の効率は格段に上がるだろうと、半沢は睨（にら）んでいた。

すると、

「その宝田は、大阪営本の和泉さんと同期で親しい。知ってたか」

意外な事実を、渡真利は告げた。同期といっても片や部長、片や副部長。出世では宝田が一歩先を行っていることになる。

「いや」

半沢はひとつ首を横に振ってからきいた。「それで？」

「その和泉と、おたくの浅野さんは同じ大学の先輩後輩の間柄だ。つまり、あの連中は裏でつながっているお友達同士ってところだな」

「なるほど、そういうことか」

半沢は小さく膝（ひざ）を打った。「浅野さんが、えらく大阪営本の肩を持つと思ったんだ」

「和泉さんあたりから、ひと言申し入れがあったんだろう。大事な取引先からの申し入れだからって」

意味ありげな渡真利の言い方に、

「買い手がどこか知ってるのか」

半沢は渡真利を一瞥（いちべつ）する。

大阪営本の伴野は、買収を申し入れてきた会社がどこなのか、結局、口を割らなかった。仙波友之も相手の名前を聞こうとしなかったから、どこの会社が仙波工藝社を買収したがっているのか、知らないままだ。

「お前の話を聞いて、ここに来る前、大阪営本の知り合いにこっそり探りを入れてみた」

「まさか、そこから先は業務上の秘密だなんていうんじゃないだろうな」

疑わしげにいった半沢に、渡真利は顔の前で、まさか、と手を振ってみせる。

「オレは大阪営本の人間じゃないからね。連中に義理立てする筋合いはない」

そういうと、半沢にしか聞こえないよう声を潜めた。「――ジャッカルだ」

「ジャッカル……」

予想外の会社であった。

インターネット関連の新進企業である。仮想ショッピングモールが大ヒットし、あっという間に業容拡大。創業五年で上場を果たし、社長の田沼時矢(たぬまときや)は、いまやスター経営者ともてはやされている。

「そのジャッカルがなんで出版社を？」

両者の間に関連性があるとは思えない。

「さあな。成功した経営者の多くは、出版社を欲しがる傾向があるけどね」

「あの田沼時矢が、意味もなく買収しようとするとは思えないが」

田沼の人となりは、テレビや雑誌のインタヴュー、メーンバンクである東京中央銀行内の噂(うわさ)として半沢の耳にも入ってきている。徹底した合理主義者で、利に敏(さと)い。カネのためなら何でもするが、カネにならないことは一切やらない。そういう男のはずである。

「そんな田沼さんにも趣味がある」

渡真利が意外なことをいった。「実は、絵画のコレクターとしては世界的に知られる存在なんだ。とくに、仁科譲の作品については、圧倒的なコレクションを誇っているだけでなく、仁科と親しく接していたスポンサーだった」

仁科譲と聞いて、半沢が最初に思い浮かべたのは仙波工藝社の社長室にかかった「アルルカン」であった。

仁科譲は、現代アートで大成功を収めた世界的な画家で、その名を一気に高めると同時に生涯のテーマとなったのが、「アルルカンとピエロ」である。ポップなタッチで、絵画というよりマンガのキャラクター風に描かれた絵は、仁科譲の代名詞になった。

さらにその仁科譲の名声を確立し、伝説を不動のものにしたのは三年前の謎めいた死だった。パリのアトリエで、自らの命を絶った動機は不明。謎は謎のまま残り、仁科譲は、よりミステリアスな現代画家のひとりとして孤高の地位を獲得するに至っている。

渡真利は続けた。

「来春、神戸市内で田沼美術館がオープンするが、仁科譲作品はその目玉だ。田沼美術館については、お前も知ってるよな」

渡真利が意味ありげに半沢を見たのにはわけがある。その美術館の建設費用、三百億円を融資したのが当時、大阪営業本部で次長だった宝田信介だったからだ。田沼に食い込んだ宝田は、ジャッカルの主力銀行の座を奪取するばかりか、巨額融資案件を獲得、一躍行内で名を挙げた。その業績をひっさげての業務統括部長への栄転は、同期トップのスピード出世である。

「美術好きであれば、仙波工藝社は欲しいかもな。とくに『ベル・エポック』は魅力的だ」

「権威のある雑誌が特定の個人美術館の傘下に入るのは、どうかと思うが」

反対意見を口にした半沢に、

「そんな機微がわかる御仁かな。あの田沼時矢という男は」

渡真利は首を傾げる。

「わかろうとわかるまいと、仙波さんが拒否してるんだ。それ以上、どうしようもないだろう」

半沢はいった。「出版社が欲しけりゃ、美術系の専門誌を出してるところは他にもある。そもそも、なんで仙波工藝社なんだ。その理由はきいたか」

「きいたけど知らなかった。いってみれば、田沼マジックって奴じゃないの？」

田沼マジック——次々と戦略を成功させてきた田沼の手腕は、そんなふうに評されている。「いずれにせよ、大阪営本は、田沼さんに気に入られようと必死だ。田沼の覚えがめでたければ、今後控えているジャッカルのM&A案件が次々と転がり込んでくるからな。田沼社長は、仙波工藝社の買収に相当意欲を燃やしているらしい。強引な手を打ってくるかも知れないぜ」

ふんと、半沢は鼻を鳴らした。

「田沼だろうとなんだろうと、強引なやり方でくれば断固として戦う。取引先を守るのは支店担当者の務めだからな」

「そのためには支店長との一戦も辞さず、とかいうんじゃないだろうな」

渡真利はふっと吐息を洩らした。「やれやれ。そんなことをやってるうちは、当分、本部には戻ってこられそうにないね」

3

「社長、申し訳ございません。私どもも鋭意交渉したのですが、何ぶん、仙波工藝社に売却の意思がないようでして」

額に浮かんだ汗をハンカチで拭い（ぬぐ）ながら、大阪営業本部副部長の和泉康二（こうじ）は顔をしかめてみせた。その隣には部下の伴野が畏（かしこ）まっている。

ふたりがいるのは、梅田駅にほど近いジャッカル本社、その豪勢な社長室であった。

どこか高級クラブのラウンジのような雰囲気で、イタリア製の高級ソファ、それに靴底が埋まりそうなラグが敷かれている。テーブルを挟んだ向こうに掛けているのは、細身のパンツに素足でローファーを履き、シャツの第二ボタンまで外して金のネックレスを見せている痩せこけた男だった。

ジャッカル社長の田沼時矢である。洒落てはいるが、年齢不詳の独身男である田沼は、イタチのように細い顔の中から、小粒で丸い瞳を爛々と輝かせている。

「ぼくはね、ぜったいにあの仙波工藝社が欲しいのよ。買わなきゃいけないの。わかる？」

田沼が耳障りなほど甲高い声を出すと、「は」、とふたりの銀行員が揃って頭を垂れた。「和泉さん、あなた仙波工藝社ぐらいなら、すぐにでも買えますよって、そういったよね。全然、話が違うじゃない」

神経質な物言いには、田沼の粘着気質が表れている。「まさか諦めろというつもり？」

「とんでもないことでございます」

平伏した和泉の横顔は、焦りに青ざめていた。「仙波工藝社の将来を考えれば、御社の傘下に入ることはベストの選択です。仙波社長はその辺りの認識が不足しているものと思われますので、再度我々の方で説得を試みる所存です」

堅苦しい言い訳に、

「なんか頼り無いなあ」

田沼がいった。「これからウチは買収戦略を積極的に仕掛けていくつもりだけど、東京中央銀行さんに任せていいのかなあ」

「それはもちろん」

ますます頭を低くして、和泉は上目遣いになる。「当行には、大型買収に関するトップクラスのノウハウがございます。どうか、安心してお任せくださいますようお願いします。宝田も、くれぐれもよろしくと、そう申しております」

「宝田さんなら、こんな小さな案件、あっという間にまとめてくると思うけどな」

「申し訳ございません」

今度、和泉の横顔に滲(にじ)んだのは、悔しげな表情だ。宝田と和泉は、同期入行。内に秘めたライバル意識は抜き難い。

「必ずや、ご満足いただける報告をいたしますので、しばし、お時間をいただけませんか。この通りです」

膝の間に埋まるほど頭を下げた和泉に、

「まあ、そこまでいうんなら待つか」

やがて田沼のひと言が降ってきた。

――助かった。

「ありがとうございます」

伴野共々再び低頭する和泉の横顔は重圧にひきつり、蒼白(そうはく)であった。

4

ジャン＝ピエール・プティはハルがパリの美術館にいた頃からの知り合いで、当時から一流のコーディネーターとして知られた男である。数多くの美術館関係者だけでなく、ヨーロッパ全土に及ぶ個人コレクターのネットワークが彼の武器で、今回、ハルが主導した企画、『フランス印象派展』では、フランス側コーディネーターを務めていた。大日本電機主催の特別展は、全国五会場、想定入場者数八十万人を見込める大型企画で、黒字転換を目指す仙波工藝社にとっては今期最大の目玉といっていい事業だ。

他の用事で来日していたジャン＝ピエールから急遽会いたいといわれたとき、「何かある」という予感はあった。

フランス人は、大抵のことなら電話で済まそうとする。ただでさえ忙しいはずのこの時期に、わざわざ呼びつけるとなると、余程のトラブルがあったとしか思えない。

上京したハルは、彼が常宿にしているパークハイアット東京のラウンジで相手が現れるのを待っていた。

約束の時間は午後六時。ジャン＝ピエールは、その時間通りにバーに現れた。いつもなら〝フランス時間〟で遅刻してくるくせに、ますます、よくない徴候である。

「実は、オルセー美術館が今回の特別展への貸出を断ってきた」

予感は見事に的中し、ハルは言葉を失って相手をただ見据えた。ジャン＝ピエールは続ける。「君が協賛企業に加えたミカド海上火災が、最近、とある美術品事故でオルセー美術館とトラブルになったらしい」

「トラブルって、どんな」

「保険がらみだろうが、詳しくはわからない」

あってはならないことだが、貸し出した美術品が運搬中に傷ついたりといった事故は、時として起きる。だから保険があるのだが、様々な付帯条項により、保険金の支払いに関して揉めることがないとはいえない。

「いまさら何いってるの。広告宣伝のスケジュールまで決まって、すでに動き出してるのに」

狼狽したハルに、

「ミカドを外せないか」

ジャン＝ピエールはいった。

「それは絶対に無理。そもそも、最初協賛するといってた東西物産が勝手な都合で降りて、ミカドのおかげでこの企画が成り立っているようなものだから。あそこ抜きでは、この企画は進められない」

「そうか。残念だな」

「残念ではすまされない。なんとかできないの」

ハルは必死であった。この企画が流れれば、仙波工藝社にとって死活問題になる。ジャン＝ピエールであれば、オルセーの意思決定に関わる重要人物の何人かとパイプがあるはずだ。

だが——このときばかりはさすがのジャン＝ピエールも俯いて首を横に振った。

「無理だ。これはオルセー側の決定事項で、交渉の余地はない。いつかこの穴は埋めるから、今回の特別展は一旦白紙に戻して欲しい」

今期見込んでいた黒字化が夢と消え、仙波工藝社の業績に、暗雲が立ち籠めた。

5

「二億円、ですか……」

半沢はいい、友之から差し出された仙波工藝社の試算表をじっと見つめた。今期は、すでに四千万円ほどの赤字になっている。

「前期決算も問題ですね。一億円近い赤字になってます。このままいくと、今期も同程度の赤字になる可能性はあります」

隣で話をきいていた中西のいう通りである。

「流れた展示会の穴埋めをしようと企画部で頑張ってくれていますので、去年のようにはならないと思いますが」

そういったのは経理部長の枝島直人(えだじまなおと)である。五十後半になる枝島は、分厚く丸いセルロイドメガネをかけ、痩せた体には少し大きすぎるシャツを着ている。昭和時代初期からタイムスリップしてきたような雰囲気の男であった。

「出版部門もテコ入れしていきますので、なんとかお願いしますわ」、と友之が続ける。

「テコ入れというのは、具体的にどうされるんです」

半沢の問いに、

「いまの誌面を根本的に見直して、ターゲットの読者層にもっとアピールできるものにするよう指示しています」

友之のこたえは具体性に乏しかった。

ふたりの姿が一階フロアへ続く階段から見えなくなるまで見送った半沢は、

「すぐに稟議(りんぎ)に取りかかってくれ」

中西に命じた。「稟議」とは銀行内にまわす「融資企画書」のようなものである。

「この融資、簡単じゃないぞ」

「二期連続の赤字になる可能性があって、ついでに担保無しですからね」

中西もよくわかっていた。仙波工藝社には、担保に取れる資産余力はない。「支店長の決裁すら通らないかも知れません」

銀行の融資には、融資の総額や条件によって、支店長決裁で実行できるものと、本部決裁まで必要なものとがある。仙波工藝社は後者だ。

つまり、難関はふたつある。

ひとつは支店長の浅野。融資スタンスは極めて保守的で、危ない橋は徹底的に避けて通るタイプだ。

そしてもうひとつは、融資部。担当調査役の猪口基は〝猪八戒〟と渾名される厳つい男だが、顔のでかさと反比例して細かく、ひたすら重箱の隅をつつくタイプであった。

苦労の末、中西が仙波工藝社への運転資金二億円の稟議書を書き上げたのは、その数日後のことだ。所見欄が十ページにも及ぶ力作で、融資の実行なくば、仙波工藝社が立ち行かなくなる旨が、子細な検討の末に結論づけられている。

これに、多少の修正を加えたものを副支店長の江島に回付すると、ものの三十分もしないうちに、

「半沢君。ちょっと」

眉間に皺を寄せた江島に呼ばれた。

「君さあ、これ、何考えてるんだよ」

「何を考えているとは？」

「だから――」

苛立たしげに顔をしかめた江島は、外出で空席になっている支店長席にちらりと目をやって続ける。「仙波社長、買収案件を断っただろう。なのに、二期連続赤字になりそうだからカネを貸してくれっていうのか。ウチの提案を撥ね付けておきながら、舌の根の乾かぬ内にこんな要求をしてくるなんて、おかしいだろう」

「それとこれとは別じゃないですか」

半沢はいった。「それに、二期連続の赤字になるとは限りません」

「赤字編集部を抱えて、そんな簡単に黒字になんかなるもんか」

決めつけると声を潜め、「いまからでも遅くはない。買収の件、検討してもらったらどうだ」、そういった。

「仙波社長には売却の意向はありません。それは副支店長も確認されたはずですが」

自ら乗り出した先日の交渉を思い出したか、江島は嫌な顔をした。

「こんな融資、浅野支店長が許されると思うのか」

「この融資をしなければ、仙波工藝社は行き詰まります」

慌てて江島が広げたのは、仙波工藝社への融資総額と担保の一覧表であった。裸与信、つまり担保がなく、倒産時には「貸し倒れ」になる融資は総額三億円を下らない。

一社で「三億円」の貸し倒れ額は東京中央銀行でも決して小さなものではなく、浅野以下の人事考課にバツがつくこと必至だ。むろん、江島も、また半沢も例外ではない。

「ウチは長く仙波工藝社のメーンバンクとして支援してきました。しかも、一行先で他行との取引もありません。赤字であるいま、支援できるのは当行だけです。それを見捨てるんですか」

これには、さすがの江島も言葉に詰まった。

「いま同社では黒字にすべく、必死で頑張っています。応援していただけませんか」

さらにひと押しすると、

「君、この融資に自信、あるのか」

そんな質問を江島は寄越す。

「自信がなければ、こんな稟議は出しません」

断言した半沢をなおも逡巡の目で見つめたものの、

「ふん。まあそういうなら」

ようやく、江島はその稟議書を浅野支店長の未決裁箱に放り込んだのであった。

6

「先日の仙波工藝社なんだが、社長をなんとか説得できないか」

改まった口調でいったのは、大阪営本副部長の和泉であった。綺麗に禿げ上がった頭皮をアルコールで赤くして、個室の照明にてかてかと光らせている。

難波にある懐石料理の店であった。歴史のある古い店で、土産のバッテラが旨い。一度和泉に連れてこられてからというもの、たまに浅野も使う店だ。

「いまのところ売却の意思はないとのことですが、そこは中小企業です。何が起きるかわかりません。今日も、大口の企画が流れたとかで、通常運転資金も合わせて二億円の融資申し入れがありました」

「赤字資金じゃないのか」

そう聞いたのは、業務統括部長の宝田信介である。べったりと油で撫でつけてオールバックにした宝田は、金縁のメガネをかけ、シャツの袖にはカフスを光らせていた。

長く営業畑を歩んできた男で、口八丁手八丁。「エイトマン」の歌に合わせた振り付きの座敷芸で成り上がった〝昭和〟の営業マンだ。ジャッカルの田沼に取り入ったのも、信長（のぶなが）に取り入る羽柴秀吉（はしばひでよし）ばりの気遣いとゴマすりによるもので、お世辞にも理論派とは言い難い。

その宝田はいま、目に感情の焔（ほむら）を揺らめかせはじめた。

「出がけに稟議が回ってきたので詳しくは見ていませんが、業績も悪化していることですし、あまり気が進まない融資だなと困っていたところです」

「いやいや、その話はおもしろい」

宝田がいった。「もしウチが融資をしなかったら、どうなる」

「それはたぶん……行き詰まるでしょう」

「じゃあ仙波工藝社は必死だ。ここでもし、稟議が思いがけず難航したとしたらどうなると思う」

「それは焦るでしょうね。生き残りのためのカネが出てこないんですから」

こたえた浅野はそこではっとし、ようやく宝田の意図に気づいたようであった。

「稟議が難航すれば、仙波社長も考えを改める。そうは思わんか、浅野君」

予想通りの言葉が宝田から飛び出した。「非常事態だからこそ見えてくる真実だってあるだろう」

「問題はやり方だな」

何事か企むように、和泉が目線を挙げて腕組みした。「うまくやる必要がある。融資が難航する相応の理由が必要だ」

「赤字ですし、担保もないと事前に副支店長から説明を受けております」

「いやいや、それでは弱いな」

和泉は、ゆっくりと首を横にふった。「もっと違う理由も必要じゃないか。貸し渋りだなんていわれては心外だからな。君だって嫌だろ。支店長の貸し渋りのおかげで追い詰められたなんていわれては」

「それはもう」

当然とばかり、浅野は頷いた。「しかし……私にはどういう理由が相応しいか思い当たりません。どうしたものでしょうか」

「仙波工藝社についていろいろ調べたんだが、ひとつおもしろい事実がある」

和泉が声を潜めた。「五年ほど前、ある事件に仙波工藝社が関わっていた疑いがあってね。不祥事だ」

「それはどんな話でしょうか」

本部内の噂だと前置きして子細が語られた内容に、浅野の目が見開かれた。宝田はすでに聞き知っているらしく、静かに酒を呑んでいる。

「それを私が指摘すればよろしいでしょうか」

少々不安そうな浅野に、

「君じゃなくて、融資部に指摘させればいい」

そういったのは宝田であった。「北原部長は厳格な男で、コンプライアンスにもうるさい。良からぬ噂のある会社への融資は、そう簡単には承認しないだろう。支店長である君が余程強く押さないかぎりな」

「滅相もない」浅野は顔の前で手を横に振った。

「ここは宝田業務統括部長から北原さんに耳打ちしてもらおうじゃないか」

愉快そうに和泉がいった。

「そして、時間だけが過ぎていく」

宝田は下卑た笑いを浮かべた。「資金需要の期日が近くなればなるほど、仙波は焦るだろう。そして、社員たちを路頭に迷わせないためにはどうすればいいか、ようやく気づく。我々はその頃合いを見計らって声をかけるんだ。『会社を売る気はありませんか。楽になれますよ』とな」

「なるほど」

浅野は感服したらしかった。「さすが、百戦錬磨の先輩方の悪知恵には、ただただ驚くばかりです」

「それは褒めているのかね、貶(けな)しているのかね」

呆れたように尋ねた宝田は、

「もちろん、褒めております」

という返事に、「まったく。これだから人事官僚は困るよ」、としかめ面をして見せる。

宝田の人事部嫌いは有名で、和泉と親しくなければ浅野と付き合うこともなかったはずだ。その意味で、宝田がホンネの部分で浅野をどう思っているかはわからない。

「君も我々とこうして付き合えば、立派な悪党になれるぞ。そうだな、宝田」

揶揄(やゆ)した和泉に、

「正義が勝つのは物語の中だけだ」

宝田は真顔でいった。「現実の世界で勝つのは常に悪党であり、悪知恵だ。正義の味方はバカでもなれるが、悪党になるには才覚がいる」

「これは兵糧攻めだ、浅野君」

和泉がいった。「ジャッカルの田沼社長は、なんとしても仙波工藝社が欲しいとおっしゃっている。その期待にこたえるんだ」

「ならばこうしてはいかがでしょう」

浅野は提案した。「融資部から稟議を突き返されるに際し、ひとつ仙波工藝社に条件を出すんです。現状での融資は厳しいが、仮に買収案件を受け入れた場合は、その限りに非ずと」

どうですか、と浅野はふたりの先輩の表情を窺う。

「それはいい」

我が意を得たりとばかりに和泉が膝を打ち、「なあ」、と隣の宝田を振り返る。その宝田は喜色を浮かべ、隠しきれない笑みを唇に差し挟んでいた。

「君は悪党の才能があるぞ。すばらしい。ところで最近、こっちはどうだい」

宝田は、ゴルフのスイングを真似してみせる。「ここのところ、随分と熱心に練習してると聞いてるが」

「先日のスコアは一〇一でした。一〇〇切りまでもう一歩だったんですが」

浅野は悔しげに顔をしかめた。

「それは惜しかったなあ」

大袈裟な口調で和泉がいう。「だけどもう少しじゃないか。まだ始めて一年だというのに、君はそっちもスジがいい。そのうち、我々も敵わなくなるかも知れないな」

「まさかまさか。おふたりのような名人の域には到底及びません」

「それは褒め過ぎだ」

宝田もご満悦である。営業畑の長い宝田はシングルの腕前で、年がら年中日焼けしたゴルフ好きだ。

「ゴルフもこうした交渉事も、グリップと方向性が重要だ。頼むぞ」

仙波工藝社買収の成功を予感したのだろう。宝田の尾を引くような笑いが、人知れず浪速の夜のしじまに溶け出していった。

7

「仙波工藝社の稟議、支店長は結局、決裁しませんでしたね。どうするつもりなんでしょう」

中西の問いに、半沢は飲みかけの焼酎のグラスを手にしたまま、しばし考えた。中西の隣には課長代理の南田がいて、何事か思案にくれている。

金曜の夜であった。早めに仕事を片付けて、支店近くの居酒屋にいる。馴染みの店で、話が洩れないよう案内されるのは、奥にある半個室だ。

この日の夕方、副支店長の江島から仙波工藝社の稟議が回付されると、中味も見ないで、

「こんな融資、ぼくはしたくない」

浅野はそう言い放った。「大型の企画展も流れたんだよな。だったら二期連続の赤字確実じゃないか。そんな会社に担保もなく融資しろっていうのか」

「足元の数字では赤字ですが、黒字化すべく、いま様々な努力をしています。メーンバンクとしてここはひとつ――」

江島の主張を、

「理屈になってない」

浅野は言下に切り捨ててみせた。「この融資でのメリットはなんだ。微々たる利息収入か。リスクとリターンが釣り合ってないじゃないか。なんで買収を断った。こんなことなら買収に応じた方がずっとマシじゃないか」

要するに浅野は、あくまで買収ありき。ボーナスポイントを稼ごうという考えだ。

「そういえば浅野支店長、うちの取引先に会社を売らないかって、手当たり次第に持ちかけているらしいですよ」

そんなことをいったのは、テーブルを囲んでいる若手行員のひとり、矢内だ。「会社の業績が悪化しないうちに売れとか、言いたい放題のようで、望月鉄鋼の社長なんかカンカンでした。おかげでこっちはひたすら頭を下げる羽目になってしまって」

「それなら、私も聞きました」

また別のひとりがいった。「太陽建設さんには、会社の買収を持ちかけたらしいです。かなり強引な話で、二十億円融資するから買えと。支店長がいきなりそんなことをいってきたんで、社長も困り果ててました」

「なんとかなりませんか、課長」

南田が嘆息した。「こんなことしてたら、取引先の信頼を失ってしまいますよ」

「仙波工藝社も、できれば売却させようという腹だろう」

半沢はいった。

「だとすると、あの稟議――」

意味ありげに南田が顔を上げる。「支店長は最後まで承認しないつもりかも知れませんね」

「ちょっと待ってください。買収と融資は次元の違う話じゃないですか」

中西が慌てて異議を唱えた。「それに、今回の二億円は、仙波工藝社にとって絶対に必要な資金なんですよ。メーンバンクとして、ここはしっかり支えていく場面じゃないんですか」

「まあ落ち着け」

息巻く中西を、半沢が宥める。「今日は結論がでなかったが、週あけ、支店長がどう出るか様子を見てみよう。今後のことはそれからだ」

「結局、浅野支店長の頭にあるのは、目先の損得勘定だけですか」

まだ収まらず、中西は吐き捨てる。「仙波工藝社のこと、まったく親身になって考えてないし。典型的な本部官僚ですよ」

「そんな銀行員は、星の数ほどいる」

南田がいった。「だから、お前はそういう銀行員になるな」

半沢は、少々気の毒な表情になって南田を一瞥する。実直なこの男のことだ。いままで、幾度となくそうした上司や同僚たちに利用され、踏み台にされてきたに違いない。そして南田は万年課長代理のポストから抜け出せずにいる。正直者がバカを見る世界だ。こうした志のある銀行員こそが、多くの中小零細企業を支えているというのに。

「しかし、浅野支店長にも困ったものだな」

南田がふと本題に戻した。「まさか、本当に決裁しないなんてことはないと思うが」

「問題はタイミングですよ」

中西がいった。「早く決裁してもらわないと、資金ショートしちゃいます。そんなことにでもなれば倒産ですよ」

「さすがにそこまではしないだろう」

半沢はいった。「浅野さんだって、自分の判断で不良債権を抱えたくはないだろうからな。問題は、落としどころだ。いつ、どんな条件で承認するのか——」

半沢は額に指を当て、考えている。

「よろしくお願いします、課長」

中西が表情を引き締めて頭を下げたのは、イザというとき、浅野を説得するのは半沢の役回りだからだ。

ただ、浅野はそう簡単に説得に応じるような男ではない。

半沢は重い溜め息を洩らした。

さて、週があけたその日——。

「半沢君。ちょっといいか」

浅野は、朝礼後に半沢をフロアの自席に呼びつけると、「この仙波工藝社さんの稟議なんだがね、本当に担保はないのか」

そう尋ねた。

「残念ながら、ありません」

そうか、と浅野はしばし考え、思わせぶりに稟議書をぱらぱらと捲っている。端から否定した先週とはどこか違う雰囲気に、南田と中西のふたりも席を立ってきた。

「いろいろ考えたんだがね、前期赤字、今期足元の業績は赤字。その会社に、担保もなく二億円を融資するというのはかなりのリスクを伴う。それは君も覚悟しての稟議だな」

「もちろんです」

答えた半沢の顔を、ほんの数秒の間、浅野はじっと見据えた。隣にある副支店長席からは、江島が固唾を呑んでやりとりを窺っている。むろん、何かあれば浅野に加勢するつもりだろうが、浅野の意向がわからないので袖手傍観だ。

「この際、はっきりといっておくが、やっぱりぼくは、こんな融資はしたくない」

このまま、突っぱねるつもりか。

半沢が身構えたそのとき、

「だが、融資をしなかったから倒産したと言われるのは、正直、迷惑だ」

浅野は続けた。「さらに三億円もの不良債権を抱えるなど、死んでもごめんだね」

半沢に向けられた浅野の目の奥で、様々な感情や思惑が流れていく。

「承認していただけるんでしょうか」

問うた半沢に答える代わり、浅野は提出された稟議書をその場で承認してみせた。

「これが私の結論だ。とはいえこれは、不良債権を避けるための、あくまで消極的承認だからな」

浅野はひと言釘（くぎ）を刺すと、さっさと席を立って支店長室に籠もってしまった。

「ありがとうございます、課長」

笑みを浮かべ、中西が声をかけてきた。南田もほっとした表情だ。

「拍子抜けしましたよ。心配して損した」

稟議書を融資部に転送した中西は、すでに融資が決まったかのように声を弾ませている。

「多少の議論はあるでしょうが、これでまとまりそうですね」

南田がいうように、半沢もまた楽観していた。

そのときにはまだ、融資部から想定外の指摘を受けようとは、さすがの半沢も予想だにしていなかったのである。

8

「中西さん、融資部の猪口さんから電話やで」

融資部から連絡があったのは、その翌夕五時過ぎのことであった。取り次がれた電話を中西が緊張した様子でとっている。稟議の検討がはじまると、担当調査役からの連絡を真っ先に受けるのは担当係員だ。

「きましたね」

半沢の前の席から、振りかえることなく南田がいった。

半沢のところから中西の相づちだけが聞こえている。時折、「すみません」という言葉が混じるところを見ると、何事か突っ込まれているらしいが、内容はわからない。

どれだけそうしていたか、「まさか――」、と中西が声を上げて、半沢の視線を誘った。南田も手を止めて、心配そうに中西の背中を見ている。

「〝猪八戒〟が一方的に押してるみたいですね」

南田がいった。たしかに、新人の中西と、ベテラン調査役の猪口とでは経験の差がありすぎる。

「かしこまりました。失礼します――」

受話器を置いた中西は、青い顔をして足早に半沢のデスクまでやってきた。

「たいへんです、課長。猪口調査役から、予想もしなかった事実を指摘されまして。――仙波工藝社がかつて計画倒産に関与していたと」

「計画倒産？」

あまりにも唐突な話に、思わず半沢は聞き返した。何らかの目的のために、わざと会社を倒産させ、債権者らに損失を負わせる――それが計画倒産である。しかし、仙波友之がそんなことをするとは、到底思えない。

「その疑いがある以上、融資はできないそうです」

「詳しい話はきいたか」南田が問うた。

「いえ。自分で調べろと。五年前だといってました」

「五年前。なんで今頃……」

もちろん、半沢も中西も担当になる前だ。

「最近になって猪口調査役も知ったとのことです。いくら五年前でも、コンプライアンス上看過できないからと」

「取引先ファイルにそれらしい情報、あったか」

重大な事件であれば、当時の担当者がまとめた経緯が保存されているはずだが、

「いえ――」

中西が首を横に振った。無論、そんな情報があれば、半沢も気づいたはずだ。

「とりあえず、書庫に行って古い書類を当たってみてくれ」

中西に指示を出す。「その上で、友之社長に話を聞いてみよう」

「わかりました。もし時間が合うようでしたら、今日にでも話を聞いてきます」

「そのときは私も行く」

そう半沢がいったとき、

「半沢課長」

背後から声がかかった。副支店長の江島である。「頼みがあるんだが、今日、例の〝お祭り委員会〟に出てくれないか。第一回の会合だ」

「私が、ですか」

思わず半沢は聞き返し、いつの間にか空席になっている支店長席を一瞥した。「あの、支店長は。あの会には、支店長が出席することになっているはずですが」

東京中央稲荷の「稲荷祭り」は、半世紀以上に及ぶ歴史があり、屋上での祭祀と、その後に主要取引先を集めてのパーティが催される。この祭りに合わせ、取引先に各種の営業支援をお願いするのが定例となっていた。その準備のためのお祭り委員会は、大阪西支店の主要根幹先十社で構成する氏子の会で、総代は立売堀製鉄の本居竹清会長が務めている。いずれ劣らぬ会社代表者らが居並ぶ重要な会のはずだ。

「あの重鎮たちが集結するのに、当店の出席者が私では釣り合いが取れません」

半沢はいった。「支店長はどうされたんです」

「それが、所用があるとおっしゃって……」

さすがの江島も弱り顔だ。

「所用？　お祭り委員会は最優先事項のはずですが」

「そんなことはわかってるんだよ」

江島はムキになったものの、半沢に向けた視線は力なく逸れていく。

「所用ってなんです」

「一応、お伺いしたんだが、君には関係ないとおっしゃって」

どうやら江島にも知らされていないらしい。

「困りましたね、それは。しかし、私ではなく、江島副支店長が代理として出席されるべきではないんですか」

　半沢がいうと、江島はその強面を顰めてみせた。

「今日はウツボ製作所の春本社長からのお誘いがあって、いまさら断るわけにもいかないんだ」

「私が出るのはやぶさかではありませんが、取引先の皆さんがどうおっしゃるかわかりません。厳しい方ばかりですから」

「それはわかっているが、とにかく君が出て、なんとか丸く収めてくれ。支店長に関しては、急用で失礼すると。くれぐれも失礼のないように頼むぞ、くれぐれもな」

　半沢の鼻先で指先を揺らすと、江島は壁の時計を見上げ、「あ、もうこんな時間か」、とさっさと会食へと出掛けてしまった。

「こっちだって忙しいのに、なんなんですか」

　その江島の姿を自席から見送った南田が、舌打ちをした。「しかもこんな緊急事態に」

「仕方がない。とりあえず、お祭り委員会には私が出てくる。中西——仙波工藝社の件、任せたぞ」

　そう言い残すと、半沢は委員会の場へと急いだのである。

だが、案の定、お祭り委員会は、針の筵(むしろ)であった。

――なんで、浅野はんが顔出さんのや。

委員からの突き上げにひたすら平身低頭した半沢がようやく支店に戻ったのは、午後八時も過ぎた頃である。

多くの行員たちはすでに帰宅した後であったが、南田と中西のふたりは残って、どうやら半沢の帰りを待っていたらしい。

「課長、お疲れ様です」

中西が声を掛けてきた。

「どうだった」

中西に問うと、古いファイルを抱えて半沢のところにやってきた。

「計画倒産という話はファイルのどこを探してもありませんでしたが、ひとつ気になることが」

そういって見せたのは、五年前に仙波工藝社が見舞われた〝貸し倒れ〟――つまり、貸した金を返してもらえなかったという、「事件」であった。

中西は続ける。

「いまから五年ほど前、仙波工藝社は、ある不動産会社に三億円を貸してました。ところがその会社が倒産して、貸し倒れが発生したようです。猪口調査役が指摘した五年前の資料は全て見ましたが、それらしいものは他に見当たりませんでした」

「その相手の会社が、怪しい気がします」

続けたのは南田である。「これによると、金を貸した相手は、堂島商店という会社のようです。金額は三億円で、一年以内に返済される予定だったと。ところが堂島商店は、そのわずか三ヵ月後に倒産。仙波工藝社は貸し倒れの被害を受けています。もしかすると、計画倒産というのは、この堂島商店のことじゃないでしょうか」

南田は続ける。「この倒産について調べてみたんですが、どうやら、取引先スジの借金は全てきれいにして倒産したようなんです。結局、貸し倒れたのは仙波工藝社を除けば付き合いのあった銀行のみ。その中にはウチの梅田支店も含まれていて、十五億円ほどの焦げ付きが出ています。こんなことは、計画的にやらないとできません」

「なるほど、それであれば計画倒産という表現もあてはまるか」

半沢は顎の辺りに指をあてて考えた。「その倒産に、仙波工藝社が関与しているという証拠は？」

「当時の担当者が書いたメモや報告書は全て目を通しましたが、そこには見当たりませんでした」

「しかし、三億円という金額は貸し倒れとしては大きすぎるな」

それが半沢の気になるところであった。「その堂島商店と、仙波工藝社はどういう関係なんだ」

「堂島商店の社長は、友之社長の伯父(おじ)にあたるそうです」

こたえたのは中西だ。

「親戚に金を貸したと……」半沢はつぶやく。

「ええ。ただ、一切の返済もなく三億円全額が貸し倒れたというのは――」

南田が首を傾げるのも当然、どうにも妙な話であった。

仮にこれが堂島商店の計画倒産であるにせよ、親戚で近しいはずの仙波工藝社がなぜ被害者なのか。親戚であれば、迷惑をかけまいとするのが普通ではないのか。

「なにか込み入った事情があるかも知れません」

中西がいった。「一応、明日の朝一で、友之社長には面談のアポを入れておきました」

「私も一緒に行こう」

半沢はいった。「話はそれからだ」

「どうですか、審査のほうは。えらく難航してるそうやないですか」

友之はあえて明るい口調であったが、目は真剣そのものであった。

その横には経理部長の枝島もいて、牛乳瓶の底のような丸メガネの奥から、実直な眼差しを半沢と中西に向けてきている。その隣にいるハルも深刻な表情だ。

資金繰りは、いつだって会社の生命線である。

そして会社は、どんなときにでもカネがいる。売上げが増えても減っても、走っても転んでも運転資金が発生する、厄介な生き物なのだ。それを統べる立場の経営者にかかる精神的重圧は、余人では到底計り知れないものがある。その立場になった者にしかわからないだろう。

銀行員は、常にそのプレッシャーに晒された経営者と向き合い、その運命を見届ける義務があるのだ。重要だが、厳しい使命であった。

「実は、融資部から想定外の指摘を受けまして。本日はそれをお伺いしようと思い、参りました」

半沢は切り出した。「いまから五年ほど前、堂島商店という会社への貸し付け金が焦げ付いてますね。この件について、ウチの融資部では同社の計画倒産だという見方をしております。御社がそれに関与しているのではないかと」

「ウチが？　とんでもない」

　佛然として友之はいった。「たしかに計画倒産の噂があったのは知ってる。そやけど、ウチがそんなもんに関与するはずはない。こっちは三億円も損してるのに、なんでそんな話になるんや。被害者やで」

「そのあたりの事情をお話し願えませんか」

　半沢は改まって頼んだ。「いまの融資を進める上で、当時の事実関係を明白にすることが必要なんです」

「そういうことなら話すけど、昔の話やで」

　友之は手で後頭部あたりを掻き、どうにも気が進まないといったふうだ。

「是非、お願いします」

　背を押した半沢に、

「仕方ない。長い話になるけどええか」

　友之はそうひと言断ると、重い口を開いたのであった。

第二章　ファミリー・ヒストリー

1

「仙波工藝社は、先々代に当たるオレの祖父が創業者で父が二代目。父はもともとは役者志望で、若い時分は東京の劇団にいたという話もある。まあ、酔狂で粋な人やったわけだが、プロの役者にはなりきれず、結婚を機に親の経営するウチの会社に入ったんや。そのとき父は三十歳。祖父は当初、役者なんか目指している息子は跡継ぎに不向きやいうんで、社内の誰かに後を継がせるつもりだったらしいけども、ここで軌道修正を迫られたわけや。思えば父やなく、経営者として優秀な人材がこの会社を運営してたら、今よりずっと大きな会社になってたかも知れへん。父の結婚相手、つまりウチの母は、当時堂島商店というちょっとした不動産会社を経営していた堂島家の娘で、まあ苦労知らずで育った箱入りのお嬢様やったらしい。東京で知り合って結婚したいというたとき、母の父、つまり堂島商店を経営していた母方の祖父が、そんな役者風情に大事な娘をやれるかいなと大反対してね。父は嫌々ながらに役者の道を諦めて家業に入ったわけや。まあ、オレが親でも同じことをいうやろうな」

友之は続ける。

「父が家業の仙波工藝社を継いで二年後にオレが生まれたわけやけど、奇しくも同じ年、創業者であるウチの祖父が急死したんやな。祖父は、仙波雪村といって、東京帝大を卒業して一旦は新聞社に入社したものの、筆一本で独立し、とくに美術評論で名を馳せた高名な評論家やった。ところが、自分の評論が掲載されたりされなかったりするのが不満で、いっそ自分で雑誌を作ってやると、裕福だった実家の支援を受けてこの仙波工藝社を創業した。社業は至って順風満帆。創刊した『ベル・エポック』はまたたく間に、美術界で一目置かれる評論誌になった。雪村は自ら主筆を務めつつ、経営者としての力も発揮した才人やった。ところが、その祖父が亡くなって、仙波工藝社はいきなり危機を迎えることになったんや」

友之は、淡々と言葉を紡いでいく。

「祖父亡き後、まだ入社して日の浅い父が社長になったまではええが、そのことに反対する社員たちが会社を退職してしまってね。それだけやない、新美術工芸社という仙波工藝社のライバル会社を立ち上げた。さあ大変なことになった。ウチのオヤジは、残された社員たちとガタガタになった編集部を立て直し、ライバルの存在で落ち込んだ発行部数をなんとか取り戻そうとするわけやけど、如何せん、所詮は経営のシロウトや。それまで役者やってきた男が、二年や三年の勤めだけで、ほれ社長やいわれても、そりゃ無理がある。業績はジリ貧。仙波工藝社は左前になって、倒産寸前にまで追い込まれてしもうた」

目の前の茶を一口啜り、友之は重く湿った溜め息を吐いた。いまは同じ経営者として、孤軍奮闘した父の胸中を慮っているかのように。

「計画倒産の話やったのに、なんでこんな昔の話してるんや思うでしょう。ところが、話の根っこはこの何十年も前に遡る。まあ付き合って聞いてください」

友之の話は続く。

「そんなわけで、父の経営する仙波工藝社は、そのとき創業以来の大ピンチに陥ったわけや。そして当時付き合いのあった銀行からも見離されて七千万円の融資を返済するよういわれ、金策に詰まってしまう。そんなとき、崖っぷちに追い込まれた会社をなんとかしようと動いたのは母やった。母は、実家の堂島商店に駆け込み、その七千万円をなんとか用立ててくれないかと頼み込んだ。これはいってみれば、仙波家と堂島家というふたつの家のストーリーなんや」

半沢の隣では、中西がひと言も聞き漏らすまいと耳を澄ましている。

「堂島の本家は、元は近江（おうみ）の商家やった。そこの次男の富雄（とみお）というひとが、親からもらった幾ばくかのカネを持って大阪に出てきたんや。大正時代の話やな。富雄はたいへんに機転の利く商売上手やった。切った張ったの不動産投資で大儲けして、大阪で堂島商店といえば知らん者がないくらいの業者になった。ウチの母が物心ついたときにはもう家は大成功を収めた後で、母の兄にあたるのが、後にこの堂島商店を継いだ堂島芳治（よしはる）やった。この芳治こそ、半沢さん、あんたが知りたがっている計画倒産の張本人ですわ」

きな臭い話も、友之のどこかユーモラスな大阪弁で語られるとのんびりしたふうに聞こえる。だがこの家族の物語は過去にとどまらず、いまにつながる生きたストーリーなのだ。

「もともと、この堂島富雄という人は、父に対してあまりいい感情はもってなかったと思う。一方、ウチの父も、好きな役者の道を捨てることになったわけやから、富雄のことを快く思ってなかったフシがある。そやけど、母は富雄にとって大事な娘や。その母は、ウチの父と富雄のしがらみは承知の上で、なんとか七千万円という大金を貸して欲しいと頭を下げた。ところが、当時、堂島商店はかつてのような輝きを失って、難しい時期に差し掛かってた。父の会社に貸し付けた七千万円は、堂島商店にとっても次の一手を打つために貯えてあった虎の子のカネや。結果的に、父の会社を助けるために飛躍のチャンスを手放したに等しい痛手を負った」

両家の利害が絡み合った瞬間である。

「そして、ここが重要なとこなんやけど、この一件は思いがけないところで、もうひとりの人生に大きな影響を与えることになってしもうた。それが、母の兄、堂島芳治や」

友之はここまで話すと、「因果な話やな」、と誰にともなくつぶやいた。

「その当時、堂島芳治は東京芸大を卒業し、画家になるべくパリで修業中やった。ところが、富雄から、家業が立ち行かんからと資金を打ち切られ、泣く泣く日本に戻ってきたわけや。パリには十年近く行ってたと思うわ。母によると、渡仏する前の、まだ若かりし頃の伯父は優しくて、人当たりのいい好青年やったらしい。ところが、パリから戻った途端、その伯父の印象は一変する。画家の道を諦めざるを得なくなって家業に入った伯父は、その原因をつくったウチの父や母を敵対視したんやな。あるとき、どういう用向きがあったのか、その伯父が家にやってきたことがある。詳しい事情はわからんが、たぶんカネの話やったんやろう。最初おとなしく話し合っていたが、そのうち憎々しげに父や母をなじり始めてね。貸した七千万円をすぐに返せと凄んで帰っていったよ。カネを取り返して、もう一度、パリに戻ろうと考えてたかも知れん。その芳治の態度は、父や母にとって、相当のプレッシャーやったと思うわ。堂島富雄が出してくれた金で仙波工藝社は危機を脱したものの、まだ予断を許さない状況にあった。母はずっと、伯父の芳治との断絶した関係を修復したかったとは思うけど、そのためにはカネを返す必要がある。ところが、当時の仙波工藝社には、とてもそんな余裕は無かった。会社の業績が再び軌道に乗り出したんは、ライバルの新美術工芸社が放漫経営から倒産して、以前在籍していた編集者たちが戻ってきてからで、それから五年も先の話や。当時は借りたカネを返そうにも返すこともできず、両親も心苦しかったと思う。芳治をあんなふうにしたのは、自分たちやと、母はずっといってたからね。けど、その関係は最後まで修復されることはなかった」

友之は遠い目になる。

「オレが大学に入った頃、堂島家では祖父の富雄が病気で亡くなって芳治が社業を継いだ。だが思うに、画家を目指していたという芳治が経営するには、堂島商店の経営環境は厳しすぎたと思う。同時に、芳治には抜き難い挫折感もあった。こんなことにならなければ、自分はいつかパリの画壇で認められたかも知れないという未練があったと思う。富雄の葬儀に出向いた両親と私に対して、伯父は親戚一同の前でこういったよ。〝ここはあんたらが来るところやない。それともカネを返しにきたんか〟と。まさに屈辱以外の何物でもなかったわ。親から経緯を聞いていたオレは、それまで、芳治に対して少なからず申し訳ないという気持ちを抱いていた。しかしこのとき悟ったんや。この男には、気を遣うほどの価値もない。自分は働きもせず十年近くもパリで遊んでいたくせに、母が生きるために借りた金をとやかくいう筋合いが、はたしてあるんかってな」

当時のことを思い出したか、友之は目に怒りをためた。

「その後、ただでさえ難しいところに差し掛かっていた会社はどんどんジリ貧になっていき、芳治は会社経営の洗礼を受けることになった。同じ頃、大学を卒業したオレは東京の大手出版社で三年ほど修業した後、家業の仙波工藝社に入社したんや。そのとき仙波工藝社は順調に業績を伸ばし、かつての好調さを取り戻していた。オヤジは体調が悪かったこともあって、まだ若かったオレを社長にして会長に退き、亡くなったのはちょうどいまから十年前のことや。その間に、自分が苦労して得た経営のノウハウを教えられるだけオレに教えてくれた。するとそのオヤジが亡くなって間もなく、絶縁状態にあった堂島芳治から突如、母を通じてひとつの申し出があった。自社ビルを買ってくれへんかという話やった。いまいる、この建物がそれや」

ノートを膝の上に広げてメモを取りながら、中西が興味深く社長室を見回した。

「ちょうど仙波工藝社は過去最高益を上げた頃でね。従業員も増えて、それまでの社屋では手狭になっていた。相手が芳治なのは気に入らんかったが、まあ、渡りに船みたいな話ではある。そこでオレは当時天満にあった本社ビルを売却し、さらに銀行から借金をして、堂島商店の本社ビルを買った。ええ気分やったわ。後でわかったことやけど、当時、堂島商店は、かなりカネに困ってたらしい。銀行も思うように貸してくれず、金策に困った芳治は背に腹は代えられず、ウチに泣きついてきたわけや」

友之は、憎悪に歪んだらしからぬ笑いを唇に浮かべた。「芳治も余裕があるときやったら、他に買い手を探したやろうけどな」

友之と芳治。仙波家と堂島家——骨肉の相克が、世代を超えて継続されたのである。友之の話は続く。

「ビルをウチに売却した堂島商店は、松屋町に近い物件へと移っていった。芳治にしてみれば、そこで心機一転の再出発のつもりやったろうけど、そうは問屋が卸しまへん。その後も堂島商店はジリ貧の一途や。そして、またしても母を通じてウチに借金を申し込んできた。それが五年前のことですわ」

友之の話は、計画倒産の核心へと繋がろうとしている。

「堂島家への恩義をいまだに持ち続けている母の心情をうまく利用する、いかにも伯父らしい卑劣なやり口やとオレは思う。思い出すと、いまだに腹の立つことというたらない。そして当然のことやけど、オレは最初、断ろうと思った。なんであんな奴にオレが銭貸さなあかんねん。そう思ったわけや。気持ちはわかるやろ。ところが——」

友之は、ぱんとひとつ自分の膝を打った。

「ウチの母が、なんとか貸してやって欲しいいうんや。母はいまだに、仙波工藝社が傾いたときに七千万円もの金を用立ててもらったことを気にしてたんやな。そやから、これを貸してやれば、もう貸し借りがなくなって胸のつかえが取れる、あの世でお父ちゃんにきれいになったよって報告できる——。そういうわけや。そこまで言われたら、貸さんともいわれへん。なにしろ、その金があったからこそ、いまの仙波工藝社があるんやから。それでオレは考えを改めて、無心された三億円というカネを貸することにした。何十年も前の七千万円の方が価値があったかも知れんが、まあ、細かいことはええやろ。貸すという形にはなってたけど、返って来んカネやいうことも覚悟の上や。案の定、その予想は当たって、芳治は一銭もオレに返すことなく会社を倒産させ、そしてその二年後に死んでもうた。子供はおらず、家族は妻がひとりだけ。小耳に挟んだことやけど、伯父は妻名義でビルを残したらしい。自分に万が一のことがあっても、家賃収入で食えるようにしたったんやろ。経営下手の伯父にしては上出来や。芳治は、いつか自分が再起するときのために、商売の相手には一銭の迷惑もかけんかった。迷惑かけたのは、付き合いのあった銀行三行とウチにだけ。かくしてオレは、三億円という貸し倒れ損失を計上して、親の代からの壮大な借りを返したっちゅうわけや。ウチの母が亡くなったのは去年の十月で、まもなく一年になる。いまごろ、ウチの父に借金返済したと報告して、あの世で芳治との関係も修復してるかも知れへんな。ちなみに、芳治がしたことが計画倒産かどうか、本当にオレは知らん。仮に計画倒産やったとしても、すべては因果応報や。誰が得して誰が損したという話でもない。どや、半沢さん、これがウチと堂島との関係のすべてや。納得してくれたか」

友之の長い話が終わると、その場に重苦しい沈黙が訪れた。

「その後、堂島さんの奥様にお会いになったことは」

「いや」

友之は、半沢の問いに首を横に振った。「実は、芳治の葬儀にもオレは参列してなくてな。死んでいい気味や思ってたぐらいで」

「残されたビルはどこにあるかご存知ですか」

「西長堀（にしながほり）や。倒産で家屋敷をとられた伯父夫婦は、そのビルに住んでたらしい。ずっと没交渉なんで、いまも伯母（おば）がそのビルにいるかどうかは、わからんな」

「場所を教えて頂けますか」

半沢はいい、中西がカバンから出した大阪市西区の地図を広げた。指でなぞった友之が指したのは、支店からならクルマで十分ほどの場所である。

「たしか、〝堂島ヒルズ〟とかいう名前やったと思うわ」

「もしかして、一階に画廊が入ってるマンションですか」と中西。

「知ってるのか」

半沢がきくと、「営業課にいた頃に、ここの画廊のご主人がよく店頭にいらしてたんで。一度、頼まれて書類を届けたことがあるんです。光泉堂（こうせんどう）という画廊だったと思います」

「もし、いまでもそこに住んでれば、テナント料や家賃で悠々自適の生活をしてるんちゃうか」

友之がいった。「弁護士に聞いた話では、芳治はいくら会社が苦しいときでも、妻名義のビルには絶対に手をつけなかったらしい。あんな男でも、自分の妻だけは守ろうと思ったんやね。実際に、伯母は堂島商店の役員にも、保証人にもなってなかった。そやから、債権者も伯母には指一本出せへんかったいう話や」

「なるほど」

半沢は頷き、改めて友之にきいた。「いまお伺いした話、融資部に報告してもよろしいでしょうか」

「オレはかまわんよ。こんな話、何度もするもんやない。一度話して記録にしてもらった方がこっちも手間が省けるわ」

「ありがとうございます」

半沢は礼をいい、中西とともに支店に戻ると早速、その経緯を報告書にまとめ、融資部に提出したのであった。

これで仙波工藝社の融資はうまくまとまる——はずであった。

2

「もしもし、半沢さん？　猪口です」

融資部からの電話は、担当の中西にではなく、半沢のもとに直接かかってきた。仙波友之から聞いた内容をまとめた報告書を提出した翌日のことである。

「部内で話し合ったんだけど、ちょっとこれだけで計画倒産に関与していないと断定するのは無理があるという結論になりまして」

「どういうことでしょうか」

硬い声を出した半沢に、

「だってこれ、仙波社長へのインタヴューだけですよね」と、〝猪八戒〟はいった。「肝心の堂島商店側がどうだったのか、これではわかりません。この報告書だけで、仙波工藝社が計画倒産に関与していない証明とするには弱いだろうと」

「報告書にも書いた通り、堂島商店はすでに倒産しています。そして堂島社長も三年前にお亡くなりになっている。反面取材をしようにも術がない。それは報告書にも書いた通りです」

「それはつまり、計画倒産だったのか否かの真相は闇の中だということじゃないですか」

「仙波社長の話は十分、信用に値すると思いますが」

「そういわれても、これは部長の見解でもありますし」

「北原部長が？」

融資部長の北原は、厳格で知られる保守的なバンカーである。

「堂島商店の倒産によって梅田支店が巨額の不良債権を抱えたのは事実で、仙波工藝社の認識がどうあれ、貸した三億円が、計画倒産後の資金源になっていた可能性が高いと。知らなかったでは済ませられるものではないし、事実上の関与と認定することもできるだろう、というのが部長の考えです」

「仙波工藝社は被害者ですよ。親戚といっても没交渉で、貸したのは過去のしがらみがあったからです」

「とはいえ同族同士の話じゃないですか。一般的には通用しません」

「じゃあ、どうすればいいんです」

これでは為す術もない。

「計画倒産の件は、グレーゾーンです。そのために我々はすでに十五億円を失っている」

猪口は、続けた。「一方、仙波工藝社の業績は昨年来の赤字が続いていて、もし行き詰まれば、担保されない融資三億円が不良債権化します。これ以上、同族ともいえる企業での貸し倒れを増やすわけにはいきません。金融庁から指摘されるリスクもある。我々与信所管部としては、それだけは避けたい。おわかりになりますよね、半沢さん。我々にも守るべき一線はあるんです」

猪口の理屈は、狭量すぎる個人的意見と片付けられない、銀行の裏事情を反映している。

「とはいえ、だからといって稟議を否認すれば、仙波工藝社も困るはずです。北原とも話し合いましたが、条件付きではどうかと——担保があれば、この稟議、承認しましょう」

その条件をクリアするのは、難しい。

「担保があれば、とっくに差し出してます」

困惑して半沢はいった。「資産内容も精査していますし、他に担保に取れるような資産はありません。その条件、なんとかなりませんか。これは、同社にとって必須の資金なんです」

「我々の意思でどうこうできるものではなく、金融庁検査を睨んだ上での判断ですから」

金融庁は、日本の金融システムを守るという名目のもと、銀行の融資内容に厳しく目を光らせている。

「それはわかりますが、だからといって仙波工藝社に融資できなければ、行き詰まります。それでいいわけがない」

「そんなことは当部とは関係のないことですね」

猪口は、カチンと来るひと言を口にした。「ウチの仕事は与信判断なんですよ、半沢さん。貸せるか貸せないかを判断するのが当部の責任であり、言い方は悪いですが、その結果、融資先がどうなろうと知ったことではありません。それはあくまで取引先の都合でしょう」

木で鼻を括った対応である。

「仙波工藝社の社員たちが、路頭に迷っても知ったことではないと、そういうことですか」

怒りを含んだ半沢の言葉に、南田が振り返った。通ると思っていた稟議の思わぬ難航は、南田にしても予想外だったに違いない。

「そこまではいいませんがね。とにかく、この融資に担保は絶対条件ですから、きっちり対応してください。ご理解賜りますよう」

猪口との電話は、一方的に切れた。

「融資課長としての、君のスタンスは問題だな」

猪口から申し入れられた内容を聞いた浅野は、事態の責任を半沢に押し付けた。

「だいたい君が状況を読み違えるから、仙波社長が選択を誤るんだ。連続赤字を垂れ流す会社に、そう簡単に融資部が稟議を承認するものか」

「いくら金融庁への対応を気にしているにせよ、融資部が出してきた条件は厳しすぎます。仙波工藝社は、そこまで追い詰められた会社ではありません。北原部長と交渉していただけませんか、支店長」

「嫌だね」

浅野はあっさりと拒絶した。「だいたい、ぼくはこの稟議には消極的なんだ。ぼくには君の説明より、融資部の見解の方が真っ当に聞こえるんだがね」

「しかし、このままでは仙波工藝社が行き詰まります」

「仕方がないだろう、それが融資部の判断なら。第一、そうなったら融資部のせいだ。我々の責任ではない」

「責任の問題ではありません。仙波工藝社を路頭に迷わすわけにはいかないんです」

「だったら、担保を探してくればいいじゃないか」

浅野は言い放った。「そうすれば問題解決だ」

「ですから担保は――」

「買収提案があるじゃないか」

ここぞとばかり、浅野はいった。「連続赤字の会社が、担保もなく融資可能だと勘違いしているから、こんなことになるんだ。それは君の状況説明が甘いからだろう。いますぐ仙波工藝社に行き、融資は難しい、買収を受け入れた方が楽だといってきたまえ。そうそう、買収に応じるのであれば、この融資、本部に掛け合ってでも私が通そう」

東京中央銀行は、現場主義だ。

現場の長である支店長の発言力は大きく、「是非、支援したい」といえば、融資部を動かすことも可能なはずだが、浅野にそんな気持ちは欠片も無いらしい。

取引先を守る立場の支店長からも見放され、取り付く島もない対応を打ち出した融資部からも見放される――。

責任回避の行動の狭間(はざま)で、仙波工藝社の稟議は翻弄されていた。

「検討させてください」

半沢の言葉に、

「検討するようなことか」

浅野は撥ね付けるように言った。「もはや仙波工藝社に残された道はひとつだけだ。なんでそんな簡単なことがわからないんだ、君は。小学生でもわかることだ。さっさと仙波社長と面談して、この状況を説明してきたまえ。そうすれば、考えも変わるだろう」

浅野は、ハエでも追い払うように手を一閃(いっせん)させて、話のおわりを告げたのである。

社長室には友之とハル、そして枝島の三人が集まっていた。

「ここに来て、担保か」

融資部とのやりとりを話すと、友之は絶望的な声を出して頭を抱えた。「ウチには出せる担保なんかありませんよ、半沢さん。もう、融資は無理ということですか」

「考えましたが、諦めるのは早い。検討の余地はまだあるじゃないですか」

「検討の余地といわれても……」

「先日、堂島商店のお話をうかがったとき、堂島さんの奥様が所有するビルだけは債権者から逃れ、無傷で残されたとおっしゃってましたね」

友之は顔を上げた。半沢が何をいわんとしているのか、ようやく察したのだ。

「しかし、堂島家とは……」

「両家の関係については理解しているつもりです。これをご覧ください。先日のお話で堂島政子(まさこ)さんのビルが特定できたので、不動産登記簿謄本(とうほん)を取ってきました」

中西が差し出した謄本を、友之とハル、枝島の三人が覗(のぞ)き込む。不動産登記簿とは、物件概要や所有者、担保設定状況などが記録された公簿だ。謄本とは、その写しである。

「たしかに、この賃貸マンションは堂島政子さんひとりが所有しており、無傷のまま、現在はどこの担保にも入ってません。不動産価値はおそらく、十億円は下らないでしょう。これを担保に入れられれば、今回の融資、うまく行きます」

「まあそれはわかるけど、この前話した通り、堂島家とはまったくの没交渉なんや」

あくまで否定的な友之に、

「それでしたら、まず我々が堂島政子さんと会って感触を確かめるというのはどうでしょうか」

半沢は提案した。「どんな話になるかはわかりませんが、その上で、進められるものなら進める。いかがですか」

友之は、難しい顔をして腕組みをしている。

「どうなん？　私はええと思うけど」

ハルがいった。「半沢さんたちなら上手に話をしてくれると思うわ。それでダメなら、そのときはそのときや」

「社長、私からもお願いします。一度、半沢さんに当たっていただいてもよろしいんじゃないでしょうか」

枝島からも嘆願され、

「まあ、しゃあないか」

意を決した友之は顔を上げた。「本来ならオレが出向くべきやと思うけど、事情はこの前話した通りや。すまんけど、よろしく頼みます」

両膝に手をおいた友之は、そういって頭を下げたのであった。

3

そこは、土佐稲荷神社の敷地に隣接する閑静な場所であった。

「あのマンションですね」

ハンドルを握っていた中西は、スピードを落としてフロントガラス越しに見えるビルを片手で差すと、近くの舗道に寄せて止める。

「やっぱりこのビルか。あの店に行ったことがあります」

一階に入居している画廊を指さした。光泉堂という看板が出ていて、壁に並べて掛けられた風景画を外からものぞき見ることができる。

ビルは洒落(しゃれ)た雰囲気の十階建てで、二階から上は賃貸用のマンションになっているようだ。通りに面したビル左手にガラスドアの出入り口があり、インターホンが設置されていた。鍵がないと入れない内扉越しにエントランス・ホールとエレベーターが見える。郵便受けは、セキュリティのある内側にあるのだろうか、見当たらなかった。

「これじゃあ、堂島さんが住んでいたとしても部屋番号がわかりませんね」

どうしたものかと考え込んだ中西に、

「光泉堂の社長に話を聞けないか」半沢がいった。

「ダメ元でいってみますか。顔ぐらいは覚えてくれてるといいんですが」

再び外に出て、画廊のドアを開ける。

店内にいた女性店員に半沢の名刺を渡すと、まもなく、小柄ででっぷりとした男が奥の部屋から現れ、並んで立っている中西を見るや、

「ああ、あんたか」

覚えていた。「なんや、最近見かけんと思ったら、外回りになったんかい」

「ご無沙汰しております。いま融資課におりまして」

中西が差し出した名刺を、「へえ」、とさして関心なさそうな口調で受け取った光泉堂の社長、岡村光夫(おかむらみつお)は、「で、今日はどうしたん」、と改まってきいた。

「このビルのオーナーのことで、ちょっとお伺いしたいと思いまして」

半沢が切り出すと、

「オーナーって、堂島はんのことかいな」

岡村は顔を上げた。

「ご存じなんですね」

「知ってるも何も。茶飲み友達や。堂島はんになんの用や」

「ここに住んでいらっしゃるんでしょうか」

半沢がきくと、岡村は、「まあそうやけど」、と用向きのわからないまま話すことに

戸惑いの表情を浮かべる。

「実は、堂島さんの親戚スジの会社がウチの取引先でして。ちょっと相談に乗っていただきたいことがあるんです」

「堂島さんが困るような話やないな、それ」

岡村は念を押すようにきいた。

「もちろんです」

と半沢。「堂島さんのご意見を伺いたいだけですので」

「そうか。なら、堂島の婆さんに聞いたるわ。ちょっと待っとき」

岡村はケータイを取り出し、その場で電話をかけ始めた。

「まいど。あのな、いまウチに東京中央銀行の融資課長さん、いらっしゃってるんですわ。なんや堂島さんに、話聞きたいおっしゃってるんやけど、どないする？　会われますか。なに？　ああそうかい。ちょっと待って」

ケータイを手で押さえ、岡村は半沢を振り向いた。

「こっちは用事ないっていってはるわ。どうする？」

「お手間はとらせません」

半沢はいった。「少しだけでもお時間をいただけないでしょうか」

「手間は取らせませんってさ。少しだけ時間くれって。どないや。なに？　あかんのんかい──あかんて」

岡村がいった。はらはらしながら中西が、やりとりを見ている。おそらく政子は、東京中央銀行ときいて、堂島商店の債権がらみの話だと警戒しているのではないか。

「ちょっと代わっていただいてよろしいでしょうか」

半沢は岡村からケータイを預かると、

「お電話代わりました。東京中央銀行大阪西支店の半沢と申します」

そう相手に名乗った。

「なんやの、東京中央さんが」

電話の向こうから、嗄(か)れた声がした。はっきりした口調は、上品な有閑(ゆうかん)マダムというより、遠慮のない下町風に聞こえる。「もしかして、堂島商店のことなら私は関係ないからな。帰ってや」

「いえ、その話ではございません。仙波工藝社さんの件で、少しお話を聞いていただけないかと思いまして」

「仙波工藝社？」

電話の向こうに、意外そうな沈黙が落ちた。「仙波工藝社のことってなんやの」

「直接、お話しさせていただけませんか」

政子はほんの少しの間考え、

「まあ、ええやろ。時間はかからんな？　何人や」

そうきいた。

「ふたりです」

「なら一〇〇一号室を呼び出して。十階ね」

4

降りた十階フロアには、正面にドアがひとつしかなかった。このフロア全てが政子の居住スペースということなのだろう。

ドア脇にあるインターホンを押すと、現れたのは、銀髪の小柄な女性であった。堂島芳治の妻、政子である。

「どうぞ」

広いエントランスの正面には大きな絵がかかっていた。おそらく、ミロのリトグラフだろう。案内されたリビングは広々とはしているものの派手さはなく、どこか凛(りん)としている。

半沢の位置から見える棚にガラス細工の工芸品と置き時計があり、傍らの椅子には、バイオリンケースが出たままになっていた。

紅茶を三つ淹れて運んできた政子は、ティーカップを半沢と中西の前に置き、自分は空いている肘掛け椅子に掛けた。

「バイオリンをお弾きになるんですか」

「昔、そっちの道を目指してたんよ。バイオリニストになろうと思って。いまでは考えられへんっていわれるけどな」

年齢は六十ぐらいだろうか。あらためて向き合った政子は、整った顔立ちに印象的な目をした女性であった。おそらく、若い頃はかなりの美人だったに違いない。

「それで、仙波工藝社の、どんな話なん」

気取ったところもなく、単刀直入に、政子は尋ねた。「ついにあの会社、潰れたとか?」

半沢は思わず苦笑した。黙っていれば深窓の貴婦人といっても違和感はないが、話せばいかにもの「大阪のオバチャン」である。

「いえ、潰れてはいません」

「そうか。そら良かったな」

　さらりといった政子は、目の前の紅茶をソーサーごと膝の上に置き、ひと口飲んだ。

「五年ほど前の話ですが、仙波工藝社さんから堂島商店さんに、三億円の融資をして貸し倒れたという話を伺いました」

　半沢が切り出すと、政子の眉が顰められる。

「それやったら、私は関係ないで。さっきいったやろ」

「ええ、存じ上げております」

　半沢はいい、話を続ける。「ただ、いまその仙波工藝社さんが融資を必要とされていまして。金額は二億円です。当行で支援させていただこうと行内で揉んでいるところなんですが、新たな担保が必要な状況なんです」

　政子は、黙って半沢の話に耳を傾けている。「そこでご相談なんですが、可能でしたら、堂島さんにご協力をいただくことはできないでしょうか」

「協力とは？　具体的にどうしたらええの」

「このビルを、融資の担保として提供していただくわけにはいきませんか」

　政子は黙って膝の上の紅茶をまた一口飲んだ。そして、

「お断りします」

はっきりとした返答を寄越した。「なんで私が仙波工藝社のために担保差し出さなあかんの」

「そこを何とかお願いできませんか。いま仙波工藝社さんには、堂島さんしか頼る人がいないんです」

「そんなら、なんで友之さんが頼みに来いへんの。おかしいやん。本人が来んと、銀行さんが来るなんて」

「友之社長にはこちらからお願いして、堂島さんにお会いする許可をいただきました。友之社長は、堂島さんに迷惑をかけたくないというお考えです」

「要するに、友之さんにはひと言断ったけれども、あんたたちが勝手にここに来たということ？　まあ、そらそうやろうなあ」

合点がいったとばかり、政子は頷いた。「あのな、友之さんは私に迷惑をかけたくないんやない、関わりたくないんや。ウチの主人といろいろあったから。いまさら担保をくれと、私に頭を下げることなんかしたくないはずや」

政子は、友之の心情をよく理解していた。「そして私も、そんな話は聞きたくない。私はね、半沢さん。ウチの主人の会社が傾いたときも、このビルだけは守り通した。なのに、仙波工藝社のために担保として差し出すなんておかしいやろ」

「お気持ちはよくわかります」

半沢は粘り腰で続けた。「ですが、そこをなんとか検討していただけないでしょうか」

「いやや、そんなん」

即座に、政子は首を横にふった。「仙波工藝社っていや、百年近い歴史のある老舗出版社やろ。そんな会社が、ウチになんか頼らんと金が借りられん。要するに、それぐらい業績が傾いてるいうことやな。何のカネか知らんけど、どうせ会社は赤字やろ」

長く経営者の妻をやってきた経験からだろうか。政子の直感は鋭い。「そんな会社に担保差し出したら、戻ってくるかどうかわかったもんやない。こんな年寄りから、家取り上げる気ですか」

「どうしても、ダメですか」

「あかんあかん」

政子は、いった。「帰って友之さんに伝えてくれる？　自分の力でなんとかしいやって。それが社長の務めやろ」

政子はがんとして、態度を変えることはなかった。「それとな、あんたらも二度とこのマンションには顔出さんといて。頼むわ、ほんま」

5

「半沢課長、ちょっと。浅野支店長がお呼びだ」

中西とともに支店に戻ると、江島から声を掛けられた。どうやら浅野は偉すぎて、部下を呼びつけるのは江島の仕事になったらしい。

その浅野は、江島の隣の席にいて不機嫌な顔をこちらに向けている。

「仙波工藝社の件、どうなった」

浅野の前に出向くと、鋭く問いが発せられた。「担保はあったのか」

「いえ」

「だったら、どうするんだね。このまま、資金需要の期日を迎えて倒産させるつもりか」

「担保については少々お時間をいただけませんか」

「時間でどうにかなる問題か。そんなことより、M&Aを進めた方がずっといいじゃないか。なぜそうしない」

「仙波社長には、会社を売却する意思はありません」

半沢ははっきりといった。「現時点でＭ＆Ａを進めるのは時期尚早かと」

「まだそんなことをいってるのか、君は」

浅野は鋭く言い放ち、苛立ちの目を半沢に向けてきた。「置かれた状況をまるで理解していない。自分がオーナーであることにこだわって、社員を路頭に迷わせるつもりか」

取引先社員のことなど微塵も考えていないくせに、もっともらしい理屈を浅野は口にする。

「買収を検討するよう、もう一度仙波社長に申し入れをしたまえ。これは支店長命令だ」

ここで浅野と押し問答をしたところで、埒の明く話ではなかった。

「それと、大阪営本の伴野君を連れていくように」

浅野は付け加えた。「君だけじゃあ、心許ないからな。伴野君がいれば安心だ」

その伴野を帯同しての仙波工藝社への訪問は、翌日のことになった。

「また買収の話かい」

伴野の顔をみて、友之は嫌な顔をしてみせた。

堂島政子を訪ねた一部始終は、昨日すでに報告済みで、そのときの友之の反応は、

「そりゃそうやろ」、とあっさりしたものだった。最初から期待していなかったのだろう。

「まあ、そうおっしゃらずに。本日はお時間を頂戴してありがとうございました」

伴野は慇懃な態度で作り笑いを浮かべ、頭を下げた。「融資が難航していると聞きました。ここはひとつ、先日の話を前向きに検討していただくいい機会ではないかと思い、参上した次第です。社長、せめて相手の社名や、どれぐらいの買収価格を考えているかといった情報だけでも、お伝えすることをお許しいただけないでしょうか。この通りです」

大袈裟な物言いで膝に両手をついた伴野は、深々と頭を下げてみせる。

友之はうんざりした表情を浮かべていたが、

「それを聞くのに、カネ取ったりせえへんやろな」

とついに根負けし、「お前もええな、ハル」、と隣にいる妹にひと言断った。

やがて、「秘密保持契約書」にサインしたふたりの前に、恭しく一通の書類が差し

出される。

「こちらの会社です」

「――ジャッカルか」

友之が驚きの表情を浮かべた。一方のハルが浮かべたのは、驚きよりも疑問の表情であった。

「どうして、あのジャッカルが……。まったくの異業種やん」

ハルがつぶやいたとき、

「いや、関係なくはないな」

友之は、ふいに伴野へ視線を転じる。「田沼美術館、来年あたり完成するんちゃうか」

「さすが、社長。来春を予定しています」

なるほど、とハルも頷いた。

「田沼社長は、コンテンポラリー・アートのコレクターとしていまや世界に名が知れています」

伴野が続けた。「いま日本でもっとも有名な蒐集家といってもいいのではないでしょうか。特に仁科譲のコレクションは圧倒的で、田沼美術館の目玉になる予定です」

「美術館を一軒建てるついでに、美術雑誌出してる出版社も買うたろうと」

友之の言葉には、微かな嫌悪感が滲み出ていた。「金があればなんでも買えるな」

「田沼社長は、御社の大ファンです。ぜひとも、素晴らしい雑誌を応援したい。そして、日本の美術業界をテコ入れしたいと、心からそう願ってのことです」

伴野のセールストークが、友之とハルに響いたようには見えない。

「この話はあかん」

やがて友之がいった。「ウチの読者ならご存じと思うけども、先々代の創業者、仙波雪村が唱えた創業の精神は、〝論説の独立〟や。もしウチがどこか特定の資本傘下に入ってしまったら、創業の精神はどうなる。たとえば田沼美術館の企画展示を真っ向批判する記事は出せんやろ。それとも、それだけの懐が田沼さんにありますか?」

「ですが、ジャッカルの傘下になれば、経営は安定します。社員の生活を守りませんか、社長」

「そりゃあもちろん、社員は守ろうと思ってるよ。融資の審査が難航してることも、重々承知してる」

友之はいった。「そやけど、社員たちだって、企画の範囲を制限されるような会社では働きにくいし、それでは本当の意味で社員を守ることにはならん。カネに困ってるから会社売るやろと軽く考えてるとすれば、それはちがいますよ、伴野さん」

「お言葉ですが、この話はそんな軽々しいものではありません」

伴野はやおら反論してみせた。「田沼社長は本気なんです。それをお伝えするために、ジャッカルが御社を買収した場合の〝のれん代〟をどう考えているか、お知らせするようにいわれてきました」

あえていえば、のれん代とは、言葉どおりその会社の「看板代」である。老舗の看板なら高くなり、社会的信頼や知名度などが高ければ相応の値が付く。企業売買での会社の値段は、土地や建物などのモノの他、毎年の利益状況などの検討の上に、こうした「のれん代」が加わって決まることが多い。

「申し上げてよろしいでしょうか」

もったいぶった伴野は、友之が黙っていると勝手に言葉を継いだ。「――十五億です」

友之が息を吞み、ハルが瞠目(どうもく)して沈黙する。

「会社の価値を算出した上に、こののれん代を上乗せしてお支払いします。検討していただけませんか、社長」

中西が息を潜めて友之を見ている。

仙波工藝社の株は、友之とハルでほぼ全株を所有していた。売れば、会社の資産や収益性などを加味した金額の上に、さらに十五億円が入ることになる。合わせれば数十億円の売却代金になるだろう。

「まだお二人もお若いですし、たとえば六十五歳の定年まで、いまのまま社長業を継続していただいても構わないと田沼社長はおっしゃっています。何の問題もない」

友之が静かに息を吸い込み、内面の〝揺れ〟を横顔に出した。

「是非、前向きにご検討ください、社長。もしお考えが変われば、すぐにでも手続きを進める準備があります。いい返事をお待ちしています」

伴野はそういうと、深々と一礼して社長室を去って行った。


「十五億か。やれやれ参ったな、こりゃ」

友之は深い嘆息とともに、そんなふうにつぶやいた。紙つぶてでも食らったように顔をしかめている。「どう思う、半沢さん。あんたもウチの会社、売った方がええいう考えか」

「それは、社長とハルさんが決めることです」

半沢はいった。「我々はそれに従って、可能な範囲で支援致します」

「ハル、お前はどう思う」

「そら、おカネは欲しいけどなあ。買いたいもの一杯あるし」

ハルは率直にいった。「そやけど、ウチの会社売ったら、ご先祖様に会わす顔無いわ。本当に会社潰れるっていうときならともかく、まだそこまでやないで、社長。十五億で創業の精神、売るわけにいかんのちゃう？」

「札束で頰を張られるっちゅうのは、こういう気分なんやなあ」

壁のアルルカンを見あげ、しみじみと友之はいった。「そやけど、おかげで自分の置かれた現実が見えた気がした。いくらなんでも魂売るようなことはしたくない。これは社員を守ることとは別の話や」

友之の視線が半沢に向けられた。「そやけど銀行さんは、ウチに買収に応じて欲しいはずや。半沢さん、あんたも銀行内の立場がある。支店長には、オレが買収を前向きに検討してるって伝えとき。その方が波風たたんやろ。返事、先延ばしにしといたらええんや。不器用では出世でけへんで」

「嘘の報告はできません。なにぶん――不器用なもので」

半沢のこたえに、友之は声もなく肩を揺すって笑った。

「そやけど、目の前にあるのはかつてない難問や。どうしたらええんやろ」

友之は、そう考え込む。

「もう一度、堂島さんと交渉するお考えはありませんか」

改めて、半沢はきいた。「ああはおっしゃってましたが、まだ可能性はあると思います。一度断られて引き下がるようなことでは、何事もうまくいきません。むしろ、ここからが勝負です」

「半沢さんのいう通りや」

ハルがいった。「社長、改めて会ってきたらどう。なんなら私も行こか」

「いや。オレが行ってくる」

しばし考えていた友之は、一点を睨み付けてそういった。「堂島の婆さんが、そう簡単に自分のビルを担保に差し出すとも思えへんけど、いまウチに残された選択肢はそれだけや。半沢さん、手伝ってくれるか」

「もちろんです。ですが、正攻法でいっても門前払いされるだけです」

「敷居跨(また)ぐな、言われたんやったな。どうしたもんかな」

考えた友之に、半沢はいった。

「私にひとつ、考えがあります」

「状況から考えて、仙波工藝社が買収を前向きに検討するだろうことは間違いないでしょう。稟議も通らず、担保も見つからずでは、どうしようもない。兵糧攻めも成就間近といったところでしょうか」

6

薄笑いをうかべた和泉を、アルルカンが見下ろしていた。同じアルルカンでも、仙波工藝社にあるようなリトグラフではなく、こちらは、仁科譲による油絵で、その価値は途方もない。

ジャッカルの社長室であった。

和泉と伴野の前には、どこか不機嫌な様子の田沼がいて、肘掛け椅子の背にもたれて組んだ足を神経質にぶらぶらさせている。

「といっても、まだ買収に同意しなかったんだ。十五億円じゃ少ないってこと？」

「いえいえ、そんなことはありません」

首を横に振ったのは、伴野であった。「金額をいった途端、仙波社長は明らかに動揺してましたから。カネが欲しいと思ったはずです。ただその――」

言いかけた伴野は、遠慮勝ちに言葉を選ぶ。「仙波工藝社には、〝論説の公平〟という社是がありまして、そこが気になったようです」

「ウチじゃ公平な雑誌ができないってこと？　そんなことないよね」

嘯いた田沼に、

「もちろんでございます」

和泉が追従する。「田沼社長の広いお心で、自由に雑誌作りができると、今度伝えましょう。そういうハードルを取り払ってやれば、仙波社長らも検討しやすくなると思います。なにしろ、背に腹は代えられませんから」

「じゃあ、それをすぐに伝えてよ。良い返事を待ってるから」

「かしこまりました。ところで、本日は社長に興味を持っていただけそうな出物の会社をリストアップして参りました」

和泉はいうと伴野が新たな資料を田沼の前に滑らせ、今後の大口M&A戦略へと話は切り替わっていく。

ジャッカルの成長は踊り場にさしかかっていた。

短期間で長足の成長を果たしての株式上場。田沼はスター経営者ともてはやされ、長く精彩を欠いていた日本経済に久々のドリーム企業が誕生したと騒がれたものの、業績はここのところ頭打ちになっている。

しかし、株主たちが求めてくるのは常に右肩上がりの成長だ。

〝ジャッカル、急ブレーキ〟、〝成長戦略に陰り〟、〝成長神話、終わりの始まり〟――少しでも成長が鈍った途端に噴き出す、世の中の過剰ともいえる反応は、どれも田沼の神経を逆なでするものばかりであった。

かくして田沼は、主業で飽和感のある仮想ショッピングモール以外に、新たな収益源を得るための一手を打とうとしている。

企業買収戦略だ。

これぞと思う会社を買収し、資本とノウハウを注入して短期間で育て上げる。田沼の計画通りなら、ジャッカルは右肩上がりの成長を遂げる高収益企業集団となるはずであった。

一方この戦略は、東京中央銀行の岸本頭取のM&A強化方針と軌を一にしたようなものだ。いまや、ジャッカルの企業買収戦略を手掛けることは、担当である大阪営本に課された至上命令といっていい。

「全部で五十社ほどございます。それぞれ、買収のメリットについて伴野から説明させていただきます」

返事はない。

関心があるのか無いのか、田沼はその書類に触れもせず、腕組みをすると瞑目して黙り込んだ。社長室は静かで、説明を始めた伴野の声が、毛足の長い絨毯に吸い込まれていく。

説明を聞く和泉の頭にひとつの疑問が湧いてきた。

ここに集めた企業はどれも魅力的で、将来の可能性に恵まれたものばかりだ。

しかし、田沼はまるで関心を示さず、上の空に見える。

一方、仙波工藝社の買収には、異常なほどの執着ぶりだ。

なぜだ?

田沼の興味はもはやビジネスではなく、芸術分野へと移ってしまったのだろうか。

田沼時矢という経営者が何を考えているのか、和泉にはさっぱりわからなかった。

いや——ひそかに和泉は考え直す。わからないのではなく、自分はこの男の考えなど、知りたくもないのだと。この気難しい男に期待するのは、「わかった。今後のアドバイザーは君たちにまかせるよ」、というひと言だけだ。

だがその言葉を聞くために、どれほどの気遣いとゴマすり、おべんちゃらが必要なのだろうか。考えると、気が遠くなりそうであった。

7

爽やかな秋晴れに恵まれた朝である。

午前六時半。少しひんやりとした夜気の残る閑散とした境内に、作業服を着てゴミを拾う何人かの人たちがいた。皆、この稲荷神社の氏子たちで、活動は毎週三日。広大な境内の清掃、植栽の手入れから、時にホームレスへの炊き出しまで範囲は幅広い。

いまその境内に大きなゴミ袋を提げ歩く男がいた。半沢直樹である。軍手を塡め、吸い殻やゴミなど、目に付くものがあればゴミばさみで拾って袋に放り込んでいく。

その後ろに続いているのは中西だ。こちらは手ぬぐいを頭に巻いたジャージ姿。さらにその近くには、作務衣に竹箒を持って、せっせと境内を掃き清める仙波友之の姿があった。

この日、氏子たちの活動に飛び入りで参加する許可をくれたのは、東京中央稲荷の祭りでも中心的役割を担っている本居竹清であった。立売堀製鉄の会長である。

竹清翁によると境内に散らばって清掃に勤しんでいる氏子は、全部で二十人ほど。

そのほとんどがこの界隈に住む老人たちで、この活動は半ば、宗教というよりコミュニティ活動に近い。本居竹清はこの土佐稲荷神社でも氏子総代を務める、押しも押されもせぬ地元の実力者であった。

「お疲れさん」

背後から声がかかり、一台のリヤカーが近づいてきた。引いているのが竹清翁だと知ったとたん、中西が慌てて駆け寄り、「私にやらせてください」、と申し出た。

「気にせんでええがな。これはワシの仕事なんやから」

「いやいや、そういうわけには」

そんな押し問答の末に竹清翁からリヤカーを譲り受けた中西は、それを引いて境内の奥へと消えていく。

竹清翁は、近くに座る場所を見つけてどっこいしょと腰を下ろすと、腰にぶらさげた袋からペットボトルの水を取り出して喉を潤した。首に手ぬぐい、着古した作務衣に雪駄姿は板について、とても上場企業の会長には見えない。竹清ぐらいの地位と財力なら、毎日名門ゴルフ場に出掛けて遊んでいてもいいのにそうはせず、こうして地元のひとたちと交わろうとする。故に、人望が集まるのだろう。

「おい、婆さん。そろそろあがろか」

その竹清が声をかけると、近くに屈んでいたもんぺ姿の女性が立ち上がって額の汗を拭った。ニットの帽子をかぶり、土のついた軍手にスコップを握り締めている。

「まったく、あんたに婆さん呼ばわりされとうないわ。自分かて、ええ年してるやないか」

憎まれ口を叩き、痛む腰を伸ばしながら近づいてきたのは、堂島政子であった。その政子は、やれやれと並んで竹清翁の隣に座り、ちらりと半沢を見ると、「ああ、ええ天気やなあ」、といった。

「先日はお邪魔いたしました」

一礼した半沢に、

「あんたも、なかなかしぶとい人やなあ」

そんなふうにいった政子の目は、半沢の背後にいる仙波友之の姿をしっかりと捉えていた。

いつから気づいていたかはわからない。

「どうぞ」

半沢が提げていた布バッグから出したペットボトルを受け取った政子は、「ひさしぶりやな、友之さん」、と少し離れたところにいる友之に声をかけた。

友之は硬い表情で政子を見据え、「お久しぶりです」、そう応じる。

「知り合いなんやてな」

竹清翁にきかれ、「親戚ですわ」、と政子はこたえた。「あれはウチの死んだ旦那の甥っ子や」

「それを偶然、半沢さんが連れてきた――わけないか」

「私にもいろいろあるんよ。旦那が死んで三年経ったけども、世の中は動いてる。こうして久しぶりに甥っ子が訪ねてきたのも、ある意味堂島が生きてきた証や。――そやな」

最後のひと言は、友之に発せられたものであった。

半沢がすっと目を細めたのは、その言葉のニュアンスが、先日、政子を訪ねたときと異なっていたからであった。

「そうですね」

溜め息まじりに友之が応じる。「このたびは、都合のいいお願いをしてすみません」

しばし頭を下げた友之を、政子はじっと見つめ、

「まあこんなところではなんや。せっかく来たんやから、うちのひとに線香のひとつでも上げたってよ」

そういって腰を上げると、友之を自宅に招いたのである。

第三章　芸術家の生涯と残された謎

1

「あんたが、堂島のことを憎んでることは、よくわかってる。そやけど堂島は、あんたに借りたカネをできれば返したいと本気で思ってたはずや」

　先日訪ねたときと同じ堂島政子の家のリビングに、半沢はいた。堂島芳治は家業の堂島商店を破綻(はたん)させて生涯を閉じたが、少なくとも政子は夫と共倒れになることもなく、独自の老後を生きている。

　友之はそれを、堂島芳治の差配と思っているかも知れないが、半沢にはむしろ政子の才覚ではないか、という気がした。

「まったく、堂島は商売が下手でねえ。結局、あんたに迷惑をかけてしもうた。そのことを死ぬ間際まで悔やんでたな」

堂島芳治のことを語る政子の口調は、しみじみとしたものであった。

「悔やんでた？　伯父さんが？」

問い返す友之は、俄には信じられないとばかり首を横にふる。「嘘やろ」

「嘘やない」

政子はいった。「あんた、堂島のことをお母さんからいろいろ聞いてはったかも知れへんけど、堂島ほど誤解されやすい男もおらん。留学先のパリから戻されたことを恨んでたのは事実やけど、それは昔の話や。その後堂島にもいろいろな転機があったんや」

「転機、ですか」

友之が誰にともなくいう。

「当時はお互い複雑な事情が絡みあってた。その結果、いろいろ誤解されることになったのも無理からぬことかも知れん。いまさら聞いてもしゃあない話かも知れへんけど、これも何かの縁や。あんたが考えてる堂島が本当はどんな男やったんか、死んだ堂島の代わりに話してええか」

政子にきかれ、友之は黙って頷いた。

政子が語ったのは、堂島家と仙波家にまつわる、もうひとつのストーリーである。

「最初の誤解は、堂島の義父（ちち）、堂島富雄が芳治をパリから戻すときに生まれた。そのとき富雄は、いろいろとカネが必要になったからもう支援はできんと、そう芳治に話したんや。後で事情を知った芳治が、仙波家の家業が傾いたせいで画家への道が閉ざされたと逆恨みしたのも半ば無理からぬことやった。ところが、それは単に芳治をパリから引き戻すための、富雄の方便やったんや」

「方便？」

友之が聞き返した。友之もまた、芳治がパリの留学費を打ち切られたのは仙波家への支援が原因だと聞いていたからである。

「当時の堂島商店が精彩を欠いていたのは事実やけど、実は芳治の留学費を出すぐらいの余裕はあった。本当の理由は他にある。実は、堂島の義父は絵心のある人で、かなりの数の美術品を蒐集してるほどの愛好家やった。ひとかどの鑑定眼を持っていて、銀座の有名画廊に飾られていた贋作（がんさく）を見破ったという逸話もあるぐらいや。その富雄は、パリで十年近く修業した芳治の絵を見て、才能を見限った。これはものにならんと。このまま続けても芳治のためにもよくない。そやから理由をつけて資金を打ち切り、日本に帰国させたというのが真相や。でも、芳治には決してそのことをいわんかった。お前には才能がないなんて、自分に才能があると思っている芳治にいったところで、親子喧嘩（げんか）になるだけや。でも、時間が経つにつれ、そうした思惑は自然に芳治にも伝わったらしい。なにしろ、この話を私にしてくれたのは、他でもない芳治やからな」

「それは、いつ頃の話ですか」

半信半疑の表情で、友之がきいた。

「パリから戻って十何年も経ったころやったろうか。あんたが大学行ってた頃や。もう堂島の義父、富雄は亡くなっていて、いま話したことを芳治は、当時存命やった堂島の義母（はは）に聞いたんやないかと思う。芳治は、『オヤジはオレに才能がないと思ったから日本に戻したんや』と、そのとき私にはっきりといった。それはもう悔しがってましたわ。やけ酒なんか呑んでね。見てるのも辛いぐらい」

政子は、淋しげな笑みを浮かべた。「富雄が亡くなって、芳治が堂島商店の社長になったのはその数年前のことやったけど、芳治が最初にしたことは富雄が買い集めた絵画をきれいさっぱり売り払うことやった。まだ画家への未練があったんやろうね。慌てて売らんと持っといたらどうなのって私がいうと、オレの周りに絵なんか置いておきたくないって。未練たらたらやった。ところが、それから何年もして、芳治に転機が訪れた。それがあの、アルルカンの絵や」

そういって政子が見つめる先には、額に入った一枚の写真があった。

立ち上がって手にした政子は、その額をテーブルに立てる。

あっ、という小さな声を発したのは中西であった。

「この絵は――」

いまも仙波工藝社にあるアルルカンの絵が、その写真に収まっていたからだ。

しかしそこには、仙波友之ではなく別の人物が写っていた。堂島芳治だ。六十歳前後だろうか。肘掛け椅子に座る政子の背後で佇む写真は古く、色褪せている。

「この絵は、友之社長が買われたものではなかったんですね」

半沢の質問に驚いた顔をしたのは、政子の方だった。

「あんたまだ持ってんの、このリトグラフ」

「ええまあ」

少々渋い表情で友之はこたえた。「ビルを買うとき、伯父さんがもういらんいうから、そのままにしてあります。この絵を見てると、自分がアホに思える。そこがええわ」

友之の言いぐさに、政子は声を立てて笑った。

「礼を言うわ、友之さん。芳治も喜んでるはずや」

「それより、なんであのアルルカンの絵が転機になったんです」

先を促した友之に、政子は続きを語り始めた。

「芳治が堂島商店の社長になった頃、知り合いの方から東京芸大を卒業した息子を預かってくれといわれた。芸大を出たんはええけど、海外で修業したくても家にカネがないから、自分で働いてカネを作りたいというわけや。不動産いうのは、チラシの出来不出来で相当印象が変わるし、新たな家を建てるにも、デザイナーの視点は欠かせません。ちょうどええいうので、夫はデザイン室というのを作ってね、その青年を二年ほど、雇いました。画家志望の彼は、短期間パリで暮らせるぐらいのお金を稼いで、絵の修業のために向こうへ渡っていった。当時の留学先はベルリンやニューヨークが人気やったらしいけど、彼はそういう流行には乗りたくないといって、あえてパリへ旅立っていったんや。〝留学なんて、やめときゃあいいのに〟、なんて芳治はいってたけど、それから何年かして、偶然、その彼の絵と巡り合った。それは、老松町にある画廊でした。出入り口の一番目立つところに、その絵は掛かってた。なんと、その青年は、売れっ子の画家になってたんや。芳治も昔であればすぐに気づいたと思うけど、一切絵には関心を払わないどころか、むしろ絵から逃げるような生活をしていたので、その成功を知らなかったんです。そのとき、買い物ついでに街を散歩していた芳治がふと足を止め、その絵を見つけました。ちょうど外から見える場所に掛かってたからやと思います。珍しいことに、あれだけ絵を避けてた芳治が『ちょっと寄ってくか』って。虫が知らせたのかも知れんな。画廊に入った芳治は改めてその絵の前に立ったはええけど、その場で動かなくなった。いや、動けなかったという方が正しいかも知れん。まさに衝撃やったと思います。そのときの芳治の顔といったら、いまでも忘れられへんわ。眉間に皺を寄せて、長い間絵を見つめたままぼうっと突っ立っててね。やがて私に言ったんです。〝オヤジは正しかったな〟って。〝オレには、これほど輝くような才能はない〟」

政子は続ける。「それは、アルルカンとピエロを描いた絵でした。額縁の下に作者名のプレートがあって、覗き込んだ私は、驚いたことに、よく知っている人の名前をそこに見つけたんです——仁科譲と。聞くと絵には、目の飛び出るような値段がついていてね。仁科は、コンテンポラリー・アートの旗手として頭角を現し、その作品は世界中のコレクターの垂涎の的になってました。なんとも、才能とは残酷なものや。夫が十年も努力して得られなかった評価を、仁科は短期間のうちに確立したんやから。夫はその絵を欲しいと思ったでしょうけども、当時の堂島商店にはすでにそれを買うだけの力はない。そこで代わりに、このアルルカンのリトグラフを買い求め、社長室に飾りました。あれは芳治にとって、いわば青春の墓標です」

友之が瞬きすら忘れ、政子を見つめている。

才能がある者だけが残り、才能がない者は淘汰される。どれだけ情熱を傾けようと、決して渡れない川がある。その限界を眼前に突きつけられたときの芳治の衝撃がいかほどのものであったか、誰にも想像がつかないだろう。

「ということは、あのビルに仁科譲が勤めていたんですか」

仙波工藝社のビルに仁科譲が勤めていたというのは、半沢にとって初耳であった。中西も目を丸くしている。

「ちょっと待ってや」

立っていった政子は、古いアルバムを抱えて戻ってきた。開いたページに五十人ほどの従業員と一緒に、芳治が写った記念写真が貼り付けてある。全員が浴衣姿なのは、南紀への社員旅行だからだと政子はいった。

「ほらこれ。若い頃の仁科譲や」

政子が指した写真の仁科は、二十代前半の、初々しい若者であった。

「仁科譲というのはミステリアスな画家なんや」

友之がいった。「あまり私生活を明かさない画家やったからね。特に、芸大を卒業してパリでデビューするまでのことは、本人も多くを語っていない。これは貴重な写真ですわ」

政子に向かい、

「ちょっと伯父さんに手、合わせてええかな」

そういった友之は、隣室に置かれた小さな仏壇の前で、随分長く合掌したのであった。

2

「本題に戻ろうか。あんた、担保のこと頼みに来たんやろ」

仏壇の前から戻った友之に切り出したのは、政子であった。「この前半沢さんに話したけど、正直、気乗りせんわ。だいたい、あんたんとこの経営、どうなっとんねん」

ここからが本題である。いかにも政子らしい単刀直入の質問に、

「財務諸表を三期分、準備しております。もしよろしければ」

半沢はいい、友之の了承を得て政子に見せた。そんなん見てもわからん――そういうかと思いきや、慣れた様子で財務諸表を開いていく。数字を追う表情は真剣そのものであった。

やがて、最後まで目を通した政子は書類をテーブルの上にぽんと投げ、

「あかんな」

ひと言、そう告げた。

「あかん理由はなに」

そう聞いたのは、半沢ではなく、友之だ。

「それを考えるのが、あんたの仕事やろ、友之さん。ウチの芳治も甘いとこあったけど、あんたも三代目やなあ。このまいったら、あんたの会社、間違いなく行き詰まるで」

「赤字の編集部を整理しろ、と」

「なんや、わかってるんやんか」

そういった政子は、椅子の背にもたれ、何事かに思いを巡らせている。

「わかっててても簡単やない。どの編集部も歴史があるし、社会的意義があるんです」

「そんなふうに思うてる以上、望みはないな」

まさに、一刀両断である。「社会的意義がある雑誌がなんで赤字なんや、友之さん。そのこと考えてみ。みんなが必要としてる雑誌なら当然、黒字になるはずや」

友之は唇を噛んだままこたえない。

「堂島さん、おっしゃることはよくわかります。今後、仙波社長もご意見をもとに社業を立て直すとして、その前に資金が必要になります。なんとかこのビル、担保としていただくわけには――」

「お断りします。こんな業績の会社に担保を入れたら、ドブに捨てるようなもんや」

きっぱりと政子はいい、成り行きを見守っていた中西ががっくりと肩を落とすのがわかった。

友之は指先のあたりを見つめたまま、動かない。

一縷の望みを掛けた直談判も、あえなく失敗に終わろうとしたとき、

「そんなら、あの三億円返してくれますか」

友之が怒りの滲んだ声を出した。「計画倒産か知らんけど、一銭も返さんと詐欺みたいなもんや。ウチのお母ちゃんにいわれて仕方なく貸したけれども、知らぬ存ぜぬはないでしょ。関係ないなんていってるけど、伯母さん、夫婦やないか」

きな臭くなってきたが、政子は顔色ひとつ変えず平然と構えている。その態度は、まさに女傑であった。

「友之さん、あんたの気持ちはわかる」

政子は澄ました顔でいった。「そやけど、あんたかて経営者やろ。連帯保証人にもなってない人間から、どうやって財産巻き上げるの。私は若い頃、音楽の勉強をしていた。でも、芳治と結婚して帰国してからは、堂島の義父にいわれて経営を勉強してきた。私の経営の師匠は堂島の義父や。そうやって堂島商店の経営を傍らから見てきたんや。はっきりいって、私は芳治の経営なんか、これっぽっちも信用できへんかった。あの人は悪い人やない。でも、経営者としては三流や。仙波家と堂島家のしがらみはわかる。そやけど、私がその尻を拭う義務はない。それだけははっきりと言わせてもらうで」

多少なりとも融和ムードが漂っていた二つの家族に、再び軋轢が生まれようとしている。

担保交渉の場が、過去を蒸し返す修羅場になる、もはやその一歩手前であった。

「さっき芳治伯父が、オレに申し訳ないと思ってたいう話は、なんなんや」

友之は悔しそうに顔をしかめた。「そんなことといわれてもチャリンとも言わんで。

いまさら、どうとでもいえる」

「あのな友之さん。あんたに金返す義務があるのは私やない。芳治や」

政子は改まった口調で、断言した。「そやけど芳治は死んだ。もう芳治が自分であんたにカネを返すことは無理や」

「返す気持ちなんか、本当にあったかわからんけどな」

吐き捨てるように疑問を呈した友之に、

「いや、あったよ。死ぬ間際まで、あんたのこと気にしてた。それは事実や。それに
――」

そのとき政子に、何か戸惑いのようなものが浮かんだ。

「ほんまに返済できたかも知れへん」

はっとして友之が政子を見、その言葉を斟酌するような間が挟まった。

「どういうこと?」

友之が問うた。「返済できたかも知れへんってことは、それだけのカネがあったいうことか」

「カネはない」

矛盾とも取れる発言である。「そやけど、なにかの金儲けを、芳治は思いついたら

しい」

「金儲け……」

友之は、きょとんとした。

「そのとき芳治は、あんたに知らせなあかんゆうてね。連絡とってくれって。私、いっぺんあんたに連絡したことあったやろ。覚えてるか」

「そういえば……」友之にも心当たりがあったようだ。

「そやけど、あんたはもう関わらんといてくれゆうて……。まあそれも致し方ないことやと思う」

「その金儲けとはいったい——」

問うた半沢に、

「わかりません」

政子は短い嘆息とともに首を横に振る。

「わからんってどういうこと」

友之がきいた。「そのとき、きかんかったんか、伯父さんに」

「きいたけど、あんたが会いに来ないっていったら腹立ててね。宝の山がそこにあるのに、アホかゆうて。結局そのまま黙ってしもた。そういう意固地なとこがあった。

わかるやろ」

「わかるかいな」

ぼそりと友之がいった。「何が宝の山や。夢でも見てたんちゃうか」

「私もそう思った。そのときは」

なんとも釈然としない空気が流れている。政子が再び口を開いた。

「その頃、芳治の病状はかなり進んでて、たしかに時々、現実と夢が混同することもあった。また何か夢見てるんかな——そんな思いが私の中にあったのは事実や。そやけど、最近になって、そのときのことを思い出すんや。あれ、ほんまに何かあったんやないかなって。なあ、友之さん、芳治がなにを思いついたかわからんやろか。もしそれで本当に金儲けできるんなら、あんたにとってもええ話やないか」

友之は黙って政子を見ている。

「ウチの会社はいま生きるか死ぬかの瀬戸際なんやで。そんな夢か幻かわからん宝探しなんかしてられるかいな」

「そんなことない。何かあるはずや」

政子はいったが、「もうええわ」、と友之は震える息を吐き出し、

「ごちそうさん」

険しい表情で席を立ったのであった。

政子は押し黙り、止める術は失われた。中西が見送りのために友之と出ていく。精神的に追い詰められている友之が怒るのも理解できる。担保の提供を頼みにきたのに、雲を摑むような話ではぐらかされた——そんなふうに思ったとしても無理からぬことだ。だが、半沢の見たところ、政子は至って大まじめであった。この女傑がそこまでいうからには、本当に何かあるのではないか。

「堂島さん、その儲け話が現実だと思われたのはどうしてですか」

政子とふたりになって、半沢は改めて問うた。

「遺品を整理してたら、手紙らしきものが出てきたんや」

「手紙？」

政子は席を立ち、別室から段ボールをひとつ抱えて戻ってきた。中から取り出したのは、新聞の広告である。大阪市内の不動産を売るための、何の変哲もない広告だ。

「裏見て」

政子に言われてひっくり返すと、そこに三行ほどのメッセージが記されていた。

〝友之へ　迷惑かけた。すまん。そやけど、ひとつ頼みがある。お前の会社には宝が眠っているかもしれん。会って話したい。最近、オレの病気は一進一退で——〟

手紙は途中で終わっていた。ボールペンで記されていたが、おそらくベッドに横になりながら書いたのだろう、ひどい乱筆で、読むのに苦労するほどだ。

「友之さんが来ないもんやから、なんとか来させようとして手紙を書こうとしたんやと思うんです」

政子はしんみりとしていった。「本当は達筆なひとでしたけど、よほど具合の悪いときに書いたんやろうなあ。震える手で力を振り絞ったのに、結局最後まで書き切れず……。最近になって週刊誌の中に折りたたんであるのを見つけてね。それにしても、いつもそうやねん」

政子は自虐的な笑いを浮かべた。「お互いに憎み合って、誤解して、少し話せば打ち解けられるのに、どういうわけかいつもすれ違う。半沢さん、申し訳ないけど、この手紙、友之さんに見せてくれますか。書きかけの手紙を渡されるのは芳治も嫌やろうけど、無いよりマシやろ。これ見たら、友之さんの考えも変わるかも知れへん」

「かしこまりました」

半沢はしばし考え、「その宝探しですが、手掛かりはあるんでしょうか」、そう尋ねる。

「伏せってるときに思いついたんやから、手掛かりといっても、そのとき病室にあった週刊誌とか新聞とか、そういうものぐらいしかないわ」

「それ、お預かりできますか。考えてみます」

半沢が申し出ると、

「あんたが調べてくれるんか」

政子が意外そうに半沢を見た。

「仙波工藝社の現状を打ち破る可能性があるのなら、何でもさせていただきます」

「わかった。ならあんたに預けるわ。よろしく頼みます」

頭を下げた政子に、

「それと、担保の件です。提供していただける余地はあるんですよね」

半沢が改めて問うと、政子はゆっくりと頭を横に振り、

「いまの仙波工藝社では、将来はない」

きっぱりといった。「あれではあかん。歴史も社会的意義もわかる。でも、それと経営は別や。過去の蓄えもあるし、すぐには倒産せんかもしれん。そやけど、ただ痩せて行くだけの会社に、担保を出してまで生かす価値はない。私はそう思うてる」

堂島富雄譲りなのだろう。政子の経営理論は揺るぎなく、地に足の付いたものであ

った。

「お考えはよくわかります」

半沢はいった。「ですが逆に、生かす価値のある会社であれば、考えていただけるんですよね」

「あんた、挙げ足を取るの、うまいな」

嫌みっぽく政子がいった。「友之さんに伝えといて。会社変えようと思ったら、まずは自分から変わるこっちゃ」

言い方は厳しいが、政子の言葉は的を射ている。

「友之社長に伝えます」

その日、中西とともに持ち帰った堂島芳治の遺品は、全部で段ボール三箱分。状況は、予想外の方向へと進もうとしていた。

3

「どうやった、堂島の伯母さんは」

ハルが顔を出したとき、友之は社長室の肘掛け椅子に体を埋め、ひとり考え込んでいた。

　足を組み、片方の手を頰に押し付けたままの友之が虚ろな目を向けてきたが、返事はない。

「あかんかったの？」

　友之の前のソファに掛ける。「まあ、そう簡単やないよね」。それは、友之にというより自分に言い聞かせた言葉にも聞こえる。

「なんていいはったん、堂島の伯母さんは」

「赤字の会社に担保なんか出せんとさ」

　ハルは意外そうな目を、友之に向ける。

「本物の業突く婆やな。腹の立つ。社会的な意義があるなら赤字なわけない、やて」

　虚ろにいった友之に、

「腹立つのは、図星やからちゃう？」

　返事はない。やがて、

「オレかて、わかってたんや」

　溜め息混じりに友之がいった。「避けてたかもしれん、会社を変えることを。赤字の雑誌に、社会的意義もへったくれもない。悔しいけど、その通りや」

ハルは目を丸くした。

「経営のことわかるんや、堂島の伯母さん。さすがやな」

「さすがなもんかいな。欲の皮、突っ張ってはるで」

友之は顔をしかめてみせる。しかし、

「なあハル」

ふいに友之は決然とした面持ちで妹を見た。「やっぱ、今のままではあかん。思い切って変えてこ。経営改革や」

友之の真剣な口調に、ハルは小さく息を呑んだ。

「オレは甘えてた」

友之は続ける。「金を借りるその前に、担保入れてくれ頼む前に、もっとしっかり自分の会社を見つめ直すべきやったんや。なのに歴史や社会的意義という言葉に逃げてた。そやけど、もうそれでは通用せん。たとえ痛みを伴っても、いまやるべきや。オレはこの仙波工藝社を変える」

断言した友之にハルはごくりと喉を上下させ、

「リストラするつもり？」

ときいた。

「『現代芸術手帖』を廃刊にする」

仙波工藝社にある三雑誌のうちのひとつだ。編集部員は全部で七名。ある意味、看板雑誌である「ベル・エポック」以上に専門性の高い内容を誇っている。

ハルが目を見開いた。

「編集部員、どうするの？　みんなクビにするの？」

「早期退職を募る。一部の部員は『ベル・エポック』に集めて精鋭部隊を作る。後は企画部で引き受けられんか」

「そんなん、いきなり言われても……。廃刊以外に手はないんかな」

「ない。現状維持で生き残れるとしたら、他に方法はひとつだけや」

ハルがはっとしたのは、頑なな横顔を見せている友之の内心を悟ったからだ。

「社長、会社売るのはあかんで」

慌ててハルがいったとき、ドアがノックされて社員のひとりが顔を出した。

「社長、東京中央銀行の半沢さんがいらっしゃってますが」

「ここに来てもらってくれ」

友之はいい、肘掛け椅子に背を持たせかけると眉根を寄せ、しばし瞑目したのであった。

4

「それで、どうなった」

お代わりしたビールのジョッキを旨そうに傾け、渡真利は口もとについた泡を拭った。

「オレから、堂島芳治の書きかけの手紙を渡して、担保の提供を受けられる可能性があることも伝えたんだが、その前に友之社長も何をすべきかわかっていた」

「リストラか」

「買収のことも考えたらしい。正直にいうところが、友之社長だ。だが、誰がオーナーになったところで、会社の課題が変わるわけじゃない」

半沢は思案がちな目をカウンター越しの光景に投げた。馴染みの店、「ふくわらい」である。カウンターの内側ではいつものごとく、老主人の包丁捌きが冴え渡っていた。

「たしかにな」と渡真利。

「痛みを伴わない改革はない。決断するのは社長だ」

半沢はじっと壁の一点を見据えた。

「経営の難しいところだな」

渡真利はいい、「それで、宝探しはどうなった」、と興味有り気に問うた。

「難航中だ」

前を向いたまま、半沢はこたえる。

「その堂島政子から預かった段ボールの中味はなんだったんだ」

「三年前の雑誌に新聞、手紙。それに、アルバム三冊」

「アルバム？」

「古いアルバムだ。芳治は病床で、自分が元気だった頃の昔を懐かしんでいたのかも知れん。その気持ちはわからんではない」

「それで、手がかりらしいものは見つかったのか」

半沢は、静かに首を横に振った。

「ガセかもよ」

「いや――」

半沢は首を横に振った。「芳治の手紙には、たしかに何かあると思わせるものがある。もしお宝が見つかれば、新たなビジネスが生まれるかも知れない」

「それがお宝ならな」

渡真利は端から半信半疑の体である。「だけどお宝も見つからず、経営改革もできず、仙波工藝社が買収に同意したら、今回はお前の負けだな」

「勝ち負けじゃないさ。それならそれで仕方のないことだ。喜んでM&Aの手伝いをさせてもらう。それも経営判断だからな」

「負け惜しみにしか聞こえないけどね」

渡真利は笑っていった。「このまま買収成立なら、今回は、大阪営本の和泉さんと伴野が仕掛けたパワーゲームにやられたんだよ。支店長の浅野さんも裏でつながってるだろうしな」

「融資部はどうだ」

半沢は問うた。「担保を条件にされたおかげで、こっちは苦労してる。猪口は金融庁をタテにしていたが、あれはどうなんだ」

「猪口はともかく、北原さんはお前も知っての通り、厳しい人だ。仙波工藝社だけに意地悪はしないだろう。結果的に仙波工藝社のM&Aを推進したい連中には追い風になってはいるけどな」

「十五億円だそうだ」

半沢のひと言に、渡真利が黙って目で問うた。

「仙波工藝社ののれん代だ」

その目が驚きに見開かれる。

「それはまた随分、奮発したな。余程、田沼社長は気に入ったと見える」

「実は、それが最大の謎だ」

半沢は言葉を選んだ。「正直、そこまでの会社かと思う。いや仙波工藝社のことを悪くいうわけじゃない。だけど、会社には適正価格というものがあるだろう。いまの仙波工藝社にはそれほどの価値はない」

「なるほど」

渡真利もいうと、しばし思考を巡らせたが、これという答えは思い浮かばなかったようだった。「無思慮な大盤振る舞いか、何か意図があるのか――腹の探り合いだな」

「田沼社長が何を考えているのかがわからない。この買収提案が胡散臭いのはそこだ。こういう話には大抵裏がある」

だがその裏がなんなのか、半沢にはまったく想像がつかない。

大阪営本の伴野が、「仙波工藝社にもうひとつ伝えたいことがある」、と連絡を寄越したのはその翌日のことであった。

銀行の窓口に寄る用事があるというので、友之との面談は、大阪西支店の応接室で行われることになった。

「先日はありがとうございました。また本日はわざわざご足労いただきまして、恐縮です」

大阪営本の伴野が丁重に礼をいうと、

「社長、このたびはお時間を頂戴し、ありがとうございます」

ちょうど居合わせた江島までやってきて、ぺこぺこお辞儀をし始めた。「お預かりしている融資の件、予想外に難航してご心配をお掛けしてます。代わりといっては何ですが、この買収案件、たいへんいい条件になりつつあります。ぜひご検討ください」

「ボーナスポイントもらえるからな」

友之の嫌味に、江島は愛想笑いを萎ませ、「じゃあ、ご説明申し上げて」、伴野に話を譲るとそそくさと口を噤んだ。

友之の機嫌がいつになく斜めなのは、ここ数日、検討している経営改革案が難航しているからであった。

解雇を伴わない経営改革を進めたいのに、状況がそれを許さない。クビは切りたくないが、クビを切らないことには改革が成功しない。いまの友之はそのジレンマに陥っている。

「仙波社長からいただきました宿題を田沼社長にぶつけたところ、お返事をいただきましたので、本日はそれをお知らせしようと思った次第です」

「宿題？」

聞き返した友之は、

「社是の件です」

という返事に、「ああ」、と曖昧に答えた。さして期待していない口ぶりである。

「こちらが田沼社長からの伝言です」

そういうと伴野は、ジャッカルの封筒をカバンから取り出し、中から手紙を取り出した。「読みます」

――仙波友之様。先日はお忙しい中、私どもの提案に耳を貸していただき、心より御礼申し上げます。後日、仲介の労を取られた東京中央銀行伴野氏より、この提案が〝論説の公平〟という社是に抵触するのではないかという懸念が仙波様より示されたと伺いました。私どもの業態を勘案するにまことにもっともな指摘だと思い、それを説明するため、こうしてお手紙を差し上げる次第です。

私は、仙波工藝社の歴史と権威に敬意を払うとともに、その独立した評論のスタンスに深く共感いたしております。

わが国美術界において御社を特別なものにしているのが、唯一無二の社是と、それに則(のっと)った編集企画であることは疑いの余地がありません。

私どもは、いままでにお示ししたいくつかの条件に加え、新たにお約束いたします。

今後も、論説の公平、編集の自由を、完全な形で保証いたします。

どうぞ絶対公平でありつつ、自由闊達(かったつ)、創意に満ちた活動を、引き続き継続していただきたく、こちらからもお願いする所存です。

ひとつのグループとして、日本の未来を切り拓(ひら)くことが出来る日を、心待ちにしています。どうぞ安心して、我々の提案をご検討くださいますよう、よろしくお願いいたします。

手紙の最後には、田沼時矢による自筆のサインがあった。

「どうぞこれを」

差し出された手紙を受け取った友之に浮かんでいるのは、戸惑いであった。

「これで問題解決ですね、社長」

嬉々とした江島の声にも、友之は反応しない。

経営改革に頭を悩ませつつ、一方で、ジャッカルが示す条件は破格のものばかりだ。

「田沼社長には、美術評論や編集方針に口出しする意思はありません。純粋に、美術界を応援したい、そのために御社を大切に支援したい――その思いで、この提案をされています。どうぞ、前向きに検討してください、社長」

半沢と中西が見守る中、友之から小さな吐息のようなものが洩れた。いまの友之は、資金繰りの瀬戸際に立つ、孤独な経営者だ。

「わかりました」

やがて出た友之の言葉に、中西がはっと顔を上げた。

予想外の答えだったからだろう。

「前向きに検討しましょう」

「ありがとうございます」

伴野が破顔し、

「これだけ条件のいいM&Aはそうありません。そういっていただけると思いました。ねえ、江島副支店長」

話を振られた江島は何度も頷き、興奮に頰のあたりを朱に染めている。

いま、顔を天井に向けて、友之が瞑目した。苦悩の横顔である。

買収提案を受け入れたいわけではない。だが、それを検討せざるを得ない逼迫した事情がこの男にはあるのだ。

「課長、どういうことなんでしょうか。友之社長は、独自の資金調達を諦めてしまったということですか」

友之が帰った後、半沢のところに、思い詰めた表情で中西がやってきた。真っ直ぐなこの男からすれば、仙波工藝社の買収検討は、友之社長の心変わりに見えるのだろう。

「検討するといっただけだ。買収を決めたわけじゃない」

半沢はいったが、それで納得するような中西でもない。

「経営改革を実行して、堂島さんに認めてもらえば担保提供してもらえる余地は十分あると思うんです」

「ところが、その経営改革案で躓いている」

半沢はこたえた。「万が一、堂島さんに担保は出せないといわれたらどうする。社員全員で路頭に迷うのか。会社経営ってのは、正論だけが全てじゃない。清濁併せのむ狡さもまた、必要なんだ。いまの友之社長にとって全ての可能性が選択肢だ」

「では、二億円の稟議は――」

「もちろん、そのまま継続する。友之社長が戦い続ける以上、我々はそれを全力で応援する。これも含めてな」

半沢はデスクの傍らに積まれた段ボール箱を目で示してこたえた。堂島政子から預かった遺品である。

「いま友之社長の手腕が試されてるんだ」

やり取りを聞いていた南田がいった。「どうすれば生き残れるのか、中小企業の経営ってのはいつだって迷いの連続なんだよ。それに寄り添うのが我々の仕事だ」

南田のいう通りであった。

5

仙波工藝社買収が前進し、その日の午後の間中、支店長の浅野は上機嫌であった。

「このまま行けば、ボーナスポイントの獲得も間違いありません、支店長。さっそく業績予想に入れておきましたから」

副支店長の江島も調子良く合わせ、支店内にはいつになく和んだ空気が流れていた。

そこに小さな澱み(よど)が生まれたのは、閉店準備で忙しい夕方のことである。

午後五時半過ぎ、一日の決済を終えた支店業務は、昼間に積み残した仕事を片付ける残業タイムになる。

部下が回してきた書類に目を通していた半沢は、「支店長、今日はお祭り委員会ですのでよろしくお願いします」、という江島の声を聞いて耳をそばだてた。

「ああ、今日だったのか」

背後で、浅野の気のない声が応じる。「江島君、君が代わりに出ておいてくれ」

「いやいや、私は本日、北堀(きたぼり)製鉄所の社長にお声掛けをいただいておりまして」

「なんだまたか。君は、取引先の接待が多すぎやしないか」

浅野にしては正しいことをいったと思ったら、案の定のひと言がついて出る。

「それなら半沢課長に頼もう。おい、半沢君」

小さく嘆息した半沢が席を立って、浅野のところへ行くと、「君、お祭り委員会に出てくれ。今日は何もないだろう。会議もないよな」、気軽な調子でいった。

「たしかに予定はありません。ですが前回の報告書にも書かせていただいた通り、あの会には支店長がお出になるべきだと思います」

「私は予定があるんだよ」

浅野はカバンを引き寄せ、とっとと帰り支度を始めている。

「しかし支店長、お祭り委員会の日程は予めわかっていたことですし、会のメンバーも〝先約有り〟では納得しません」

「たかだか、稲荷神社の祭りじゃないか」

浅野は声を尖らせた。「会長職のロートルばかり集まって暇を潰しているような会に、わざわざ支店長の私が顔を出す必要性はどこにもない。融資課長の君が出れば十分だろう」

いわれなくても、最近の委員会はすべて半沢ひとりが出席し、その度に浅野の不在を詫び続けてきた。

「ただ、今回はメンバーに業績協力のお願いをしなければなりません」

「そうです、支店長。お出になられた方がよろしいかと」

珍しく江島が口添えしたのは、危機感あってのことだろう。

稲荷祭りに参加する取引先へのお願いは、定期預金や融資の積み上げなど様々で、どれも不要不急。要するに支店の業績に寄与して欲しいだけの銀行都合である。しかも相手は、気難しく厳格な長老たちだ。

「なんだ君まで」

浅野は、江島に怖い顔を向けた。「取引先が当店の業績向上に協力するのは当たり前じゃないか。日頃面倒見てやってるんだから」

「まあ、それはそうですが」

睨まれて江島は、覇気なく言葉を呑み込む。

本部畑が長い浅野が支店に出たのは、十八年ぶりだ。二十年近く前の、いばり散らしていた銀行のイメージをいまだ引きずっているのは時代錯誤としかいいようがない。

「とにかく、ぼくはお祭り委員会になんか出る気はないからな。半沢課長、頼むぞ」

怖い顔でそう言い置くと、後は聞く耳持たぬとばかり、さっさと帰ってしまったのである。

「これは弱ったなあ」

江島が困惑したのは、大阪西支店にかれこれ三年も在籍し、お祭り委員会の性格を知悉しているからだ。

浅野がロートル経営者の集まりと評するお祭り委員会の実態は、支店経営を盛り上げるための親睦会だ。

それだけに留まらず、どうすれば地域の産業が栄え、ひいては銀行が栄えるのかを、腹を割って話し合う貴重な交流の場にもなっている。

「こうなっては仕方がない。君、行ってくれるか」

支店長が出ないのなら副支店長である江島が出るのがスジだろうが、そこまでの思いはないらしい。江島も江島で、支店長が出られなくなったときのことなど考えず、取引先との会食を入れている。心のどこかで取引先を軽視しているという意味では、江島とて例外ではなかった。

「じゃあ、頼むよ。皆さんにくれぐれもよろしく」

江島はそそくさと帰り支度を始め、ものの五分もしないうちにフロアから姿を消してしまった。

「大丈夫ですかね」

その状況に、南田が心配そうに眉を顰めている。

「大丈夫じゃないだろ」

半沢は、已む無く上着に袖を通しながらいった。「大事にならなければいいが――」

嫌な予感がした。

第四章　稲荷祭り騒動記

1

　お祭り委員会は氏子総代の会社で行われる恒例に倣い、この日も本居竹清が会長をつとめる立売堀製鉄の会議室には、総勢十名のメンバーが鳩合していた。いずれ劣らぬ東京中央銀行大阪西支店の大口取引先ばかり。いわば支店経営の根幹といえる会社の重鎮たちである。

　半沢が会議室に入ったとき、すでにほとんどのメンバーがオーバル型の会議テーブルについて雑談の最中であった。

　それがぴたりと止んだとき、代わりにその場を埋め尽くしたのは、硬くよそよそしい気配である。

「遅くなりました」

実際にはまだ会の始まりまで数分の時間があったが、並み居る経営者たちを前に半沢は詫び、末席の椅子を引こうとしたそのとき、

「そこはあんたの席やない」

会のメンバーから鋭いひと言が放たれたのである。強面で知られる九条スチール会長の織田圭介であった。

テーブルの中央に陣取る本居竹清の傍らで、織田は、剛直そのものの視線を半沢へと向けて来ている。

「そこは支店長が座る椅子や。浅野支店長はどうした」

「申し訳ございません。浅野は本日所用がございまして失礼させていただきます」

「所用ってなんや」

「外せない用事とのことでしたが……」

半沢は言葉を濁した。答えようにも、浅野は所用の内容を語っていない。

「要するに、このお祭り委員会は外せる用事ってことやな」

竹清翁が、いつになく厳しい表情を浮かべていた。「忙しい中我々が集まってるのは、なんのためや思うてんねん」

「本当に申し訳なく――」

詫びの言葉以外浮かばない。半沢は唇を噛んだ。

「わしらのことはどうでもええんか。随分、支店長ってのはえらいんや」

他のメンバーがいった。

「次の会には必ず出席させますので、ここはひとつお納めいただけませんでしょうか。この通りです」

深々と頭を下げた半沢に、

「わしら舐(な)めとるんかい」

織田が吠(ほ)えた。「こうして集まって、お宅の店、どうやって盛り上げようか話し合ってるときに、支店長は知らん顔かいな。アホくそうてやってられへんわ。もうやめや」

「今日、浅野さんが来たら、ひと言注意しようと皆で話してたんや」

竹清翁は冷ややかにいった。「こら、あかんわ。おまけに昨日、この織田さんのとこに来て、会社売るつもりはないか聞いたらしい。あんた、聞いてるか」

半沢は驚いて竹清翁を見た。「いえ――」

何考えてんねん、というつぶやきがテーブルのあちこちから聞こえる。

「会社売ると支店はボーナスポイントがもらえるんやてな」

憎々しげに織田が吐き捨てた。「わしらは成績の道具か。いままで長いことお宅を主力銀行に据えてきたけど、もうやめや。これからは白水(はくすい)メーンで行くで」

「織田会長、お待ちください」

慌てて半沢は制した。「浅野には重々、申し伝えますので、取引見直しの件は何とぞご容赦くださいますようお願いします」

「支店長がこの会を軽視してることだけが問題なんやない」

竹清翁のまっすぐな視線が半沢を射た。「本当の問題は、浅野さんが我々取引先に対して、なんの思いもないことや。浅野さんにとって、いや東京中央銀行にとって、取引先とはなんなんや。金儲けするだけの相手か。そんな考えの人間が支店長でいる限り、真っ当な取引ができるわけがない。会社になにかあったとき、浅野さんが力になってくれるとは思えんからな。それどころか真っ先に逃げ出すやろう。そんな銀行をメーンバンクに据えておくわけにはいかん」

反論は出来なかった。半沢に出来るのは、ただ繰り返し謝罪することだけだ。

「それと今回の東京中央稲荷のお祭りやけどな、半沢さん」

竹清翁が最後にいった。「祭祀(さいし)のみとさせてもらう。パーティは中止や。それと、お祭りにかこつけた一切の営業協力も断る」

「お待ちください、皆さん」

半沢は悲痛な表情でいった。「お気持ちはよくわかります。ですが、浅野も話してわからない男ではありません。何とぞ、一時の猶予を頂戴し、改めて謝罪させていただくわけには参りませんか」

「あんたでは話にならんわ」

織田が吐き捨てた。「とりあえず、明日の朝、いま話したことを浅野支店長に申し入れる。首を洗って待っときや」

その言葉通り、お祭り委員会のメンバーたちが支店を訪ねてきたのは、翌日午前十時のことであった。

2

その朝――。

半沢は、いつもより早い午前八時前に出社していた。

昨夜の内にお祭り委員会の顚末(てんまつ)を報告したものの、「ただの脅しだよ、そんなものは」と、浅野は取り合わなかった。副支店長の江島にも連絡しようとしたが、こちらはどこで呑み歩いているのか、一向に連絡がつかないままだ。

その江島が、前夜の接待でよほどい目を見たのか、上機嫌で出社してきたのは八時過ぎのことである。しかし、

「まさか――」

半沢の報告を聞くや、瞬く間に唇を震わせ始めた。その顔面からざっと音を立てるほどの勢いで血の気が失せていく。

「そ、そのこと、支店長には報告したのか」

「報告しましたが、取り合っていただけず……」

江島が時計に目をやったのと、ようやく浅野の姿がフロアに現れたのは同時である。

「し、支店長。大変です」

足をもつれさせそうになりながら駆け寄った江島だが、浅野の態度は、安穏としたものだった。

「まったく、そこまでして私に会合に出てもらいたいのか。くだらない」

浅野は、お祭り委員会での出来事を単なる「ジェスチュア」程度に考えている。

「しかし、皆さんかなりご立腹で、メーンバンクを降ろすと」

訴えた江島に憐(あわ)れみの眼差しを向け、

「そんなことができるわけない」

バカバカしいとばかり、鼻で笑った。「大袈裟なんだよ。関西人特有のハッタリですやろ」

ヘンな大阪弁で補足してみせる。浅野ほど冗談の似合わない男はいない。

「支店長、あの方たちはそんな口から出まかせをいうような人たちでは――」

「ウチを切れるもんなら切ってみろ」

言いつのる江島に、浅野は大見得を切った。「いいか、副支店長。融資課の諸君も聞きたまえ。どんな会社も業績がいいときばかりじゃない。いつか悪くなったとき、頼りになるのは銀行だけだ。その銀行を敵に回していいことは何もない。そんなこともわからない者など、私に言わせれば経営者たる資格もないね。まあどうしてもというのなら、ひと言ぐらい謝ってやってもいいがな」

そういうと、さっさと自席に収まり、新聞の朝刊を読み始めた。取引先が騒ごうが、怒ろうが我関せず、である。

だが、この見立てが完全に間違っていたと知れるまで、そう時間はかからなかった。

「浅野支店長、いるか」

昨日の予告通りにやってきた本居竹清はじめナニワのゴッドファーザーたちは皆、融資を返済するための小切手を持参していたからである。

「話は聞いてるな、支店長」

まず竹清翁が口火を切り、上着の内ポケットから三十億円の小切手を差し出して、浅野をぽかんとさせた。

「あの、これはいったい……？」

「見てわからんか。お宅からの融資を返済するための小切手や。口座にカネは入ってるから、これで返済してくれるか。お宅の融資の半分は白水銀行に乗り換えることにした。これからも、期日が来る毎に順次返済していくからそのつもりで頼むわ」

「ちょ、ちょっと待ってください」

この期に至り、浅野はようやく、事態の深刻さを悟ったようだった。「たかが稲荷祭りじゃないですか。パーティ会場だって予約してあるのに」

「そんなもん、中止や」

ぴしゃりと織田が撥ね付けた。「やりたかったら、今後はどこか他の取引先にでも声をかけて続けるこっちゃな。我々は真っ平ご免や」

銀行が取引先の融資を引き上げて取引を切ることを、「選別」という。逆に、取引先の方から銀行取引を切られることは逆選別、略して「逆選」である。逆選を食らうなど、銀行にとっては恥以外の何物でもないが、これほどまで大々的なものとなると過去の事例をもってしても、そう見あたるものではない。

その場に差し出された返済用小切手は百億円近くにも上った。大阪西支店の総融資額に占めるかなりの額が、一気に吹き飛んだのである。

一大事であった。

「いくらなんでも昨日の今日でこんなことができるはずはありません」

竹清翁が引き上げた後、かろうじて正気を保っていた江島がいった。「以前から準備していたんじゃないでしょうか」

浅野はただ震える手で小切手を握り締め、呆然たる目を長老たちの姿が見えなくなった階段へと向けたままだったが、

「半沢……」

そのとき低い声を浅野は出した。「君は、ずっとお祭り委員会に出ていたんだよ

な。こんなことになるなら、なんで私に報告しなかった」

予想だにしない浅野の責任転嫁に、フロアにいる全員が言葉を失った。「それとも君は、わかっていて黙っていたのか」

「いえ。お祭り委員会のことは逐次報告しておりますし、私もまさかここまでになろうとは思いませんでした」

半沢の答えに、浅野はいまや血走った目を向け、怒りの口調で言い放った。

「こんなことになるまで気づかなかったのかね、君は。これは全て、半沢融資課長、君の責任だ。反省したまえ」

あまりの暴論に反論の言葉すら失った半沢の胸に、浅野は、叩き付けるような勢いで小切手を押し付けた。

「業務統括部に相談するぞ、副支店長」

呆然と立っていた江島は、そのひと言にはっと我に返る。そして、

「なんてことしてくれるんだよ」

半沢の鼻先に指を突きつけると、浅野の後を追って足早に支店長室へと消えたのであった。

3

「いまや本部は『世紀の大逆選』で話が持ちきりだ。しっかりしてくれよ、半沢」

　東梅田にあるいつもの「ふくわらい」に、半沢はいた。隣にかけているのは、この日も所用があって大阪出張となった渡真利（とまり）であった。出張のたびに来ているおかげで、渡真利もすっかり常連客の仲間入りである。

「お前が出てたんだってな、そのお祭り委員会ってのに。予兆は見抜けなかったのか」

「正直、ここまでの騒ぎになるとは予想できなかった」

　半沢は首を横に振った。「後でわかったことだが、取引先の間で浅野さんへの不満が相当蓄積していたらしい」

　ここ数日、半沢の仕事は取引先への謝罪行脚（あんぎゃ）であった。

　何とか取引の復活を頼み込んではいるものの、色良い返事をくれるところはどこもない。逆に耳にするのは、浅野に対する根強い不信感だ。融資申し出に対する木で鼻を括ったような対応に、会社売却を検討しろ等の神経を逆なでする発言の数々。挙げたらきりがない。

「ところが、本部ではそうなってない」

聞き捨てならぬ情報を、渡真利はもたらした。「そのお祭り委員会とやらに出ていた融資課長が取引先をまとめきれず、大量離反を招いたというストーリーが出来上がっている」

「どういうことだ」

「浅野さんが関係各部に根回ししてるんだよ」

渡真利は声を潜めた。「その説明だと、悪いのは融資課長。つまり、お前ってことになる。間もなく、業務統括部から呼び出しがあるぞ。どういうことかわかるな」

「宝田か」

「その通り。浅野支店長と宝田さんはおそらく裏で話をつけてるはずだ」

「やり方が汚いな」

半沢は目の中に静かな怒りを溜めた。

「このままやられるつもりじゃないだろうな、半沢。いいか、何があっても反論しろ。支店長だからって遠慮してたら、お前ひとりが詰め腹を切らされることになるぞ。あの連中ならそれぐらいのことはやりかねない」

権謀術数渦巻く本部の事情は、半沢も知り尽くしている。

「まあ、なるようにしかならんさ」

「呑気（のんき）に構えてる場合か」

渡真利は真剣に半沢のことを心配していた。「宝田はいまだに、お前にやり込められたことを根に持っているっていう話だ。これに乗じて仕返ししようと手ぐすねひいてるんじゃないか」

「オレが論破したのはあいつのやっていることがおかしいからだ。それは棚にあげて、いまだ反省の欠片（かけら）もないとはな」

半沢は小さく鼻を鳴らし、秋刀魚（さんま）の肝醤油（きもじょうゆ）焼に箸を付けた。

「あいつらに反省なんかあるもんか。あるのは保身だけだ。そのためには、お前というスケープゴートが必要なんだよ」

「くだらない連中だ」

半沢は吐き捨て、怒りの目を壁に向けた。

4

「君も今回のことは少々迂闊(うかつ)だったな、浅野君」

丸の内にある東京中央銀行、その役員フロアの一室に浅野はいた。

取引先の離反を受け、この朝上京した浅野は、関係各部を訪ね歩いて事情を説明してきたところだ。この件での根回しはこれで何度目だろうか。

いま、業務統括部長の宝田は執務用デスクを立つと、まあ座れと浅野にソファを勧め、自分は反対側の肘掛け椅子にどっかりと収まった。

「今回の件、まったく寝耳に水の出来事でして、正直、驚きを禁じ得ません」

額の汗を拭いながら、浅野は釈明を口にした。「取引先との会には半沢が出ていましたが、ひと言の報告もなく……。もっと早くにわかっていれば、対応のしようもあったのですが、私としても、どうすることもできず……」

「それで、その後どうなった」

宝田は、足を組んで椅子の背にもたれ、困ったような顔で話をきいている。

「半沢が各社を回って謝罪をしております。ただ、頑なな会社ばかりで、今後の動きは不透明でその――」

「これ以上、融資を返済されるのか。それはマズイだろ」

「後で聞いた話では、過去にも、似たようなことがあったそうです」

浅野が口にしたのは、大阪西支店の隠された歴史であった。「今回離反した会社の多くは、以前、関西第一銀行の取引先だったのですが、何か気に入らないことがあったらしく、一斉に反発して主力を当行に移したと。あの界隈の老舗ばかりで、経営者同士も親密で一体感も強い。なんと申しますか、百姓一揆のようなものかと」

いかにもの上から目線である。

「逆にいえば、そういう連中だということを事前に把握しておくべきだったな」

「現場に出向いた半沢からは、これといった注意喚起もありませんでした」

「なるほど。その対応は大いに問題だ」

宝田が思案顔になる。

「いくらなんでも、いきなり逆選されるはずがありません」

浅野は訴えた。「必ず、それらしい兆候があったはずです。それをまったく見落としておりまして。ここまで能力がないと、もはや融資課長としての信頼に値しません」

「要するに、現場担当者の半沢がやるべきことをやっていれば、今回の事態は防げたわけだ。この責任は重いな」

「あまり部下のことは悪くいいたくありませんが、全くその通りです」

苦悩の表情をつくってみせた浅野は、「このたびは申し訳ありませんでした」、と改めて宝田に詫びた。

「支店長は全ての責任をかぶらなければならない立場とはいえ、君には情状酌量の余地が大いにあると私は見ている」

「寛大なお言葉、痛み入ります」

「今回の件、すでに頭取の耳にも入ってるぞ」

「岸本頭取の耳に?」

表情を変えた浅野の唇が震えた。岸本は失態には厳しく、信賞必罰で知られる男である。事と次第によると、浅野の次のポストが危うくなる。

「その頭取から、事実関係をしっかりと調査するよう私のところに指示があった。ついては、査問委員会を設置することになると思う」

「査問委員会……」

かつて人事部だった浅野は、それがどのようなものかよくわかっていた。

不祥事が起きたときに設けられ、異端審問ばりの厳しい質問の集中砲火を受けた「被疑者」は、悉く出世の階段を外され、表舞台から消え去っていく。

「わ、私も査問委員会に呼ばれることになるんでしょうか」

「支店長だからな。ただ君はあくまで被害者だろ」

宝田は、言い含めるようにいった。「事件には必ず加害者と被害者がいるものだ。君は被害者、加害者はあの——半沢だ」

はっ、と畏まった浅野に、宝田は続けた。「君は堂々と真実を主張すればいい。査問委員会は敵に回すと恐ろしいが、味方につければこれ以上心強いものはない。いいかね、当行には君のような優秀な人材が必要なんだ。それを肝に銘じておきたまえ。銀行員も長くやっていれば、こういうこともある」

「ありがとうございます」

感激で目を潤ませた浅野は、宝田が差し出した右手をがっしりと握りしめた。

「ああ、そうそう」

宝田が思い出したように声をかけたのは、浅野が抱いた昂揚感のまま執務室を後にするときであった。「その代わりといってはなんだが、例の仙波工藝社のM&A、しっかりと進めてくれよ。頭取も期待しておられるからな」

「全身全霊をかけて、ご期待にお応(こた)えします」

ドアが閉まる直前、浅野が目にしたのは、満足そうな笑みをたたえる宝田の表情であった。

5

「査問委員会、ですか」

戸惑うように繰り返した中西は、割り切れない眼差しで南田を見た。「いつ開かれるんです」

その日の仕事があらかた片付き、南田と若手たちがちょうど一緒に支店を出たのは午後七時過ぎのことであった。

「もしよかったら、ちょっとやってくか」と誘ったのは南田のほうである。

中西ら若手にしても、ここのところ支店内の空気が澱(よど)んで、誰もが息抜きを求めていたから、この誘いに異論はなかった。

そうして入った支店近くの焼き鶏屋である。

「来週金曜日らしい。さっき江島さんのところに業務統括部から連絡があったそうだ。浅野支店長と江島副支店長、それに半沢課長が呼ばれているらしい」

「課長も、ですか」

怪訝（けげん）な顔できいたのは、友永（ともなが）という若手の融資課員だ。中西のひとつ先輩で、入行三年目。大学でバスケットをやっていたというだけあって、座っていても頭ひとつ抜けるほどの長身である。

「融資部の知り合いから聞いたんだが、今回の件、浅野支店長は半沢課長の責任だと本部内で吹聴しているらしい。査問委員会には浅野支店長も呼ばれるが、問題視されているのは半沢課長のほうだ」

「そんな」

思わず、中西が声を上げた。「課長は何も悪くないじゃないですか。支店長に押し付けられてお祭り委員会に出てただけですよ」

「そのお祭り委員会での不満を無視して、支店長に報告しなかったことが今回の原因だというのが、浅野さんのロジックだ」

「責任転嫁ですか」

中西が吐き捨てた。「自分が出たくないものを課長に押し付けてたのに。そのこと、半沢課長はご存じなんですか」

「課長は本部の情報に精通しているから、たぶん耳に入ってるだろうな」

南田はいったものの、詳しいことはわからない。その半沢は、氏子総代の本居竹清にもう一度謝罪に行くといって夕方出かけ、そのまま直帰したはずだ。

「だったら、それをきちんと主張すりゃいいんじゃね？」

もうひとりの若手、本多（ほんだ）が口にしたのは正論である。本多は入行五年目で、昨年に都内の支店から転勤してきた男だ。「だいたい、参加すべき会に一度も参加しなかったのは浅野支店長だったんだから。相手構わず買収話を持ちかけて顰蹙（ひんしゅく）を買ったのも支店長だし。課長はそういうことが原因だって証言すべきだよな」

「証言したところで、効果的な釈明になるかは疑問だな」

南田は悲観的だ。「理由はどうあれ、実際にお祭り委員会に出ていたのは課長だ。であれば事前に兆候を察して報告すべきだったというのが本部の見立てだ」

「課長はちゃんと報告してたのに」

中西が抗議口調になる。「それを無視してたの、支店長ですよ。もし、査問委員会で半沢課長に問題有りと結論づけられた場合、どうなるんですか」

「そうだな」

焼き鶏を口に運ぶ手を止め、南田は一瞬、視線を伏せた。再びそれが上がったとき、浮かんでいたのは、サラリーマンの悲哀である。

「もしそんなことになったら、近々に辞令が出るだろうな。左遷させられると思う」

「左遷……」

中西がぼそりと繰り返し、視線をテーブルに落とした。「こんなことって、あっていいんですか。こんなことって……」

「恐ろしい人だ、浅野支店長は」

南田はそういうと、暗澹たる吐息を漏らした。


「なんやまた来たんかい。あんたも大変やな」

ノックもなくドアが開いたかと思うと、現れたのは本居竹清と智則のふたりであった。

本居智則は竹清翁の長女と結婚して本居家に入った入り婿で、前は大手商社の鉄鋼部門にいた経歴がある。竹清翁が見込んだだけのことはあって、智則が社長を任された後、立売堀製鉄はますます隆盛、右肩上がりの成長軌道に乗っていた。

「何度でも参ります。この度は、本当に申し訳ございませんでした」

立ち上がり深々と頭を下げた半沢に、「まあ、座りなはれ」、と竹清翁はソファを勧めた。

「社長に聞いたんやけど、あんた、こんど本部でエラい目に遭うそうやないか」

査問委員会のことだろう。驚いたことに、竹清は知っていた。

「どうしてそれを」

「昼過ぎに、南田さんがいらっしゃって、謝罪がてらそんな話をされました」

答えたのは智則だ。「半沢さんが悪いわけじゃない。なんとかお口添えをとのことで」

「南田が……」

半沢に何もいわなかったのは、南田なりに気遣ってのことに違いない。

「それにしても銀行ってところは恐ろしいなあ。あんたが悪いことになってるそうやないか」

「すみません。南田が余計なことを申しまして」

「あんたんとこの取引を縮小したの、正解やな。誰が正しくて、誰が正しくないのか。そんなこともわからん銀行か、東京中央銀行は」

そういわれてしまうと、返す言葉もない。「だいたい、部下ばっかり謝罪に来させて、当の支店長はどうしたんや」

痛いところを、竹清翁はついてきた。「どうせ我々のことなんか放っておいて、本部でこそこそ根回ししてるんやろ」

この老人に、目先の誤魔化しは一切通用しない。自ら立売堀製鉄を創業し、一大企業に育て上げた竹清翁には、人を見る才能のようなものが備わっている。擦り寄ってくる者や修羅場で去って行く者、様々な人間たちを長年見据えてきたからこその慧眼である。

「それであんた、その査問委員会とやらでどう証言するつもりなんや」

「まだ決めていません」

半沢はこたえた。「何をきかれるかもわかりませんし。出たとこ勝負です」

竹清翁はじっと半沢を見据え、

「その結果、飛ばされたらどうする」

そう聞いた。

半沢が答えるまで、しばしの間が挟まる。

「そのときはそのときです。人事が怖くてサラリーマンはやってられません。もし私が飛ばされたら、その程度の組織だったということです」

「なるほど」

竹清翁が小さく合図すると、智則が、どうぞ、と一通の封書を滑らせて寄越した。

「これは――」

「持ってき。役に立つかどうかわからんけどな」

封筒に手を伸ばした半沢に、

「銀行は人なり、や」

竹清翁は重々しく、告げた。「同じ看板の銀行でも、支店長や担当者が替われば、まるで違う印象になる。我々のようにカネを借りる側にとって、親身になって取り組んでくれる担当者は、なんとしても守るべき存在や。結果が出たら、教えてくれるか」

次の予定があるという竹清は、そういって席を立つ。わずか十分程度の、短い面談であった。

6

「査問委員会のメンバーがわかったぞ、半沢」

渡真利からの電話は、翌週の木曜午後、半沢のデスクに直接かかってきた。十月半ばのことである。

「まず、人事部の小木曾。浅野さんが大阪西支店に赴任する前、部下だった男だ。それと、大阪営本副部長の和泉、それにウチの部からは野本部長代理。大きな声ではいえないが、この御仁は前場所が大阪営本で、業務統括部長の宝田の子分だったらしい」

「お手盛りか」

舌打ちした半沢に、渡真利はトドメのひと言を続けた。「そして、査問委員長はその宝田だと。ご愁傷さま」

「浅野シフトだな」

「いや、半沢包囲網だ。すでに、本部内では、今回の件は融資課長であるお前の責任だという論調で固まりつつある。だいたい、ビルの屋上にある神社のお祭りなんて、東京の人間たちにいったところでピンと来るもんか」

「まあ、そうだろうな」

やれやれとばかりにいった半沢は、デスクで古い週刊誌を開いていた。堂島政子から預かった芳治の遺品だが、いまだ手がかりはない。

「呑気に構えてる場合か。お前がどういおうと、このメンツじゃお前ひとりが悪者にされて幕引きになっちまうぞ。覚悟はできてるんだろうな」

「聞かれたことに誠実に答える。これに尽きるだろう」

「とてもお前のセリフとは思えないな」

冷ややかに渡真利はいった。「みんなお前には期待してるんだ。こんなことでコケてもらっちゃ困るんだよ」

「それならせいぜい、手を合わせてお祈りでもしてくれ」

電話の向こうでまだ何事か言い掛けた渡真利に、「ちょっと忙しいんでな」、と半沢は受話器を置いた。

背後の支店長席は空っぽで、明日の査問委員会のため、浅野は東京に前乗りしている。

「大丈夫ですか、課長。何か準備するものがあれば、手伝いますが」

どうやら渡真利との電話を背中で聞いていたらしい南田が声をかけてきた。中西も心配そうな顔で立ってくる。

「いや、準備はもう終わった。君らは気にせず、通常通り仕事してくれ」

副支店長席では、同じく査問委員会に呼ばれている江島が緊張した表情で何事かぶつぶついっているが、言葉までは聞こえない。自分でこしらえた想定問答集で、面接の予行演習をしているらしく、今日は何を話しかけても上の空であった。

なるようにしかならない。

だがそれは、敗北を許容することと同義ではない。

基本は性善説。しかし、降りかかる火の粉は徹底的に振り払う——それが半沢直樹の流儀であった。

7

その日、午前六時台の新幹線に乗った半沢が、丸の内にある東京中央銀行本部に入ったのは、査問委員会が開かれる午前十時前のことである。

待合室にあてがわれた部屋では、浅野が眉間（みけん）に青筋を立てて黙り込み、一方の江島は手にした想定問答集を必死の形相でそらんじている。

やがて十時になると業務統括部の調査役が顔を出し、隣室の会場へとまず浅野が呼ばれていったが、ものの三十分もしないうちに打って変わった晴れやかな顔で戻ってきた。

「支店長、お疲れ様でした。いかがでしたか」

「正義は我に有りだ」

浅野は上着を脱いでくつろぎ、世話役の調査役が運んできたカップのコーヒーを旨そうに飲んでいる。

時を待たず江島が呼ばれ、緊張したヤクザのような滅多に見られない顔で出ていった。

「こんなことになるとはね。半沢君、君にとっては酷だったかなあ」

待合室でふたりきりになると、浅野はいった。「だがまあ、身から出た錆だと思って諦めたまえ」

世の中には、自分の嘘を真実だと思ってしまう人間がいるが、浅野もまたそのタイプらしい。

「身から出た錆、でしょうか」

半沢がいうと浅野は眉を動かし、「なんだ、違うとでもいうのか」、と反問してくる。

「違うと思いますがねえ」

笑ってこたえた半沢に、浅野は表情に険を宿した。

「君のそういう態度が問題なんじゃないのか」

「支店長、改めてひとつ質問があるんですが」

浅野の勘気を受け流して、半沢は問うた。「お祭り委員会にどうして参加されなかったんです」

「まだそんなことをいってるのか」

さも呆れたといわんばかりに、浅野はいった。「私は忙しいんだ。重要な打ち合わせ、会食。支店長にとっては、すべて喫緊の課題なんだよ」

「そうですか」

半沢はいい、「そのことを査問委員会には」、ときいた。

「きちんと事実を説明しておいた。何か問題でもあるのかね」

「いえ」半沢はこたえ、ぎこちない沈黙がふたりの間に落ちる。

半沢のところから、丸の内のオフィスビル群が見えていた。この視界の中に無数のサラリーマンとその人生が存在し、営みがある。傍(はた)から見ればちっぽけなことかも知れないが、こうした組織の葛藤と戦うこともまたサラリーマンにとって重要な仕事のひとつだ。

現代社会というラッピングが施されていても、この世の本質はいまだ弱肉強食の世界であり、共生などほど遠い。

いつもは従順に規律を守るサラリーマンも、戦うべきときに戦わなければ葬り去られるときがある。

半沢にとって、それはまさしく「今」であった。

案内役の調査役に連れられて戻ってきた江島は、相当油を絞られたのか、憔悴しきって青ざめ、肩を落としていた。

明確な出来レースである。査問委員会の勝者は浅野ひとりで、江島もまた半沢同様、負け組というわけだ。

ぐったりとして椅子にかけた江島は、おそらくは何の役にも立たなかったらしい想定問答集をポケットから出し、深い溜め息をついている。

「半沢課長、お願いします」

呼ばれて入った査問委員会の部屋には、椅子がひとつだけ置かれていた。向かい合うように長テーブルがふたつくっつけられ、そこに査問委員がふたりずつ掛けている。その中央右側に業務統括部長の宝田がいた。

半沢への恨み芬々。かつて衆人の前で論破され恥を掻かされたことをいまだに根に持っている宝田は、鼻に皺を寄せ、歯を剝き出さんばかりだ。

「久しぶりだな、半沢」

その宝田が口を開いた。「最近本部で見なくなったと思ったら、大阪の場末の支店で融資課長か。君は自分がいつも正しいと思っているようだが、それがいかに独りよがりな妄想か、これでよくわかったろう」

「お言葉ですが、大阪西支店は決して場末の支店ではありません。大阪市内に四店舗ある母店のひとつです」

「その店の貴重な経営資源が、君の過失によって失われることになった。まず、それについては認めるな」

半沢からみて中央左、宝田と並んでかけているハゲがいった。大阪営本の和泉だ。どうやらこのふたりが主な質問役らしい。

「過失とは何のことかよくわかりませんが、説明していただけますでしょうか」

半沢の反問に、和泉がむっとした顔で睨んできた。

「ここは君が質問する場じゃないんだよ」

そう脇から口を開いたのは、人事部の小木曾。こいつのことは知っているが、長いものには巻かれるタイプの小者である。

「質問の意味がわからないからきいてるんだ」

その小木曾に言い返すと、

「だったら私が説明しよう」

宝田が割って入った。「今までの証言によると君は、浅野支店長の代理として〝お祭り委員会〟なるものに出席していた。これについては、間違いないな」

半沢が頷くと、記録担当らしい融資部部長代理の野本が手元の用紙に何事か書き込むのが見えた。宝田の発言が続く。「取引先は支店長の出席を一方的に要求し、それに従わなかったところ、集団で取引打ち切りを通告してきた。報告によると、君は四回あった直近の会議すべてに代理として出席していたが、その間、取引先の不満を知りつつ、支店長への報告義務を怠った。これが過失じゃなくてなんだというんだ」

「取引先の不満については、その都度、報告しております」

「浅野君は聞いてないといってるぞ」

和泉が口を挟んだ。「君、きちんと伝えたのか。支店長は忙しいんだ。ましてや浅野君は、着任してまだ日が浅い。忙しい最中にいい加減な伝え方をしたんじゃないのか」

半沢は手にしたクリアファイルの中から書類を出すと、「どうぞ」、とそれを宝田の前に置いた。

それを手にした宝田が憤然として隣の和泉に目配せする。

「それは、私から上げた報告書です。全部で四通。どれも会の翌日、江島副支店長、浅野支店長に回付しております。重要なところだけ読みましょう」

半沢はいうと、手元の控えを読み上げた。

「――昨日の〝お祭り委員会〟において、出席各位より、浅野支店長欠席について不満の表明がありましたのでご報告いたします。今後は必ず出席していただくよう、強い要請がありました。取引先からは当行の対応への不信の声が上がっており、次回の会にはぜひともご出席いただくとともに、個別訪問などにより意思疎通を図っていただくよう、お願い申し上げます」

半沢は書面から顔を上げ、四人の委員と改めて対峙した。「この報告書には、浅野支店長の閲覧印があります。どこに過失があるのか、教えていただけませんか」

宝田が目を怒らせたが、さすがに反論の言葉は出てこない。

「こんな報告書のこと、浅野君はいってなかったぞ」

和泉が非難めいた口調でいったが、それはむしろ不都合なことには口を噤んだ浅野の狡猾さを指摘したも同然である。

「ここで指摘した重要な警告をスルーしたのは浅野支店長です。もし報告書の存在すら覚えていないとしたら、驚き以外の何ものでもありません」

「報告書を書いてればそれでいいと思ってるのか、君は」

和泉から、まさかの屁理屈が飛び出した。「浅野支店長がこの報告書のことを忘れていたのなら、きちんと報告し直し、正しくフォローするのが君や副支店長の立場だろう」

「四回も報告書で警告してるじゃないですか」

半沢はいった。「これでもまだ足りないとおっしゃるんでしょうか」

「結果が全てだろう」

宝田が言い放った。

「結果が全てなら、そもそもこんな査問委員会など意味がありません」

半沢が反論する。「さっさと支店長以下、処分すればいい」

「浅野支店長はまだ着任して日が浅いじゃないか」

小木曾がけんもほろろにいった。人事部で浅野の下にいた子分である。なんとか浅野を庇おうと必死なのだろうが、いかんせん下調べが粗すぎた。「どこの神社のお祭りか知らないが、取引先から出席しないことを責められるなんて、東京から行った人間からすれば青天の霹靂だろう。なんで君が教えなかったんだ」

「私だって大阪に赴任したのは二ヵ月前で、浅野支店長より後だ。それにもうひとつ」

半沢は続けた。「君はいま、どこの神社のお祭りかといったが、正直、その程度の認識で正しい判断が出来るのか」

「なんだと」

小木曽がいきりたった。「大阪の神社の名前なんか、私が知るわけないだろうが」

「この神社は、大阪西支店の屋上にある神社なんだよ」

半沢に言われたとたん、小木曽はぽかんとした表情を浮かべた。

「屋上に？」

「大阪西支店では、いつからかこの神社のお祭りと称して、毎年十一月、預金や融資などを取引先から集めて業績向上に結び付けるキャンペーンを行うことを恒例としてきた。つまり、お祭り委員会という名前はついているものの、実態は、支店と取引先が一体となった営業支援だ。あくまで取引先の厚意があって成立する性質のもので、これに代々の支店長が出席して、重要取引先との信頼関係を築くとともに、地域経済や経営に関して情報交換してきた経緯がある。私はこの事実を前任課長から引き継いだし、浅野支店長も同様の引き継ぎを受けているはずだ。私がいちいち指摘するまでもない」

「じゃあ、何か」

宝田が口を開いた。「君はお祭り委員会なるものに出席しなかった浅野支店長が悪いと、こういいたいわけか。上司を売るのか、君は」

「では浅野支店長はなんとおっしゃってるんです？」

半沢は問うた。「聞くところでは、全ては融資課長である私の責任だと説明している。しかし、いま申し上げたように、それは事実ではありません」

「浅野支店長は重要な会食、打ち合わせが重なってしまい、どうしても会議には出席できなかったと証言しているんだぞ」

宝田がなおもいった。「浅野支店長を責めるのは適当ではないというのは、当査問委員会の一致した見解だ」

「茶番ですね」

半沢が冷ややかに言い切った。「査問委員会とは名ばかりのザル委員会だ。浅野支店長の発言は全て鵜呑(うの)みにして、裏を取ってもない。いったい、あなた方は何のためにここにいるんです」

「立場をわきまえろよ、半沢」

ぐつぐつと煮立つような怒りを目に浮かべ、宝田が挑みかかった。「査問委員会を愚弄するつもりか」

「だったら、もう少しマシな査問をしたらどうです、宝田さん」

「部長になんてことをいうんだ、謝れ！」

小木曽が吠えた。ゴマすりのためには何にでも吠える一発芸である。

「間違ったことをいったのなら、謝りましょう。どこが間違っているのか、いってくれないか」

「なにっ」

小木曽は、歯をむき出して唸ったが、そこまでだった。

「浅野支店長がお祭り委員会当日に、どんな所用があったのかきいたんですか」

問うた半沢に、

「内容については聞く必要がない」

強弁したのは和泉だ。「所用があったと浅野君はいったんだから、それで十分だろう」

「そうでしょうか」

半沢は疑問を呈した。「いま説明した通り、お祭り委員会の重要性は明らかです。

ならば、浅野支店長のいう所用が、会を欠席するほどのものか、その軽重を問うのは当然のことでしょう。なのに、その肝心なことすら、あなた方は聞いていない」

「君と浅野君では、信用力が違うんだ」

和泉がついに馬脚を現した。「我々は浅野君の仕事ぶりは長く見て来て、彼の人となりは良く理解している。彼は嘘を吐くような人間ではないし、査問委員会はその見解をこの調査結果につける用意がある。一方の君はなんだ。審査部時代から会議で物議を醸し、行内には敵が多い。君の意見などそもそも信用に値しないんだ。質問してもらえるだけありがたく思え」

「だったら、そう書けばいい。あなた方が恥を掻くだけだ」

「もういい」

そのとき、宝田がいった。「何をいったところで、お前の意見など聞く耳持つ者がこの行内でどれだけいるか。お前はいまや審査部で企画を議論していたときと立場が違う。たかだか一介の融資課長だ」

「いいたいのはそれだけですか」

半沢は、手元のケースから新たな書類を取り出して立ち上がった。テーブルごしに睨み合う宝田の前に、その書類を力任せに叩き付けると、小木曾が驚いて飛び上がる。

「これでも読んで、いかに自分たちがお粗末な人間か、よく考えるといい」

「ふざけるな、半沢」

燃えるような眼差しで和泉が睨みつけてきた。

しかしそのとき、

「――待て」

宝田から太い声が発せられた。このとき宝田が浮かべたのは、怒りというよりむしろ戸惑いの眼差しである。その唇が動いたものの、言葉は出てこない。代わりに口を開いたのは半沢であった。

「そこにあるのは、宝塚にある、とあるゴルフ練習場の経営資料です」

査問の場に沈黙が落ちた。「毎週開かれているゴルフスクールの名簿に、我々が知っている名前がある」

「……浅野匡？」

書類を覗き込んだ融資部の野本が、信じられないという顔を上げた。目を丸くした小木曾が、手を口に当てて動かなくなる。

「毎週開かれるゴルフスクールの時間は、お祭り委員会と同時刻だ。これが浅野支店長のいう大事な用事なんですよ」

禿げ頭を赤くした和泉が顔をしかめ、唇を嚙んだ。半沢は続ける。「いったい、査問委員会は何を調べてるんです。仲間内でお手盛りの査問などしている場合ですか」

「い、いったい君はこれをどこで――」

小木曾が慌ててきいた。

「そのゴルフ練習場の経営母体は立売堀製鉄だ」

「立売堀製鉄……？」小木曾は首を傾げる。

「東京中央稲荷の氏子総代、お祭り委員会の取り纏めをしているのが、同社会長だ」

聞いたとたん、査問委員の四人がはっとするのがわかった。「つまり彼らは、委員会をサボった浅野支店長の行き先がどこか、最初から知っていたことになる。なのに浅野さんは、口から出任せの嘘で逃げようとした。なり振り構わず企業売買を押し付ける日頃の態度に業を煮やしていた長老たちが怒りを爆発させたのは、こういう事情があったからだ」

半沢の指摘に、もはや反論の余地があろうはずもなかった。

論駁を呑み込んだ宝田が、唇を真一文字に結んで瞑目している。

やがて、

「ひとつだけいっておく」

やおら刮目し、宝田が口を開いた。「いつまでもいい気になるなよ、半沢。いつかお前を追い落としてやる」

「いずれにせよ、次回はもう少しマシなやり方でお願いできませんか」

半沢は静かに返した。「融資課長は暇じゃないんでね」

8

「いったい、どんなマジックを使ったんだ、半沢。査問委員会、お咎めなしだったらしいじゃないか」

「当たり前だ」

涼しい顔で半沢は受け流している。「問題がないのに咎められたらおかしいだろう」

その結果が半沢に伝えられたのは午後のことであった。ほぼ同時に情報を得ているとは、さすが渡真利は耳が早い。

いつもの大阪出張に合わせ、東梅田の「ふくわらい」で渡真利と待ち合わせたのは、朝から雨の降り続く秋の日だ。

「浅野支店長には、中野渡さんから直々に叱責状が出るらしいな。ざまあみろだ」

渡真利が底意地の悪い笑いを浮かべてみせた。中野渡謙は、将来の頭取と目される国内担当役員である。半沢や江島に責任を押し付けるはずだったのに、自分が叱責されるとは、浅野にとっては、まさに痛恨の失態だろう。

とはいえ、その程度の処分で収まったのは、むしろ僥倖であった。その背後には、半沢ら融資課員たちの謝罪行脚があり、ここのところようやく取引先の多くがそれを受け入れ取引回復の道筋が見えてきたことが大きい。返済によって失われた融資残高は、新規融資という形で早晩元に戻る見通しだ。

「しかし、よくもまあ査問委員会を乗り切ったな。野本さんに聞いても、質疑応答の内容は言えないの一点張りだし、いったい何があった」

「連中がいかに莫迦か教えてやっただけさ」

「随分派手にやりあったらしいじゃないか」

渡真利は呆れ顔である。「まったくウチの銀行で、そんな芸当ができるのはお前ぐらいだろうよ。それでどうなんだ、浅野支店長は。少しは大人しくなったかい」

その浅野は、処分を聞くやショックのあまり、暫く支店長室に籠もって出て来なかった。

「変わるもんか」

半沢は半分ほどに減っているジョッキを口元に運びながらいった。「それどころか、恥を掻いたのはオレのせいだとでも思ってる。本人曰く、ゴルフのレッスンは仕事に必要だから行ったんであって、取引先との打ち合わせだといったのは、デリカシーの問題だそうだ」

「デリカシーねえ」

渡真利は意味ありげに繰り返すと、つと声を潜めた。「あのな半沢、そのゴルフレッスンの話だが、査問委員会の報告書では握りつぶされたらしいぞ」

「そんなことだろうと思った」

驚きはしない。

「なにしろ、お手盛り委員会だからな」と渡真利。「自分たちに都合よく報告して、報告内容はお前や江島さんには伏せられたままだ」

「叱責状が出ただけマシだ。さすが中野渡さん」

「フェアだからな、あの人は」

渡真利も評価を口にする。こと東京中央銀行内で、中野渡のことを悪くいう者はいない。

「昔はいまのお前みたいにバッタバッタと相手を切り捨てるタイプだったらしいが、今は違う」

渡真利はいった。「〝ミネ打ち〟ぐらいで止める懐の深さがある」

「懐が浅くて悪かったな」

憎まれ口を叩く半沢に、

「査問委員会が、〝取引先の感情的な離反〟だったとしてお咎めなしの結論に持って行こうとしたのを、中野渡さんが待ったをかけたらしい」

相変わらず本部内の裏情報に渡真利は精通している。「そもそも、支店の根幹をなす取引先の会に一度も出ないとは何事だと、中野渡さんは激怒したんだ。叱責状程度で収まったのは、宝田部長の取りなしがあったからだ」

「浅野も最低だが、宝田も相変わらずだな」

吐き捨てた半沢に、「あの人には誰もが気を遣って、周囲にイエスマンしかいない。そこが問題だ」、と渡真利はいった。「かつて企画会議でお前に論破されたのも今は昔。いまや宝田に面と向かって議論を吹っかけられる者はいない。世も末だ」

「オレの代わりにお前がやったらどうだ、渡真利」

「ご冗談——。ところで、お前んとこの仙波工藝社、その後、どうなった」

渡真利は話題を変えた。

「経営改革と買収提案検討の両睨みかな。いま難しいところに差し掛かっている」

取引先離反で半沢たちが奔走する間、友之は、ハルや会社幹部たちと膝を突き合わせて経営立て直しの案を練っていた。

「何かあるのか」

「いや。ジャッカル側から何かいってきてないかと思ってね」

その言い方に含むものがあって、半沢は眉を上げた。

「何か、とは」

「ここだけの話だ。実は妙な噂を耳にした」

渡真利は続ける。「ジャッカルが、田沼美術館の買い手を探しているらしい」

「ちょっと待て」

思わず半沢は右手で制した。「あの美術館はまだ、オープンすらしてないじゃないか。どこから出た話だ」

「営業第三部の持川——知ってるよな。奴のところに、こっそり話が持ち込まれたそうだ。担当先に興味がないかきいてくれと」

「どこから持ち込まれた話だ」

半沢はきいたが、「込み入ったことはきけなかった」、そういったものの渡真利は推測を巡らす。「おそらく、大阪営本の和泉さんあたりじゃないか」

「売却の理由は？」

「わからん」

渡真利は首を横に振った。

「ジャッカルの業績はどうなんだ」

「仮想ショッピングモールでひと山当てたのはいいが、正直その後の戦略には手詰まり感がある。とはいえ、建設途中の美術館を売ってまで現金が必要なほど懐が逼迫(ひっぱく)しているとも思えない。どうも胡散(うさん)臭いな」

「売却には、売却するだけの合理的な理由があるはずだ」

半沢はいった。「それが何か、いまのところわからんが」

「気をつけろよ、半沢」

真剣な顔で渡真利はいった。「安易な買収だと思っていたら、どこかに地雷が埋まっていたなんてことにもなりかねん」

「おもしろそうだ」

半沢は半ば他人ごとのようにいった。「オレも調べてみるか。何かわかったら連絡するよ」

第五章　アルルカンの秘密

1

半沢が仙波工藝社を訪ねたのは、渡真利と「ふくわらい」で会ったその翌日のことであった。

「買収の条件についてはわかった。そやけど、いくら自由で公平な編集をしろといわれても、個人の美術館の傘下に入ったら色眼鏡で見られるのは当たり前や。そこでオレは優先順位を決めた」

友之は考えていた。「まず、自力での経営改革ありき。改革案をまとめ、堂島の伯母に担保の提供を頼む。これが最優先事項や。担保さえあれば融資してくれるな、半沢さん」

「もちろんです。それが条件ですから」

「頼むで。銀行さんには申し訳ないが、ジャッカルさんからの買収提案は、イザというときのための、あくまで押さえや。それでええか」

「私も賛成です」

半沢は頷いた。方向性は間違っていない。「それで、改革案の方はいかがですか」

「難航してます」

ハルは浮かない顔である。「出版部門と企画部門という二つの柱はいままで通り。出版部門の赤字雑誌を廃刊して出る余剰人員を出来るだけ他の事業に割り当てたいけど、それだけのビジネス規模まで膨らませられるか」

それでも、見せられた素案には、相当踏み込んだ検討の痕が見て取れた。

「企画部門をテコ入れするところまではいいとして、一番頭を悩ませているのは出版の方や」

無精髭に苦悩の表情を浮かべて、友之がいった。「赤字を削除したら黒字が残るという単純なものやない。新たななにかが欲しい——」

そういってしばし考えたが、無論、その場で出てくるわけもない。いままで散々考えてきたはずだ。机上の改革案ならいくらでもできるが、地に足のついた真の道しるべとなるものは難しい。

「どこかに解決策はあるはずなんや」

友之は自分たちに言い聞かせるかのようにいってから、「ところで、宝探しはどう?」、と話を振った。

堂島政子から託された、芳治が残した謎のことである。

「残念ながら、いまのところ進展はありません」

半沢は宝探し、仙波工藝社は経営改革案——いつのまにか、それが両者の役割分担のようになっている。

「お互い、道半ばか」

「ご期待に応えられず申し訳ない」

半沢はひと言詫びて、「小耳に挟んだことですが。ジャッカルの田沼美術館について、何か噂はありませんか」

ふたりに問うてみる。

「噂?」

友之とハルが顔を見合わせた。

「なんかあるんかいな」

「ここだけの話にしておいてください。ひそかに、田沼美術館が売りに出ているという話がありまして」

渡真利には、仙波社長とハルには話す了承を得ている。もしかすると、より詳しい情報を得られるかも知れないという思惑もあるからだ。

「まだ完成もしてないのに売りに出すんかい」

友之が驚きの表情を浮かべた。

「なんかちぐはぐやなあ」ハルも首を傾げている。

「まあジャッカルがどうあれ、ウチらは自分たちができることをやるだけや」

友之は表情を引き締め、壁の一点を見つめた。

2

「半沢課長、ちょっと相談があるんですが」

仙波工藝社から戻った半沢に声を掛けてきたのは、業務課の課長代理岸和田であった。

今年三十五歳になる岸和田は、いわゆる新規取引開拓の担当者だ。体育会系らしく体力に物を言わせ、どうやっているのか一日三十軒も営業訪問するという働きぶりに、副支店長の江島の覚えもめでたい業務課のスターである。脳みそも筋肉でできているような岸和田の見てくれはガテン系で、江島とは一脈通じるものがあるのだろう。

「この案件なんですが」

岸和田が出してきたファイルには、「株式会社新島興業」と手書きしてあった。知らない名前だから、おそらく新規取引の工作をしている会社なのだろう。

不動産業だというので、土地建物の取得資金でも融資するつもりかと思ったら、岸和田が語ったのはちょっと変わった内容であった。

「新島社長の知り合いの弁護士から、おもしろい儲け話が持ち込まれまして。新島興業で富山県と岐阜県の県境にある山林を買いたいと」

「山林を？」

岸和田が語ったのは、実に突拍子もない話であった。

「その弁護士の知り合いで、富山県内で林業を営んでいる業者がいらっしゃるそうなんです。最近その方がここ――」

岸和田は半沢のデスクの上に地図を広げると、ある場所を示した。「このあたりの山に入ったところ、樹齢数千年という杉の群生を発見したんです。そこは滅多に人が入れない場所でして、その業者曰く、杉は一本一億円程度の値は付くだろうと。全部合わせれば二十億円は下りません」

半沢は無言で先を促した。

「調べてみるとその山林は、富山市内で病院を経営している医者が所有しているそうで。その医者にそれとなく話を聞いたところ、病院経営が苦しいので手放してもいいという話だったそうです。かなり広大な土地ですが、総額三億円であれば――」

「ちょっと待て」

半沢は手で制した。「君はいま、杉だけで二十億円の価値があるといわなかったか。そんな山林がなんで三億で買えるんだ。おかしいじゃないか」

「実は、その医者は、巨木の存在を知らないんです」

俄(にわか)に話が怪しくなってきて、半沢は眉に唾(つば)を付けた。

「相手が知らないのをいいことに、それを三億円で買い叩こうというわけか」

半沢が呆れていうと、

「その巨木のことを知っているのは、見つけた林業の業者と知り合いの弁護士、それに新島社長だけです」

岸和田は真剣そのものだ。「仮に後でバレても、我々だって知らなかったといえば何の問題もありません。ついては、その山林の購入資金として、当行に三億円支援してくれないかという申し出なんですが、いかがでしょうか」

「気が進まないな」

半沢は思うままを口にした。「こんな詐欺まがいの話にカネは出したくない」

「新島興業にこれで食い込めるんです。この融資をきっかけにして、将来的に当行業績に寄与する取引になることは間違いありません」

半沢は、岸和田が持ってきた取引先概要をまとめた資料にざっと目を通した。

「業績は泣かず飛ばず、ってとこか」

「三億あれば、二十億円入るんです、課長」

岸和田は力を込めた。「そのカネで、業績を拡大することができます。前向きに検討していただけませんか」

「無理だな」

岸和田の前に、半沢は資料をぽんと置いた。「この手の話はたいていが詐欺まがいだ。脇の甘い経営者のもとに持ち込まれ、少ない金で山林を買えば巨額で売れると持ちかける。ところが実際には、何の見返りもなく終わるのが関の山だ」

「そこまで決めつけるのはどうなんでしょう」

自分が莫迦にされたとでも思ったか、岸和田はむっとした顔になった。「課長はただ話を聞いただけじゃないですか。実際に、新島社長と会ってみてください。必ず、考えが変わるはずですから」

「じゃあ聞くが、君はさっき、その巨木は滅多に人が入れない場所にあるといったよな。だったら、どうやってその巨木を運び出すんだ」

「それはこれから……」岸和田は言い淀んだ。

「一本一億円の巨木だろ。人が担いで運べるわけじゃない。ヘリで運ぶのか、それとも運搬用の林道を作るのか。この地図によると、最寄りの集落まで十キロ以上もある。いったいいくらかかる？」

「それもこれから……」

「頭を冷やして冷静に考えてみろ」

反論できない岸和田に、半沢はいった。「そもそも巨木など最初から存在しないケースも考えられるんじゃないのか。この話の目的は、新島社長から三億円を騙し取ることかも知れない。うまい話には、たいてい裏があるんだよ」

半沢がそう断じたとき、「岸和田くん。何かあったのかい」、と背後から声がかかった。

「ああ、江島副支店長」

援軍の登場に岸和田の表情がぱっと明るくなった。半沢のデスクに広げていた資料を抱えて江島のところまで持っていくと、いまの話を繰り返してみせる。

「おもしろい話じゃないか」

わが耳を疑う反応を江島は見せた。

「どうだ、半沢課長」

仕方なく副支店長席まで出向いた半沢が、

「こんな詐欺まがいの案件、当行が手を出すべきではないと思いますが」

そういうと、「ならば業務課で進めたらどうだ」、と江島は見当外れの案を出した。

「融資課がやらないんなら、業務課で稟議を準備してくれ——いいよな、半沢」

「別にかまいません。しかし本気ですか、副支店長」

真顔で問われて、江島は、なんだよ、と目を怒らせた。

「君はなにかといえば、人の進める案件に反対する。買収案件しかり、こうした投資案件しかり。君のような考えで支店の業績目標が達成できると思うのか」

「こんな案件に飛びついて、後で焦げ付くよりマシでしょう」

「進めてくれ」

江島は一方的に岸和田に命じ、怖い目を半沢に向けた。「そこまでいった以上、融資課は一切関わるなよ。君らが関わるとろくなことにならない」

反論する気もせず、そうですか、と半沢はその場を引き下がって話を終えたのであった。

3

「出掛けに何やら業務課が騒がしくなってましたが、ご存じですか、課長」

南田の行きつけの居酒屋だった。小店舗が建ち並ぶ東梅田の商店街から路地に入ったところにあり、安くて旨(うま)い。

「四、五日前に岸和田君が三億円の新規融資案件を拾ってきたんだが、間に入っていた弁護士が詐欺容疑で逮捕されたらしい。さっき連絡があったそうだ」

そういって半沢は、岸和田からもちかけられた融資の一件を南田に話した。

「そんなの怪しいに決まってるのに」

南田は啞然(あぜん)としていた。「江島さんも、スケベ心出し過ぎですよ。火傷(やけど)するところでしたね」

「オレが反対したもんだから、業務課の方で稟議を書いていた」

「ウチが関わらなくてよかったですね」

南田はほっとしたようにいい、「ところで課長、例の堂島さんの件ですが、小耳に挟んだことがあります」、と話を変えた。

「戸梶(とかじ)鉄鋼の会長に聞いたんですが、堂島さん、かなり不動産を持ってるらしいですよ」

驚くべき情報である。

「個人で不動産に投資して、上手に広げていったという話です。戸梶会長曰く、堂島商店も政子さんが経営していたら、あんなことにならなかっただろうと。経営者として天性のものがあるんでしょう」

「なるほど、そういうことか」

ようやく、合点がいった。「役者が一枚上だったな」

堂島政子という人物そのものが謎めいていたが、次第に本当の貌(かお)が明らかになっていく。

おもしろいのは、その政子もかつてはバイオリンで身を立てようとパリに留学していたということだ。夫婦共々一旦は挫折したものの、晩年の政子が経営の才覚を発揮したのは皮肉な天の差配としかいいようがない。

「担保の件、うまく話がまとまって欲しいですね。じゃないと買収を受ける方向で調整せざるを得ないでしょうし」

半沢はふと顔を上げた。

「どうかしましたか」

「いや、岸和田が持ってきた山林の話と同じ構造だなと思って」

「どういうことです」南田がきいた。

「山林の持ち主にしてみれば、自分の山が何故買われるのかわからない。その意味では仙波工藝社も同じだ。田沼社長が何故、数ある出版社から仙波工藝社を買収先に選んだのか――」

「仙波工藝社には杉の巨木はありませんけどね」

南田のひと言が、すっと半沢の胸の底へと落ちていく。何らかの意味を見出せそうな気がするのだが、どこに手掛かりがあるのかわからない。

「もう一度、あの資料を見直してみるか」

半沢はいうと、空になった焼酎のグラスを掲げてお代わりを頼んだ。

4

「あのさ、何でそんなの家で読んでるわけ?」

不機嫌そうに妻の花(はな)はいい、半沢が手にしている週刊誌を指さした。「だいたい、何でウチにこんなもん持って帰ってくるの? ただでさえ手狭なのにさ」

花は、リビングの片隅に積み上げた段ボール箱をいまいましそうに睨(にら)み付けた。

「仕方ないだろう、銀行で週刊誌なんか悠長に読んでる暇がないんだから」

「でもそれ、仕事なんでしょう。だったら、銀行で読むべきなんじゃないの? なんでウチに持ち帰ってくるのかな。これって残業代、つくんだよね」

「つかないよ」

「おかしいじゃない、そんなの」

花は主張した。「仕事なんでしょう? だったら残業代もらうべきだよ」

「銀行ってところはさ、そういうところなんだよ」

花がいうこともわからなくはないが、こんな「宝探し」が業務として認定されるわけはない。どんなことがあっても、浅野は認めないだろう。

「人が良すぎるよ、あなたは」

花は不満を口にした。「前はさ、サービス残業代は銀行の持ち株会で回収するんだなんていってたくせに、結局株価は下がりっぱなしで、持ち株会なんて損してるんじゃん」

なかなか痛いところを突いてくる。

「まあ、そのうち株も上がるだろ」

「そのうちっていつ？」

「さあな。十年先か二十年先か——とにかく」

半沢は溜め息をひとつ吐いた。「ちょっと黙っててくれないか。話しかけられると集中できないだろ」

「週刊誌なんか、集中して読むものなの？」

堂島芳治が病室で読んでいたというこの週刊誌に、「宝の山」のヒントが隠されているのか、本当のところはわからない。

まるで、当てのない宝探しに駆り出されている気分であった。

活字を目で追っているはずが、いつのまにか上滑りし、気がつくと岸和田がもってきた山林の話を繰り返し思い出したりしている自分がいる。

結局、世の中の事象には表と裏があって、真実は往々にして裏面に宿る。人が見たつもりになっているのは見せかけで、背後に回れば思いがけない真実が存在し、表向きの矛盾も理不尽も合理的に語り尽くされるのだ。

果たしてその裏面がなんなのか。

いや、そもそもこの件に裏面が存在するのか。

疑問を抱えつつ資料の週刊誌に目を通していた半沢が、ついに手がかりらしいものに行き着いたのは、その夜遅くのことであった。

発見のきっかけは、特集や目玉記事ではなく、ゴシップネタを並べたページの右上についていた折れ目だ。

以前は気づかなかったが、折れ目を付けたのは芳治だろう。

はたして、堂島芳治がそのページの何に関心を持ったのか――。

疑問は時を措かずして解けた。

「ああ、この記事か」

静まりかえったリビングで半沢はひとりごちる。こんなタイトルがついていた。

――カフェの落書き、十億円で落札

場所はニューヨーク。現代美術の巨匠、ジョルジュ・シェファールが通っていたカフェに、本人が描いたものと思われる落書きが発見され、オークションに出されたとある。

　かつて画家を目指した芳治にしてみれば、興味深い記事だったに違いない。だが――。

　半沢の脳裏で突如閃いたのは、そのときであった。

　壁際の段ボール箱に行き、そこに入れられたアルバムを取り出して見る。

　芳治が病室で開いていたという、アルバムだ。

　写真は古く、多くは色あせている。

　半沢はやがて、その中にとある一枚を見つけ、ページを繰る手を止めた。

「これだ……」

　確信らしきものをいま、半沢は得ていた。「芳治はアルバムを見て昔を懐かしんでいたんじゃない。――宝探しをしていたんだ」

5

「まさか、ここを再び訪れる日があるとは。長生きするもんやね」

仙波工藝社の社長室を訪ねた堂島政子は、懐かしそうに目を細め、壁のアルルカンに語りかけた。「また会えたなあ。もう二度と会うことないと思うてたのに」

愛おしそうに絵の前に立った政子は、思いがけずハンカチを目元に当てる。それだけ思い入れのあるリトグラフなのだろう。

「友之さん、持っててくれてうれしいわ」

「他に掛ける絵もなかったんで、残しといたんですわ」

「ちょっと、社長」

友之の憎まれ口をハルが咎め、「すみません」、と政子に詫びる。

「口が悪いのは、お互い様や。それよりハルちゃん、あんたとも久しぶりや。元気そうで何よりや」

勧められたソファにかけた政子は、「今日は宝探しの謎が解決したと聞いて楽しみにしてきたわ。友之さん、あんたらはもう聞いたんか」、そう友之に尋ねた。

「いいえ」

友之は首を横に振った。「全員揃ってからの方がいいと思いまして、そうしてくれと半沢さんに頼んだんです。果たしてどんなお宝か、聞きたいのは山々ですが」

「そんならはよ教えて、半沢さん」

気の早い政子にせっつかれ、半沢が全員の前に置いたのは、付箋(ふせん)を貼った週刊誌であった。半沢の脇には中西が控え、息を呑んで事の成り行きを見守っている。

「まず、この記事をご覧ください。ニューヨークのカフェで巨匠シェファールの落書きが見つかり、オークションで落札されたというニュースです」

「この話なら知ってる」

友之がいい、ハルも頷いている。「かなり初期のもので、その後の作風に変わっていく転換期にある落書きやったはずや」

門外漢の半沢にはうっすらと記憶にある程度だが、美術業界にいる友之やハルにしてみれば記憶に残るニュースなのだろう。

「芳治さんはおそらく病室でこの記事を読んだはずです。ご自身も画家を目指していたわけですから、その意味でも興味深く読まれただろうことは想像に難くありません。ですがそのとき、芳治さんの頭に浮かんだのは、まったく別の可能性だったと思われます。それは、このアルルカンと関係がある」

全員が、壁のアルルカンを見上げた。友之が、はっとした表情になったのは、ようやく半沢の言わんとすることを悟ったからだろう。

「ここから先は私の想像ですが、芳治さんはこの記事をきっかけに、忘れていた昔のことを思い出したんじゃないかと思うんです。だからそれを確かめるために、政子さんにアルバムを見せてくれるよう頼みました」

半沢はテーブルに置いたアルバムの当該ページをその場で広げた。「そして、お宝を見つけたんです。それが、この写真です」

全員が一斉に、アルバムの写真を覗き込んだ。

あっ、と友之が声を上げる。ハルは目をまん丸にして驚愕しており、政子は呆然とした顔を、半沢に向けていた。

その一枚には、ふたりの若者が写っていた。

若き仁科譲と、おそらくはその同僚だ。

「肩を組んでいる若き仁科譲の写真。それだけなら、かつて仁科がこの建物に勤務していた記録という価値しかないんですが、もうお気づきになったでしょう。——ここです」

半沢は、ボールペンの先で、写真の片隅をそっと指した。

写真の右下。ふたりの若者の腰の辺りに、それはあった。

「アルルカンとピエロ……」

ハルがつぶやき、信じられないという表情で社長室の絵と見比べている。

「これは、壁に描かれた落書きです」

半沢はいった。「小さくしか写っていませんが、何が描かれているかはよくわかります」

「なるほど、仁科譲の落書きがあったということかいな」

政子はいい、ふうっと長い息を吸い込んだ。「どれくらいの価値になるんやろ」

「それこそ十億円ぐらいはするで」

友之の声は興奮で掠れていた。「あの仁科で、しかもアルルカンとピエロという人気のテーマ。年代的にその原型ともいえる作品や」

「十億かいな」

その金額を改めて繰り返した政子は、「そういわれても、現実味がないな」、そんな感想を口にする。そして、

「本当やったんやなあ」

しみじみといった。「芳治は、本当にお宝を見つけてたんや」

「問題は、いまこの落書きがあるかどうかです」

誰の胸にも湧いただろう疑問を、半沢は口にした。「芳治さんも同じことを心配していたと思います。落書きが消されていないかと。だから、友之社長に知らせようと

した」

「それをオレは断ってしもうたんかい……」

唇を噛んだ友之は、悔恨の眼差しでアルルカンを見上げた。「しまったことしたなあ」

「どんなことにも巡り合わせがある。ちょっとしたことでボタンを掛け違うんや」

そういったのは政子であった。

「仁科譲が堂島商店に勤務していたと最初に伺ったとき、可能性に気づくべきだったかも知れません」

半沢は続ける。「たしかデザイン室というのを堂島芳治さんが設けられ、そこに配属されていたんでしたね。そのデザイン室は、どこにあったか覚えていらっしゃいますか」

「地下やったと思うわ」

政子がこたえ、友之にいった。「半地下の部屋があるやろ。あの部屋、いまどうなってる？」

「——倉庫です」

ハルがいうなり、立ちあがった。「鍵、持ってくる」

全員で慌ただしくエレベーターに乗り込み、一階へ下りた。

玄関ホールの右手に低い階段がある。三段降りて踊り場があり、そこから左へ二段降りるだけの半地下。その階段の突き当たりに、磨りガラスがはめ込まれた一枚の古びたドアがあった。グリーンのペンキはところどころ剝げ、色のくすんだ丸い真鍮製のドアノブがついている。

ハルが鍵を開け、入り口脇にある照明のスイッチを入れた。

浮かび上がったのは、スペースを埋めたスチール製の棚だ。段ボール箱が堆くつまれ、中には壁の高いところの明かり取りの窓まで塞いでいるものもある。

友之が、写真と部屋の位置関係を見た。

「向こう側の壁やな」

一方の壁を指差す。「荷物を降ろそう」

半沢とハルも手伝って、棚の荷物を床に降ろしていく。最後に、カラになった棚を慎重に壁から離すと、ハルと政子が壁を覗き込んだ。

「あった」

興奮した声をハルが上げた。指差した先に、その絵が見える。「オイルパステルか」

オイルパステルは画材の一種だ。

アルルカンとピエロ。もし額縁に入れるなら、縦横三十センチもあればすっぽり入ってしまいそうなサイズである。仁科譲をコンテンポラリー・アートのスターに押し上げたお馴染みの図柄だ。

「荒削りやけど、後に仁科の代名詞になる絵の特徴がそのまま出てるな」

友之が、興奮を隠しきれないまま評した。

「編集部に特集で使った修復用の刷毛があったよね。それ、持ってくるわ。ちょっと待って」

一旦出て行ったハルは、数人の社員を引き連れて戻ってくると、彼らの手を借りて埃や汚れを除去する作業にとりかかった。

スタンドタイプの照明が持ち込まれ、カメラマンが記録用の写真を撮り始める。

息詰まるような緊張と、小躍りしたいほどの期待と歓喜の中、徐々に落書きの輪郭が鮮明に蘇ってくる。

「いまはこのぐらいにしておいた方がいいでしょう」

そういって、かがみ込んでいた社員がようやく腰を上げると、入れ替わりにハルと友之、そして政子が絵を覗き込んだ。

「まさしく、仁科譲や。まさか、ウチにこんなお宝があったとは」

「これで銀行からおカネ借りることもないね、社長」

気の早いハルがそんなことをいっている。

その頃には、話を聞きつけた他の社員たちも押しかけ、狭い倉庫内部は立錐の余地もないほどの密集になっていた。

「見たかったやろうなあ、芳治も」

そんな中、政子がどこか悔しそうにいった。「見せてやりたかったわ」

「絵の少し下にサインが見えませんか」

写真と絵を見比べていた半沢が気づいたのは、そのときであった。

「ほんとや。ここの汚れも少し掃えるか」

友之にいわれ、再び慎重な作業が始まった。

どれくらい要しただろう。半沢のところからも、筆記体のサインが見えてきた。絵の少し下辺り、筆致はいかにもぎこちない。

友之がかがんで読もうとしている。

「読める？」ハルが問うた。

ゆっくりと体を起こした友之は、自分の答えを待っているハルや政子、社員たちを振り向き、怪訝な表情を浮かべた。

「伯母さん、仁科譲って本名ですか」

最初に出てきたのは、そんな質問だ。政子に向けられたものであったが、

「そやけど。どうしたん」

政子の返事に、

「そうか……」と友之はぼそりと応じ、顎に手を当てて思案する。

「なんなの、焦れったいな」

ハルがしゃがみ込み、サインを覗き込んだ。

「ローマ字やな。読みにくいわあ……H、S、A、E、K、I、か?」

「なんて読むんや」

誰かがいった。

「頭のHを外せば、〝佐伯〟やな」

背後からそんな意見が飛び出す。

「ならHはなんや」

そんな議論の中、

「たぶん、ハルヒコのHやな」

ひび割れた声で、政子がいった。

「誰です、それは」半沢が問うた。

「佐伯陽彦君いうて、仁科君がいた頃、同じデザイン室に勤めてた子や」

「佐伯、陽彦……」

戸惑いつつ、友之がその名を繰り返すと、背後の社員たちも同様に口にする。美術界のどこかにそんな名前がなかったか、記憶を浚っているかのようだ。

「伯母さん、その佐伯某というのは、何者ですか」

友之が尋ねると、政子自身、数十年前の記憶をたぐり寄せようと倉庫の殺風景な天井を見上げた。

「堂島商店で働いてた社員や。さっきの仁科君の写真に写ってる左の子がそうや」

アルバムの写真を政子は一瞥した。芸大を卒業してまもない若き無名の仁科譲。その仁科と肩を組んで笑顔を見せているのは、どこか頼り無げな眼差しの、優しい笑顔の青年であった。

「その佐伯さんという方も絵を描く方なんですか」

半沢の問いに、

「なにかの事情で大阪の美大からうちに入ってきた子で、そこそこ描ける子やったと思うわ」

政子がこたえる。「そらまあ、仁科君とはものが違うやろうけど。この落書き、もしかすると、仁科君の絵を真似した佐伯君のものかもしれへんな」

「そんな……」

ハルが膝から崩れそうなほど顔を青ざめさせた。まるで、いまこの瞬間、手に入れた十億円が消え失せてしまったかのように。

倉庫に詰めかけた社員たちの、重苦しい沈黙がのしかかってきた。

6

「しかし、十億ですか」

金額に圧倒され、南田は嘆息した。「そんな絵が、仙波工藝社のビルにあったとは」

「ただし、本物かどうかはわからない」

思案しつつ、半沢はいった。

従業員組合の取り組みとして、毎週水曜日は定時退行と決められたのはいつの頃だっただろう。お陰で日暮れ時から、支店近くの居酒屋で酒を呑んでいる。中西たち若手も一緒にテーブルを囲んでいて、これでは酒を呑むために早上がりしたのと変わらない。

「私は本物だと思いますね」

その中西は、妙に自信たっぷりにいった。「絶対にあれは仁科譲の絵ですよ。仁科が描いて、当時の同僚だった佐伯という人が冗談半分でサインしたんだと思います」

「だけど、証明できないだろ」

南田に指摘されると、「まあ、それは……」、口ごもる。

「実際、絵画の真贋を見分けるのは難しいんだぞ。誰もが知っている有名画家の絵で本人のサインがあっても、来歴不明であれば真作と見なされないこともあるんだ。以前、絵を担保に取ろうとして、えらい苦労したことがある」

「今回の場合、どういう可能性があるんでしょうかね」

若手の友永にきかれ、南田は思索した。

「いま中西がいったように、仁科の絵に佐伯陽彦が悪戯でサインしたかも知れないし、仁科の絵を真似して佐伯が悪戯で描いたかも知れない。佐伯もまた絵心があったわけだから、真似をすることは出来たと思う」

「この佐伯さんという方に直接きいてみるとか、これが本物かどうかを調べる手っ取り早い方法があるんじゃないですか」

本多がいった。「写真を見せれば思い出してくれるでしょう」

「それはオレも考えた」

思案しつつ、半沢は小さな吐息を洩らした。「ところが、堂島さんによると、佐伯陽彦さんはすでに亡くなっているそうだ」

「亡くなられた……」

啞然とした表情を、本多は見せた。「まだ若いはずなのに」

アルバムで見つけた写真を撮ったのが、いまからおよそ二十五年ほど前。その当時、二十歳そこそこだったはずだから、存命であれば四十代半ばだろう。中西が説明する。

「堂島さんの話では、もともと体が弱くて、体調を崩して実家に帰ったそうなんですよ。それから一年ほどして、訃報が届いたと。夫婦で線香をあげに行ったそうです」

「どうされるつもりですか、課長」南田がきいた。

「佐伯さんの実家の住所を、いま堂島さんに調べてもらってるところだ。何があるかはわからないが、行ってみようと思う。日記でも残っていて当時のことが記録されていれば謎が解けるかも知れない」

可能性は低いが、やってみる価値はある。

堂島政子から、佐伯陽彦について連絡があったのは、その翌日のことであった。

「よくこんなものを取ってあったと自分でも感心するけれども、芳治も私も物を捨てられない性分でねえ」

そんなふうにいって政子が出したのは、古い年賀状と佐伯家から送られてきた、佐伯陽彦の死を知らせるハガキであった。

「もし亡くなったとき電話一本もくれてたら、葬式に行ったと思う。さすがに、会社辞めてだいぶ経ってたんで家のひとも遠慮したんやな」

「当時の堂島商店社内には佐伯さんの知り合いはいなかったんですか」

「おったかも知れんけど、あんまり人付き合いのええ子やなかったからな。田舎に引っ込んだ後は音沙汰がなくて、家業を手伝ってるという話はどこかで耳にしてた。けど、まさか亡くなるとは。実は芳治も気にしててな、それで訃報に驚いて実家を訪ねたんや」

ハガキには、兵庫県丹波篠山の住所が記してあった。

「その後、遺族の方と連絡を取りあったりは――」

「してない。そのとき行って初めて、造り酒屋の息子さんやったんかって驚いたのを覚えてるわ。一応、ネットで調べたら、その酒蔵はまだあった」

そういって政子は、プリントアウトしたものを半沢と中西の前に差し出した。

佐伯酒造という名の、三百年もの歴史を持つ酒蔵だ。

「ありがとうございます。今週末にでも訪ねてみます」

「何かわかったら教えてや」

丁重に礼をいって辞去した半沢が、丹波篠山へ赴いたのは、その週末のことであった。

7

「珍しく出かけるなんていうから期待したのに、丹波篠山かあ」

特急列車のシートに息子の隆博とならんで座っている花は、勝手について来たくせにどこか不満そうであった。

十月下旬の週末である。

「だいたい、仕事じゃん」

と半沢のとなりにいる中西を見て唇を尖らせる。

「すんません」

苦笑いで頭に手をやって中西は、「隆博くん。チョコ食べる?」、とさっきから気を遣っている。

「食べる!　ありがとう」

小学生の隆博は、屈託がなかった。特急列車に乗って出かけられること自体が嬉しいのだ。「ねえ、ママ。丹波篠山ってどんなとこ?」

「地味なところよ」

花は身も蓋(ふた)もない返事をした。

「そんなことはないぞ」

半沢は隆博に言い聞かせる。「丹波篠山はね、栗の産地だ。お前好きだろ、栗。それに、黒枝豆。うまいぞ」

「やっぱり地味だ」と花。

「それにね、今日は酒蔵に行くんだ。三百年も続いてるんだぞ」

「わたし、ワインがいいのに」また花がいった。

「いやあ、今日はお天気で良かったですねえ」

中西が話題をかえ、「かたじけない、中西」、そんなやりとりになる。花なんか連れてくるんじゃなかったと後悔している半沢であったが、そんな思惑とは関係無く、四人を乗せた特急列車は山間を疾走し、およそ一時間ほどで篠山口駅に滑り込んだのであった。


目的の佐伯酒造までは、篠山口駅からタクシーで十分ほどの距離であった。

市内から少し離れ、京に向かう街道筋として栄えた歴史を彷彿とさせる家々が並ぶ場所に、その酒蔵はひと際目立つ白土塀に囲まれ、立派な玄関を構えている。

タクシーの運転手曰く、佐伯酒造はこの界隈の会社経営者を束ねるリーダー的な存在だという話であった。

「昨日、お電話しました、東京中央銀行の半沢と申します」

店に出ていた人に名乗ると、シャツにスラックス姿の五十がらみの男が中から現れた。亡くなった陽彦の実兄、佐伯恒彦である。

「これは遠いところをどうも。どうぞどうぞ」

案内された応接室は昔ながらのガラス戸に囲まれた部屋で、白いレースのかかったソファはどっしりとして相当の年代物だ。

「実は、堂島さんからも昨日、久しぶりにお電話を頂きまして。陽彦のことでしたね」

「この写真をご覧ください」

そういって半沢が出したのは、例の、仁科譲と佐伯陽彦のふたりが肩を組んでいる堂島商店時代の写真であった。「陽彦さんと一緒に写っている人は、仁科譲という有名な画家です。ご存じですか」

「もちろんよう知っております。当時は弟からも聞いてましたから」

「少し見づらいのですが、この写真の片隅——ここに絵があるんですが、おわかりになりますか」

恒彦はメガネを頭の上に撥ね上げ、シャツの胸ポケットから老眼鏡を出した。

「ああ、たしかにありますね」

「これが、その拡大写真です」

新たに差し出したのは、仙波工藝社のカメラマンが撮った拡大写真であった。全部で三枚。説明しやすいようにと、友之が渡してくれたものである。

「アルルカンとピエロが壁に落書きされています」

「そのようですね」

恒彦も認め、続きを促すように半沢を見た。

「この落書きの独特のタッチは、仁科譲の特徴ともいえるものですが——」

拡大写真の一枚を、恒彦の前に滑らせる。「かなり読みづらいですが、おわかりになりますか——H．SAEKIとあります」

「たしかに」

覗き込んだ恒彦はいい、老眼鏡を外して元のメガネ姿に戻った。「これは陽彦のサインだと思います」

「生前、陽彦さんはこの落書きについて何かおっしゃってませんでしたか」

「仁科さんの話は頻繁にしていましたが、これについては……」

恒彦は首を横に振った。

「仁科さんについてはどんな話をされていましたか。もし差し支えなければ、話していただけないでしょうか」

恒彦は応接室の一点を見据え、「昔の話ですが」、そんなふうにいって続ける。

「陽彦はこの丹波篠山の高校を卒業した後、大阪にある美大に進学したんです。画家を目指していましてね。ところが、その美大の先生とソリが合わず落第させられたりして、嫌気が差して辞めてしまったんですわ。当時健在だったウチの親が戻って来いといったんですが、ここに戻ったら画家にはなれないと。そこで自分で探した就職先が堂島商店でした」

陽彦について政子は、「そこそこに描ける子」と評した。それもそのはず、陽彦は画家を目指していた元美大生だったのだ。

「そのとき、一緒の部署になった先輩社員が、仁科譲さんでした。仁科さんも弟も画家志望でありながら、当時はカネもなく、絵に集中できる環境すらなかったわけです。そんな仁科さんとは大層ウマがあったらしくて、たまに帰省すると仁科さんのことばっかり話してました。それぐらい弟は絵描きの先輩として仁科さんを慕っていたんです」

中西が真剣な顔で話に耳を傾けている。

だとすれば、それほど心酔していた仁科譲の絵を佐伯が落書きしてみせたとしても、不思議ではないだろう。

「弟は体が弱いもんですから、しょっちゅう熱を出して寝込んでいたようですが、仁科さんが薬を買って届けてくれたり飯を作ってくれたりして随分面倒みてくれたそうです。本当に世話になったといってました」

「その後堂島商店をお辞めになったと聞きましたが」

「仁科さんがパリに出発してしまって、弟はひとり置いてきぼりになったように感じたそうです。体調も思わしくなく、結局、勤め上げるだけの体力も、画家を目指すという気力すらも失って、とうとうここに戻ってきました。とはいえ、ずっと伏せってましてね。たまに起きると〝離れ〟を改造したアトリエで絵を描いていました。あるとき、アトリエからいつまでも出て来ないので母親が見に行ったら、椅子から転げ落ちてましてね。本当に絵筆を持ったまま亡くなっていたんです」

「悔しかったでしょうね」

「まあ、しょうが無いですわ。もって生まれた寿命や思うて諦めるしかない。残念やけど、それも人生です」

「陽彦さんの絵は、拝見することはできるんでしょうか」

中西がきくと、「ええ、何枚か見えるところに掛けて、季節ごとに掛け替えるようにしているんです」、恒彦はいうと立ち上がって部屋を出、正面に見える壁の絵を指した。「あれもそうです」

風景画のようなものをイメージしていた半沢であったが、驚いたことにそれは、コンテンポラリー・アートとしかいいようのない現代的な絵であった。シンプルな背景に描かれた少年の絵は、マンガの一場面のようにさえ見える。目に毒がある個性的なキャラクターは、病気がちだったという陽彦のイメージとはかけ離れているが、だからこその才能を感じさせた。二十年以上前に描かれたというのにあまり古さを感じないが、三百年の歴史ある造り酒屋の母屋の壁を飾る絵としては、少々場違いである。

「正直、ウチの建物の雰囲気からすると、ちょっと浮いてるんですが」

その辺りのことを恒彦自身も承知しているらしい。「お客さんからも、なんでこの絵がかかっているのかとよくきかれるんです。でもね、それに答えることが、佐伯陽彦という絵描きの存在証明になると思うんです。アトリエをご覧になりますか？」

「ぜひ、お願いします」

魅入られたように絵を見上げていた隆博を促し、半沢は通路を抜けて敷地の奥へと向かった。

「陽彦さんは、力強い絵を描かれたんですね。ウチの息子のような小学生すら魅了してしまうんですから」

「私がいうのもナンですが、有り余るほどの才能の持ち主でした。でも、画家にはなれなかった」

恒彦は、自分のことのように悔しそうであった。「画家になるためには、才能だけじゃなくて、運や、体力もいる。だけど、陽彦にはあとのふたつが無かったんです」

案内されたのは、母屋から屋根付きの廊下でつながった離れだ。

「ここが、アトリエとして使っていた部屋です」

十畳と六畳の和室が並び、畳に炉が切られているところを見ると、茶室としても使える作りになっているらしい。和風の庭園には簡単な待合いと手水があり、六畳間にはにじり口もついていた。

「当時陽彦は、十畳間の畳を取っ払って、板の間にして描いてました。向こうの倉の中がギャラリーになってますから、どうぞ見てやってください」

離れには日射しがあふれんばかりで、ここをアトリエとして使わせたのは病気療養中の陽彦の健康状態が少しでもよくなるようにという願いが込められてのことだったのだろう。

そして、自前のギャラリーに掛けられた数々の絵には、人の目を惹きつける独特な魅力があった。隆博も熱心に見ている。

「ねえちょっと。隆博、絵心がついちゃったみたいよ。画家になりたいなんて言い出したら、どうしよう」

花の不安を、半沢は笑いとばした。「心配するな。オレたちの親族に絵心のあるのは誰もいない」

「これ見て」

倉の中の絵を次々に見て歩いている隆博が指差したのは、一枚の絵であった。「さっきの写真の絵と同じだよ」

それはノートサイズの小品で、比較的大きな絵が並ぶこのギャラリーの片隅に掛けられている。

「中西、どう思う」

絵を見た半沢にきかれ、「これって……」、中西も驚いて何度も瞬(まばた)きしている。

それもそのはず、そこにあるのは、「アルルカンとピエロ」そのものだったからだ。仙波工藝社の落書きと同じタッチだが、こちらは落書きではない。小型のカンバスに描かれた油彩画である。皮肉な眼差しと笑みを浮かべたアルルカンと、呆(ほう)けたピエロ。コミカルで漫画チックだが、それは同時に、仁科譲が得意とする絵と似通っている。いや、ほぼ同じといってよかった。

「これは？」

半沢が問うと、恒彦は逡巡の表情を浮かべた。

「それも陽彦の絵です。右下に年月が入っているでしょう。描いたのは美大時代だと思います」

「ちょっと待ってください」

混乱し、半沢は頭を整理しなければならなかった。「陽彦さんが、仁科譲さんと面識が出来たのは、堂島商店時代でしたね」

「そうです」

皮肉な目でこちらを見ているアルルカンは、半沢に謎を投げかけているかのようだ。

「ではこのアルルカンとピエロは……」

様々な可能性はあるだろう。だが、もっともシンプルに考えれば、この絵が示す答えはただひとつだ。

「これは、陽彦のオリジナルです。この絵を見た人は皆、仁科譲の模写だと思うようですが」

重々しい恒彦のひと言に、そっと半沢は顔を上げた。

「ねえ、どういうことなの、中西さん」

話をきいた花が傍らから問うたが、「いや、私にはさっぱり」、と中西も首を傾げる。

「どうやら、我々は勘違いしていたようだ。そうですね、佐伯さん」

「ええ。まあ、おそらくはそうでしょう」

恒彦は、訳ありの顔で小さく頷いた。

半沢は続ける。

「きっかけは、堂島商店の元社長、芳治氏が残した謎の言葉でした。残された雑誌とアルバムを調べた結果、当時堂島商店が所有し、仁科譲が勤務していたというビルの半地下の倉庫から、落書きが見つかった。仁科譲の特徴をもつ落書きでしたが、そこに記されたサインは意外にも、佐伯陽彦さんのものだった。それを見た我々は、佐伯さんが仁科さんの画風を真似たか、仁科さんの絵に冗談で佐伯さんがサインしたか、どっちかだろうと考え、詳しい情報を求めて、こちらまでお邪魔しました。ところがいま、佐伯さんが仁科譲に会う前、学生時代に描いたという『アルルカンとピエロ』の絵を目の当たりにしている。ここまではよろしいですね」

すでに事情に通じているであろう、恒彦が頷く。

「一方、仁科譲さんが『アルルカンとピエロ』を初めて描いたのは、パリ留学二年目のことで、それ以前には描いていません」

「だったら、どうして陽彦さんがそれ以前に描けたの」

わけがわからない、という顔で花がきいた。

「その理由はひとつしかない」

半沢は断じた。『アルルカンとピエロ』は佐伯陽彦さんの作品だったということだ。その絵を真似たのは、仁科譲の方だったんだ」

「真似るというか、そっくり同じものですよね」

中西が驚愕の眼差しを絵に向けている。「ここまでそっくりだと、盗作といわれてもおかしくないと思うんですが。美術の世界では、こういうのも認められるんですか」

「どうでしょう、佐伯さん」

半沢に問われて、恒彦は静かに俯いた。「その辺りのことは半沢さんの想像にお任せします。私は一介のシロウトですから」

「ひとつ伺っていいですか?」

花が腑に落ちない顔になる。「この『アルルカンとピエロ』の絵は私も見たことがあります。すごく特徴的で、ひと目で誰の絵かわかるインパクトがあるんです。陽彦さんは、その自分の絵を、仁科譲が真似して描いていることをご存じだったんでしょうか。もしそうなら、あれはぼくの作品だって声を上げるところです。どうして、そうしなかったんでしょう」

その質問が問題の核心を突いていることは、恒彦の顔に出ていた。

「仁科さんがパリで『アルルカンとピエロ』の絵を描いたのは、弟が大阪からうちの実家に戻った後のことでした。画家になることを諦めてはいましたが、仁科さんの消息はもちろん知っていましたし、仁科さんが描かれた絵のことも知っていました。弟は喜んでいました」

「喜んでいた……」半沢はつぶやいた。

意外なひと言である。

「弟は、自分の命がそう長くはないことを知っていました。自分の努力ではどうにもならないところで挫折して、夢を諦めなきゃならなかったんです。辛かったと思います。そんなとき、仁科さんがあの『アルルカンとピエロ』をひっさげて華々しいデビューを飾ったと知りました。弟は、自分の夢がかなったといってました。自分が描くべき絵を仁科譲という才能が描いてくれて、自分の代わりに世の中に出してくれたんだと。本当に自分のことのように喜んでたんです」

「だから陽彦さんは、その絵が自分のオリジナルであることを黙っていたんですね。そういうことか。いい話ですね」

花はいい、『アルルカンとピエロ』を見上げている隆博をそっと抱き寄せた。

「仁科さんはどうだったんでしょう」

半沢は問うた。「どういう経緯で描かれたのか、ご存じですか？」

「仁科さんは、正直、苦しんでおられたようです。弟に謝罪の手紙を書いてこられましたから」

半沢は驚いてきいた。「そのことは、世の中には」

「いいえ」

恒彦は首を横に振る。「陽彦は沈黙していましたし、陽彦が黙っていた以上、我々がそれを破るわけにはいきません。それは陽彦の遺志に反する行為だと思いますんで。このことを知っているのは、身内の数人だけです」

「仁科さんは、どうしてこの絵を真似して描こうと思ったんですか」

子供ながらに興味を惹かれたのだろう。そうきいたのは、隆博だった。

「いい質問だね。そこが問題なんだ。パリで頑張っていた仁科さんは描いた絵が売れずに生活が苦しかったんだよ。そんなとき、頭に浮かんだのがこの絵だったんだ」

恒彦は、隆博に説明すると、半沢らにも続けた。「弟と仁科さんは、弟が亡くなるまでに何通か手紙のやりとりをしていたんです。当時はまだネットやメールがありませんでしたから。その中に、仁科さんが弟の『アルルカンとピエロ』を真似してしまった事情が明かされていました。結果的にその絵は認められ、ポップで特徴的な『アルルカンとピエロ』は、仁科譲の代名詞になりました。そこに、仁科さんの後悔と苦悩があったように思います」

「じゃあもしかすると、仁科さんが自殺されたのは……」中西が、遠慮勝ちに問うた。

「私は、そのことも原因のひとつではないかと思っています」

現代アートの、知られざる裏面史だ。

「陽彦さんが描かれたものは、他にもあるんでしょうか」中西がきいた。

「ご覧になりますか」

恒彦はいい、ギャラリーになっている倉の一角から二階への急な階段を上がっていく。

「ここに陽彦が残したほとんどの絵を集めています。三ヵ月に一度ぐらいのペースで、下のギャラリーに出している絵と掛け替えるようにしていまして」

恒彦がいうように、二階のスペースのほとんどは絵で埋め尽くされていた。その中を歩いた恒彦は、ひとつを取って部屋の中央に置かれたイーゼルに掛ける。

「うわあ」

隆博が興奮してその絵の前に立った。「いい絵ですね、これ」

「わかるの、あんた」

呆れたようにいった花も、絵から目を離せない。酒蔵で働く男を描いた、ユーモラスな一枚であった。

「これも美大時代の作品ですわ。夏休みに帰省してきたときにここで描いた習作ですが、私も好きです」

恒彦は、他の箱を開け、「これを外に出すことはありませんが」と断って、大きな『アルルカンとピエロ』を新たに二枚出して並べて見せた。構図の違う絵だ。

「この二枚は、どれも堂島商店に入社する以前の絵です」

「これは美大時代に発表されなかったんですか」

半沢がきくと、

「そこなんですよ」

と恒彦は困った顔をした。「その美大の教授は、弟の絵を完全否定したそうです。弟の方も一切譲らず、中退するまでになってしまって。結局、日の目を見ることはありませんでした」

「陽彦さんと仁科譲さんが手紙でやりとりされていたということですが、仁科さんから来た手紙はまだ残されていますか」

「もちろん」

恒彦はいった。「実はそれだけではなく、陽彦が仁科さんに出した手紙もあります。生前、仁科さんが持ってこられたんです。この倉のギャラリーが出来たとお知らせしたとき、手紙をもっていらっしゃって。我々が生きていた証だからと。妙なことをおっしゃるなとは思ったんです」

「それは、仁科さんが亡くなる——」

「三ヵ月ほど前だったでしょうか。仁科さんが自殺されたという一報を聞いたときには、本当に魂消ました。ああ、だから手紙、持ってこられたんやなって——。ご覧になりますか」

ぜひ、という半沢に、恒彦は母屋の方から書簡の入った箱を持ってきた。

中には、封筒に入ったままの手紙が十通ほどもあるだろうか。

「どうぞ、読んでください」

恒彦に促されて半沢が繙いたのは、いまから四半世紀も前、画家になることを夢見た、ふたりの青年の赤裸々な青春であった。

第六章　パリ往復書簡

1

前略。お元気ですか。

昨日シャンゼリゼ通りを歩いたところ、ちょうどマロニエの花が咲き始めていました。かの有名な並木道を行き交う人たちもどこかゆったりとして余裕(いう)があり、ようやく訪れた春の気配を存分に楽しんでいるように見受けられます。凍てつく冬を乗り越えたパリは、これから夏にかけての何ヵ月か、華やかにほころび、さんざめく季節の歓びに溢(あふ)れていくのでしょう。それは固いつぼみが徐々に開き、淡い蜜の芳香を放つのに似ています。ここでは芸術に限らず、あるゆるものの萌芽(ほうが)が育まれ、やがてそれが外に向かって奔放に開花していく様(さま)を身近に感じられるようです。

パリにきて、ひと月が経ちました。

セーヌ川左岸にある、モンパルナスと呼ばれる界隈がある十四区の、階段もない七階建てアパルトマンに無事、投宿したことは前回書きました。アパルトマンは区役所近くの通り沿いにあって、ここから歩いてほど近いところには、モディリアーニが若い頃住んでいたという場所もあり、いままで名前と絵でしか知らなかった偉大な芸術家たちをより身近に感じることができます。エコール・ド・パリはいまや古き良き時代の回想になりましたが、できることなら自分の手で、再びその機運を盛り上げていきたい。

とはいえ、現実のぼくは、まだ何も成しえないどころか、何かをする準備すら整っていないような有り様です。この間、何枚かの絵を描き、それを持って手当たり次第、目に付く画廊に飛び込んでみました。絵はどれも取るに足らないものばかりで忸怩たるものがありますが、それでも技量だけは見る人が見ればわかるはずです。するとひとつだけ、シェロンという画商が興味を持ってくれ、きちんとしたものが描けたら持ってきてくれといわれたのは、唯一の救いでした。小さな一歩に過ぎませんが、海の物とも山の物ともわからぬ若造の自分を認めてくれる懐が、この街にはあります。

陽彦君、体調が良くなったら、ぜひパリに来てください。ここには、画家としての可能性があり、未来があります。実力さえあれば誰かが認めてくれるのです。ついに、自分の力を発揮できる舞台に上がれたことに興奮し、武者震いする思いです。
またご連絡します。ご自愛ください。

佐伯陽彦君

一九八〇年四月二十日

仁科譲

2

拝啓。お便りありがとうございます。

早く返信しようと思いましたが、体調も優れず仕事に出られない日もあって、絵を描くことすら億劫(おっくう)でした。そんなときは何か考えることもできず、ただ横になって下宿の天井を見上げて過ごすしかありません。

もし譲兄(けい)がいれば、きっと旨いものを持ってきてくれただろうと思うと、寂しさが募ります。譲兄がついに大阪を出る前の晩にも言いましたが、二年間、本当に、本当にお世話になりました。

譲兄は覚えていますか。去年の正月、私が体調を崩して実家にも戻れなかったとき、元日の夕暮れ、実家でついたという餅を持って訪ねてきてくれました。

そのとき食べさせてくれたお雑煮、忘れません。さっぱりした白味噌に餅を入れ、体力をつけろといって鶏肉や魚介まで一緒に煮た雑煮、すばらしく美味でした。

思えば、堂島商店という会社に勤めたのも、譲兄がいたからでした。美大を中退して道に迷っていたとき、求人広告を見てふらりと出向いた私に、画家を目指す者同士として譲兄は真剣で前向きな助言をしてくれました。

ああここにも、自分と同じ道を目指している人がいるんだと思うと心強く、すぐに入社を決意することができました。

譲兄には、これと決めたら真っ直ぐに突き進む行動力と強い意志、それに体力があります。どれもいまの私にはないものばかりです。

それだけではありません。譲兄は、類い希なデッサン力と力強い構成力があって、その非凡さは、仰るとおり、見る人が見ればわかります。

単身飛び込んだパリの画壇ですぐに認めてくれる画商があったというのも、その実力故（ゆえ）でしょう。自分のことのように嬉しく思いつつも、譲兄なら当然と思った次第です。ぜひともパリで大暴れして、新たな時代を築いてください。

譲兄なら、それができると信じています。敬具。

陽彦

譲兄

一九八〇年七月十三日

3

拝啓、陽彦殿。

その後体調はいかがですか。

パリの夏はどこか退廃的で、ひたすら無愛想に沈黙しているかのようでした。ただ明るいだけの空の色は、どこか大阪で見上げる空に通じているように見えます。同じ街なのに、季節が変わるとこれほどまでに見えるものをつまらなくしてしまうのかと、驚きを禁じ得ません。いや。そう見えるのは街のせいではなく、もしかすると追い詰められていく心のせいだったかも知れません。

そして、九月になったパリはようやく普段の華やいだ雰囲気を取り戻しました。

ぼくはいま、一週間に一枚のペースで絵を描いています。ですがそれは、ルーブルやオルセーにある有名絵画の模写で、それを街のみやげ物屋に持っていくと、出来が良ければ一週間生活していけるぐらいの値段で買い上げてくれ、出来が悪ければわずか数フラン。こうなるとなけなしの預金を取り崩すしかありません。

こんな絵を描いていては、いつまで経っても地位は上がりません。もちろんアトリエでは、こうした生活の糧を稼ぐ絵とは別に、本当に描きたい、描くべき絵を常に制作中ですが、いままでこうした絵が売れたためしはありません。

この気持ち、陽彦殿ならわかってくれると思います。

渾身の作品が見向きもされず、粗描きしたコピーの絵だけが売れる。

ぼくの個性がまったく認められていないも同然です。

いまぼくは、パリの洗礼を浴びているような状態です。

ここで負けてはいけない。自分の力を信じて描き切るんだと、ともすれば萎えそうになる気力を振り絞って、自分に言い聞かせています。

パリに来たころの、希望に溢れ、無邪気だった自分がいまは懐かしいです。

いまぼくにとって絵描きという仕事は、夢ではなく現実を紡ぐものになりました。正直なところ、このどん底の生活から這い上がる術がどこにあるのか、果たしてそんなものが存在しているのかさえ、わかりません。いまぼくは悩んでいます。

しかし、こんな中にも希望の光はあります。

つい昨日のことですが、とても素晴らしいテーマを思いついたからです。次に取りかかるべき作品は、もしかするとぼくの画家としての運命を変える一作になるかも知れません。

シェロン画廊も、喜んで扱ってくれるでしょう。

どんな画家だって、最初から売れるわけじゃない。売れる作品を描くまで努力を継続した者だけが画家になり、放棄したものはただの人になるのです。

ぼくは絶対に諦めません。必ず成功してみせます。そのための情熱だけは、誰にも負けないつもりです。

乱筆乱文にて、失礼。

陽彦殿

一九八〇年九月十三日

譲拝

4

前略。

先日の便りを拝読し、新しい作品に挑む譲兄の情熱と気力の充実ぶりをうらやましく思いました。いまの私には、とてもそこまでのものがありません。次第に枯れ、気力も体力も抜け落ちていく自分が情けないです。

先月、堂島商店を退職いたしました。

夏の終わりより体調も優れず休みがちで、これ以上、会社に迷惑をかけてはいけないと思っての決断です。

退職とともに松屋町のあのアパートは引き払い、丹波篠山の実家に身を寄せています。

いま、自分が何をすべきか、わかりません。

できれば私も、譲兄のようにパリに行きたかった。堂島商店で働いて得た金の多くは、パリへの留学費どころか治療代で消えました。

自立することもできず、実家の世話になるしかない自分から、譲兄の背中はどんどん遠ざかっていきます。

以前、パリに来いと誘ってくれましたね。

行きたかった。

パリに行きたいです。

こんな私からすれば、あがきつつも好きな道を進んでいる譲兄は眩(まぶ)しく、ずっと憧れの存在です。

譲兄の次作、きっと大成功を収めることでしょう。

ますますのご活躍、お祈りしています。

陽彦拝

譲兄

一九八〇年十二月八日

5

前略、陽彦君。

鈍色の雲に覆われたパリの空は、ぼくの気持ちを代弁してくれるようです。

いまぼくは打ちひしがれ、この暗く重たい雲のように沈んでいます。

先日は、励ましの手紙をありがとう。

堂島商店を退職するとなると、かなり体の具合もよくないのではないかと、ひたすら心配しております。手紙には詳しく書いてはありませんでしたが、きっとそれはぼくを心配させないための配慮なのだろうと推察しました。体調が悪いだろうに励ましてくれる陽彦君のような存在は、いまのぼくにとって唯一といっていい理解者であり、味方です。

この前、大見得を切った作品。

惨敗でした。期待したシェロンの評価は散々で、聞くに堪えないひどいものでした。

ぼくはいま打ちひしがれています。同時に、困惑もしているし、この生活の将来に希望を見出すことができず絶望し、そして恐怖すら感じています。

パリに来る前、ぼくにはいくつかのアイデアがありました。

でも、そのアイデアの多くはすでに使ってしまい、残ったものも役に立たないことが証明されたようなものです。

いまぼくは、何を描いていいかわからない状態で生活は困窮し、画材を買うのもためらうほどです。

パンと絵の具と、どちらかを選ばなければならないとき、君ならどうしますか。

絵描きをやめ、他に職を求めればどれだけ楽でしょう。いまぼくが日々苦悩しているのは、そんな究極の選択です。

ぼくはこれからどんな作品を描いていけばいいのだろう。

どれだけ描けば認められ、このどん底の生活から脱出することができるのだろう。

もうぼくにはわからなくなっています。

売れなくても、認められなくても、まだ描くものがあるということがいかに幸せなことなのか、描くものがないことがいかに恐ろしいことか。いまのぼくはそれを同時に知りました。

こんな日が来るとは思いませんでした。

パリは恐ろしい街です。成功の舞台に上がれるのはほんの一握りの才能だけで、あとは全員、観客席にいるしかありません。

その明暗の狭間にぼくは彷徨（さまよ）い、完全に出口を見失っています。

陽彦君

一九八一年二月二十四日

譲

6

ここのところ具合が悪く、長い手紙が書けません。
パリは大変なところなんですね。
ご苦労をお察しします。でも、譲兄は精一杯、そこで戦っている。
そこまでも行けない自分は、日々実家の天井を見て過ごしています。
ひねもす寝たり起きたりの繰り返し。
譲兄、がんばれ。譲兄、がんばれ。
私もがんばれ。

譲兄

一九八一年四月十日　　　　陽彦

7

謹啓。陽彦、ついにやった！　展示会で入選を果たしました。

だが、それを素直に喜べない自分がいます。

いまのぼくは、誰にもいえない秘密を抱えました。

だけど、君にだけには打ち明け、謝罪しなければなりません。

ぼくは、陽彦、君が得意としていた画風をそっくり真似た絵を描きました。

自分の中にあったアイデアのストックを使い果たして途方に暮れたとき、頭の中に浮かび上がってきたのは、君の『アルルカンとピエロ』でした。

堂島商店にあったぼくたちの仕事場の壁に、君が悪戯（いたずら）で描いた『アルルカンとピエロ』の落書き。その後、君の下宿にあったそのオリジナルともいえる絵を見たとき、ぼくの胸に、遥（はる）か遠くの宇宙から飛翔する見えない矢が突き刺さりました。

それは、いままでぼくが描いてきたものとは似ても似つかぬものでした。似ても似つかぬ才能でした。

そしてぼくには決してなかった閃き(ひらめ)の産物であったのです。

よせ。やめろ。

そう引き留める自分と、生きるためにこれを描くしかないと、藁(わら)にもすがる思いで葛藤する自分がいました。

思いがけず、絵は大きな評価を得ました。

シェロンだけでなく、出品された展示会で最高の評価を得、いまぼくにはかつてない量と額の注文が舞い込んでいます。

でも、ぼくはその仕事を受ける資格がありません。

ぼくは、君に盗人と非難され、絵描きの風上にもおけないと詰(なじ)られて当然のことをしました。

いま君がどんな思いでこの手紙と、添付の写真を見ているかを考えると、胸が張り裂けそうです。

ぼくはもう、画家として生きる全てを失いました。

なんとお詫びしていいか、言葉もありません。

佐伯陽彦様
一九八一年七月八日
最悪の卑怯者、仁科譲

8

まずは成功、おめでとうございます。

手紙を拝読し、作品の写真を拝見して、うれしさが胸に込み上げました。

私にはもう、自分の作品を世に出す時間も体力も残っていません。

譲兄は、そんな私に代わって、作品を世に出してくれたんだと思います。

なにも後悔することも、自らを責めることもありません。

譲兄の成功を、いまの私がどれほど喜んでいることか。うれしくてうれしくて、元気だったら、あちこち飛び回っていたことでしょう。

『アルルカンとピエロ』もどこか誇らしげに見えます。

よかったですね、譲兄。

ほんとに、よかった。

会社で一緒に机を並べていた頃が、つい先日のことのように思い出されます。
そして、思い出すと涙が出ます。
譲兄、私の代わりに、私の分まで、絵を描いてください。
たくさん、たくさん、絵を描いてください。
そして私の分まで、生きてください。
おめでとう。本当におめでとう。そして——ありがとう。

陽彦

譲兄
一九八一年八月二十九日

9

往復書簡を読み終えた半沢は、しばし言葉を失い手の中の便せんを見つめた。そっと元通り折りたたみ、丁寧に封筒に入れて箱に戻して、恒彦に礼を言う。
「陽彦が亡くなったのは、その最後の手紙を書いた、翌月のことでした」

恒彦がしみじみといった。「この手紙は佐伯陽彦という絵描きがこの世に存在していたという大切な証拠です。いまや仁科譲さんも亡くなられて、いつかこの経緯を公にし、少しでも弟を世に出してやりたいとは思うんですが、それは弟の遺志に反することで――」

その矛盾こそが、恒彦が抱える苦悩であった。

「でも、こんな素晴らしい絵なら、見たいという人は沢山いるんじゃないですか」

佐伯陽彦による『アルルカンとピエロ』の前に立った花は、いとおしげな眼差しを向けている。魅了する何かが、間違いなく、この絵にはあるのだ。

「ぼくも欲しい。パパ、これ買って」

隆博にいわれ、「おいおい」、と半沢を慌てさせる。「これは売りものじゃないんだぞ」

「ごめんね。売るほどたくさんないものだから」

恒彦も苦笑して隆博にいい、続けた。「実は数年ほど前から、陽彦が描いた『アルルカンとピエロ』の絵を全て売ってくれないかと訪ねてこられる方がいらっしゃいまして。ついでに、さっきお見せした手紙まで譲ってくれと。おそらく、仁科譲のコレクターのような人が後ろにいるんだと思います」

中西と顔を見合わせた。自分たち以外に、佐伯陽彦という画家に注目する者がいたことは、驚きとしかいいようがない。

「どこで陽彦さんのことをお知りになったんでしょう」

「気になって聞いたんですが、それは守秘義務があるとのことで教えてくれませんでした。ですが、その方は仁科譲さんから直接、なんらかの方法で知らされたんじゃないかという気がします」

恒彦の指摘は、意外であった。

「すると、生前の仁科さん本人が、陽彦さんのことをどなたかに話していたということになりますね」

中西は首を傾げている。

仁科にとって、『アルルカンとピエロ』にまつわる秘密は、決して知られてはならないものだったはずだ。

「その方が初めてウチを訪ねてこられたのは、三年前の十月でした」

恒彦はいう。「そのひと月ほど前に、仁科譲さんは自ら命を絶たれたんです。これは私の想像ですが、遺書のようなものが残されたのではないかと」

「遺書、ですか」

意外な推測に、半沢は思わず聞き返した。中西と目を合わせ、「たしかに、有り得ない話ではありませんね」、と恒彦に視線を戻す。

「おそらく、その方は仁科さんと親しくお付き合いされていたんでしょう。ですが、こうした経緯は仁科さんにとって心の重しとなって、気を塞いでいた。自殺の理由はいまだ明らかになっていませんが、もし弟とのことが関係あるとすれば、遺書を残すことで、全てを明らかにしようとしたのではないかと。あくまで推測でしかありませんが」

事実なら、すべて肚に落ちる。そんな気がした。

「絵や手紙を買いたいという方が誰なのか、佐伯さんにはおおよその推測がついておられるのではありませんか」

半沢がきくと、

「ええ。だいたいは」

恒彦の視線が逸れていく。

「お売りになるんですか。陽彦さんの絵を」

花と中西が、はっと恒彦を見た。

「もうかれこれ三年も、熱心にいってこられまして。最初は断っていたんですが、ウチの経営も楽ではありませんし。そろそろいいかなと」

それほどまとまった金額でのオファーなのだろう。

「でも、売ってしまったら、その後陽彦さんの絵がどうなるかわかりません。もう二度と見られなくなるかも知れませんよ」

半沢がいうと、

「ええ、わかっています」

悔しそうな顔で、恒彦はそこにある陽彦の絵を見回した。「ただ、全部ではありませんから」

自分に言い聞かせるようにいい、恒彦は深い吐息を漏らした。いま半沢たちの前に佇立(ちょりつ)するのは、為(な)す術(すべ)のない現状を持てあます経営者の姿だ。

「半沢さんからお電話をいただいたとき、東京中央銀行と聞いて、おそらく買い付けの話だろうと思いました。その方の代理としていらっしゃるのかと思ってたんですが、どうやら私の勘違いだったようで」

「陽彦さんの絵を売ってくれといってきたのは、ウチの銀行の者だったんですか」

意外な話である。「差し支え無ければ名前を教えていただけませんか」

「名刺があります。少々、お待ちください」

一旦母屋に引っ込んだ恒彦は、すぐに一枚の名刺をもって戻ってきた。「最初にいらしたときにいただいた名刺です」

名刺には、受け取った日付が鉛筆で書き入れられていた。

「なんで……」

怪訝な眼差しで、誰にともなく中西がつぶやく。

「直樹の知ってる人なの？」

花にきかれ、「ああ、知ってる」、半沢は顔を上げた。

名刺には、こうあった。

東京中央銀行大阪営業本部次長——宝田信介。

その脇に、手書きでモバイルの番号が記されている。

「なんで宝田が……」

新たな謎が、半沢の前に零れ落ちた。

第七章　不都合な真実

1

「以上が、佐伯陽彦さんの実家を訪ねて判ったことです」

週明けの月曜日、仙波工藝社を訪ねた半沢は、友之とハル、そして経理部長の枝島の三人を前に、ことの子細を話して聞かせた。

半地下の倉庫で見つかった落書きが果たして本物なのか、偽物なのか——。

これは友之とハル、そして仙波工藝社社員にとって、最大の関心事だったはずだ。

本物ならば推定十億円の「お宝」だが、偽物であれば、二束三文。前者なら、業績低迷に苦しむ中、会社再生の救世主となるだけに、友之たちの期待は大きかったはずである。

「ということはやはり、あれは――」

枝島が失意に青ざめた顔で口をぱくぱくさせた。いまにも呼吸困難で倒れてしまいそうな勢いである。

「そのときの様子を記録したものも、証言もありませんが、残念ながら仁科譲の落書きと断定するのは難しいと思います」

「そうですか……」

がっくりと肩を落とした枝島に、

「そんな棚からぼた餅みたいな話、そうないわ、枝島さん」

冗談めかして慰めたハルも、さすがに落胆を隠せないでいる。

「でも、よう調べてくれたな、半沢さん」

残念そうに顔をしかめつつ、ありがとうさん、と友之は頭を下げた。「といってもあの落書きは、このビルに仁科譲がいた頃の大切な記録や。しっかり保管していこうと思う」

「佐伯さんの実家を訪ねて、遺族の方が抱える葛藤がよくわかりました」

帰ってからの半沢は、ずっとそのことを考えていた。「不遇のうちに亡くなった佐伯陽彦さんのことを少しでも世の中の人に知ってもらいたいという気持ち。ですが一方で、『アルルカンとピエロ』の秘密も陽彦さんの遺志として守っていく必要がある。その相反する感情の中で、遺族の方たちは苦しんでこられたと思うんです」

「美術の世界において、模倣が完全な悪か、というとそうも言い切れないところはある」

友之がいった。「そもそも芸術家にとって模倣と創造は、実に密接な関係があるからや。どんな芸術家でも、先達の作品を見、そこからなんらかのインスピレーションを受けて創造に結び付けるもんや。そうやって生まれる作品がオマージュなんか、パロディなんか、罪のない模倣か悪意の盗作か。真似された側と真似した側との人間関係で決まることもあるし、制作の経緯に左右されることもある」

罪のない模倣か悪意の盗作か——。

図らずも友之が口にしたひと言こそ、根幹に横たわる問題に違いなかった。

「いままで、美術界でこういう問題が起きたことはあるんですか」中西が尋ねた。

「いくらでもあるよ。絵の世界に限らず、音楽や文学、いろんな芸術分野にも同じようなことはある」

友之はいった。「中には、他人の作品を模倣することで評価されている画家だっている。原作と模倣との関係の曖昧な一例や。一方で、長く画壇で活躍してきた日本の有力画家の作品数十点が、ある賞をもらった後になってイタリア人画家からの盗作やと認定されたこともある。そのイタリア人画家が激怒して声を上げたために発覚したわけやけど、結果的にその模倣は『盗作』と判断されて、授賞が取り消されるという日本画壇史上の事件になった。翻って、今回の仁科譲と佐伯陽彦の関係はどうかというと、これは微妙なところや」

友之は顎に手をやって思考を巡らせる。「まず、仁科はこれが模倣であるとはいわず、自分のオリジナルとして作品を発表してる。ところが、陽彦は、それに対して異を唱えることはせず、むしろ応援していたという少々希有なケースや。問題なのは、この世界観というか、特徴的なタッチのオリジナリティが誰にあるかや」

社長室にある「アルルカン」を、友之は見上げた。「『アルルカンとピエロ』というテーマはヨーロッパでは一般的や。たとえばフランス人画家のアンドレ・ドラン、ピカソやセザンヌも描いてる。でも、仁科の絵は独特や。ポップで、独特のタッチ。誰が見ても、ひと目で〝ああ仁科譲や〟とわかる。この強烈なオリジナリティこそがこの絵の価値なら、それをそっくり真似した仁科の行為は盗作といわれても仕方ない」

「仮定の話ですが、もしこの事情が表沙汰になった場合、仁科譲の絵画の価値はどうなるでしょうか」

半沢は問うた。

「作品の評価がどうなるかはなんともいえんけど、下がる可能性はあるやろうね。ただどこまで下がるかはわからん。それと、仮に仁科本人が盗作と認めて謝罪しているという事実はあっても、オリジナルである佐伯陽彦の〝若描き〟が評価されるかどうかは別の話や。美術の世界はね、半沢さん。一筋縄ではいかんのよ」

割り切れぬ沈黙が落ちた。

だから美術の世界はおもしろいともいえるが、一方で不条理なことも、善悪の基準すら曖昧なことも多々あるに違いない。その曖昧模糊としたところになんらかの評価が下るまで、時代を超えた時間がかかることもあるだろう。

「ただ、現代アートの大コレクターというと、まあ大抵は大富豪や。彼らが作品の芸術性に惚れ込んで買ってるかいうと、そうとも言い切れんやろ。投資目的も少なくない。そういう人にとってみれば、大枚はたいて集めた絵画の価値が暴落の危機に瀕したんでは、目も当てられんやろうな」

「それですよ」

半沢がいった。「当行の宝田がなぜ、佐伯陽彦の絵を買おうとしているのか。その理由が今回わかった気がします」

「どういうこと？」

ハルがきいた。

「田沼社長は仁科譲のコレクターで、五百億円は下らないカネを投じて仁科作品を買っているという噂です。それがもし盗作だと世の中に知れてしまったら、その作品価値は暴落するかも知れない。だから、佐伯陽彦さんが遺した絵を売ってくれるよう、宝田を遣って恒彦さんに申し入れをしてきました。田沼社長はおそらく、仁科譲の遺書でこの事実を知ったのではないか、というのが恒彦さんの見立てです」

「オレもそんなことだろうと思うね」

友之がいった。「仁科譲が亡くなったとき、遺族や特に親しい人に向けた遺書が遺されたらしい。ジャッカルの田沼社長は、仁科譲にとって近年最大のスポンサーであり、客やった。仁科譲が田沼のことをどう思っていたかは知らんが、切るに切れない仕事上の関係であったことは間違いないわ。晩年の仁科譲は精神的に不安定で、いわゆるうつやった。バスキアのように薬に溺れることは無かったけど、どんどん内向きになっていって、後年は人と会うこともほとんどなかったらしい。繊細で優しい性格やいわれてたけど、佐伯さんがいうように、この盗作について、ずっと苦しんでた可能性はあるな。成功すれば成功するほど、過去に犯した罪がどんどん深く大きくなっていくんや。たまらんかったやろうなあ」

気の毒そうに顔をしかめた友之はきいた。「で、佐伯さんは、遺された『アルルカンとピエロ』、売るんか」

「酒蔵の設備が老朽化して、まとまったカネが必要になるそうです。資金調達に苦労されているようでした。正式な売買契約は結んでいませんが、その意向だと」

「さぞかし無念やろうな」

友之が唇を噛んだ。

「宝田に往復書簡の話をしたのは、まだ最近のことだそうです。ここから先は私の想像ですが、そこには遺書にない情報があった——それがこの部分です」

半沢は、書簡のコピーにある一節を示した。

——堂島商店にあったぼくたちの仕事場の壁に、君が悪戯(いたずら)で描いた『アルルカンとピエロ』の落書き。

「もちろん、この落書きが現存しているかどうか、田沼社長に知る術はありません。ですが、もし現存しているとすれば、これは大変なリスクです」

「もしかして——もしかしてそれが、ウチを買収先に選んだ理由?」

怒りの表情をハルは浮かべた。「仁科譲と佐伯陽彦というふたりの友情も、絵を買った田沼社長にとっては不都合な真実ってわけや」

「彼らの目的はおそらく、仁科譲の盗作という事実そのものの隠蔽です」

半沢はいった。

「可能性は、あるな」

友之は、虚ろな目で社長室のなんでもない空間を眺めた。「たしかに芸術系出版社を欲しいと思ってたのは事実かも知れん。でもそれだけなら、ウチである必要はない。なんでウチなのか。そういう事情なら、さもありなん」

「十五億円ののれん代も、絵の価値が下がることと比べたら安いものってことや。莫迦にしてるな」

ハルは苛立ち、はっと短い息を吐いた。「どうする社長。知らん顔してジャッカルに買収されるか?　それとも、あの壁の落書きだけ売る?」

「いや、売らん」

友之は決意のこもった口調でいった。「あの落書きは佐伯陽彦というひとりの画家が生きた証や。その痕跡を消したり、カネのために売ったりするのは、佐伯陽彦という画家に対する冒瀆（ぼうとく）やで。オレはこの佐伯陽彦という男の生き方が好きや。優しくて、思いやりがあって、すばらしい青年やないか。そやから、オレは売らん。そして、ウチの会社も売らん。それでええな、ハル」

「それでこそ、社長や」

ハルが破顔した。「これはカネの問題やない。魂の問題や。どうですか、半沢さん」

「いいんじゃないでしょうか。御社はどこかの傘下に入らなくても十分にやっていけます。でもそのためには――」

「経営改革案や」

友之がこたえた。「堂島の伯母を納得させられるだけのものを作ってみせる。そのときは融資頼むで、半沢さん」

「先日おっしゃっていた出版部門のテコ入れ、ぜひお願いします」

「そのことやけど、ここに来てちょっと面白い話が出てきたんや」

ハルの知り合いのパリ在住のコーディネーター経由で持ち込まれたという提案について、友之は熱い口調で語り出した。

「それですよ、社長」

ひと通り聞いた半沢は真剣な顔でいった。「その話、何が何でも実現させてください」

「昔、ウチのオヤジに言われたことがある」

友之は眼光を鋭くしていった。「どんな会社も順風満帆で大きくなるわけやない。いつか新しい挑戦をすべきときが来るってな。いまがそのときや。オレは必ず、この危機を乗り越えてみせる」

2

いつものように大阪に出張してきた渡真利と再会したのは、丹波篠山の佐伯酒造を訪ねた翌週末のことであった。

月が明けた十一月の第一週。この日、午後七時前に東梅田の店の暖簾(のれん)をくぐると、渡真利はとっくに着いていて、すでに生ビールのグラスを半分ほど空にしている。

「早いな」

半沢も生ビールを頼んで乾杯すると、先週末佐伯酒造で見聞きした内容について渡真利に語って聞かせる。

「それが買収の本当の狙いだったと」

目を丸くした渡真利は、頭を整理するように続ける。「田沼美術館の目玉は仁科譲のコレクションだ。ところが、その仁科の作品は盗作だった。とりあえず隠蔽工作はするものの、もし何かのきっかけで明るみに出れば買い集めた絵画の価値がどうなるかわからない――」

「そもそもが投資目的で買った絵なら、オレなら手じまうことを考える」

半沢はいった。「評価が下がるリスクがあるんじゃなんのために持っているかわからない。隠蔽工作で時間稼ぎをする間に絵を売り抜け、美術館の構想もできれば白紙にしたい」

「だから、ひそかに美術館を売りに出したわけか」

渡真利は納得し、いつになく真剣になる。「おい、半沢。これが本当なら、かなりヤバイ情報だぞ。仮に絵が半値になったとしても、数百億円の損失は出る。美術館だって七掛け程度で売れても百億円近い損だ」

「肝心なのは、ジャッカルの業績が絶好調とは言い難いことだ」

半沢が指摘した。「こんなことが明るみに出れば、株価も暴落しかねない」

「田沼社長や宝田が必死になるのも無理はないってわけだ」

「それだけじゃない」

半沢が静かにいった。「この話には、もうひとつ重大な問題が隠されてる」

「重大な問題？」

渡真利は聞き返した。

「この名刺だ」

半沢はいって、カバンから一通のコピーを出す。佐伯酒造の社長、佐伯恒彦が持っていた宝田の名刺だ。

「おかしいと思わないか」

「おかしいって何が」

「恒彦さんが書いた日付を見てみろ」

覗き込んだ渡真利はしばらく考えていたが、首を傾げた。「なんのことだ。大阪営業本部は、宝田さんの前場所だし、なんの問題も——あっ」

渡真利が驚きの顔を上げた。「このこと、大阪営本の和泉と伴野は知っているのか」

「いや、知らないだろうな」

半沢は断じた。「あいつらは、ただ利用されているだけの小者だ」

「小者ね。たしかにそうかも」渡真利は小さな笑いを浮かべた。

「宝田がどう出ようと、やることは決まっている」

半沢は、静かにいった。「まずは経営改革案をまとめて堂島さんから担保を入れてもらう。融資さえ実行できれば事態は打開できる」

3

大阪梅田にあるジャッカル本社、その最上階に近い社長室で、業務統括部長の宝田は田沼と向かい合っていた。

「美術館の買い手については、引き続き、水面下で動いておりますので、どうぞご安心ください」

「安心できるわけないでしょう」

神経質に尖(とが)った声で、田沼は一蹴した。「いつ何百億円単位の損が出るかも知れないっていうのに」

「まあまあ。そう焦らないでください。きちんと進めてありますから」

宝田は泰然と構えてみせた。「佐伯酒造の方は売却の意向をほぼ固めたようです。絵とあの往復書簡を買ってしまえば、この世に残る盗作の痕跡は、仙波工藝社の地下に眠る落書きだけです。こっちも早晩、買収に応じるでしょう。そうなれば真実は完全に闇の中だ。少なくとも美術館を売り、絵を売却するくらいの時間は余裕で稼げます。田沼大社長は、どんと構えていてください。待てば海路の日和ありというじゃありませんか」

営業畑の人間らしく、宝田は調子良くおだててみせる。

「その前に、仙波工藝社が落書きを見つけたらどうなるの。そこから真実に行き着くかも知れないでしょう」

「見つかりやしませんよ」

宝田はタカを括っていた。「いままで何十年も眠り続けてきたんです。誰もそんなものが眠っているなんて想像すらしない」

「仙波工藝社が買収に応じるかどうか、なんでわかるの」

田沼がきくと、「資金繰りに窮するからですよ」、と宝田は気色の悪い笑みを唇に浮かべてみせた。

「担保がないからってこと？　だけど、どこかで担保を見つけてきたらどうなるの。そのときは融資することにならないわけ？」

「いえ、そうはなりません」

宝田はきっぱりと首を横に振った。

「あんた、そういう条件で突っぱねてるっていってなかった？」

「そんなのは方便です、社長」

宝田の笑いは、暗く底が見えない。「当行は、どんなことがあっても、仙波工藝社に融資することはありません。もし融資するとすれば、それは買収に応じるという唯一絶対の条件を満たしたときです」

「じゃあなに、あんたたちは、仙波工藝社に嘘をついていると」

田沼の問いに、「人聞きの悪いことをおっしゃらないでください」、と宝田は真顔になる。「融資の条件なんてのは、審査の内容や状況によって、都度変わる。それだけのことですよ。ここから先は、聞かぬが花だ」

宝田は、やんわりとそれ以上の質問を封じた。

4

秋も深まった十一月の朝であった。明け方まで降り続いた雨のため、土佐稲荷神社の境内に出来た水たまりが高い空を映している。

その中をジャージ姿の若者がリヤカーを引いて歩いていた。中西だ。ところどころ立ち止まっては、境内を掃除している人が集めたゴミを袋に詰めて荷台に載せている。

参道近くでゴミ拾いをしていた半沢は、そのとき遠くに見知った姿を見つけて近づいていった。

「そのゴミ、いただきましょう」

エプロンにニット帽をかぶった堂島政子は、声を掛けられた方を見て、

「なんか話があるんかい」

そういって周囲を見回した。「友之さんも一緒か」

「練り直した経営改革案を見ていただこうと思いまして」

「あんたらもしつこいなあ」

手を当てて腰を伸ばした政子は、ゴミ袋を半沢に渡すと自分は傍らの石段に掛けた。「それとも、いよいよ切羽詰まってきたか」

「いえ。担保云々はさておき、堂島さんの意見をうかがいたいんです」

政子はしばし半沢を見つめ、「わかった。後で来てくれたらええわ」、そう言い残して離れていく。

「ありがとうございます」

一礼した半沢が友之を伴って堂島のマンションを訪ねたのは、ひと通りの清掃を終えた後のことだ。

いま政子は、リビングの椅子にかけて、友之が持参した仙波工藝社の事業計画に目を通していた。

「大袈裟なもん作ってきたな」

とは最初、ずっしりと重い計画書を手にした政子の言葉。だが、ページを捲るうちに真剣な表情になり、最後のページを閉じたところで老眼鏡を外すと瞑目し、暫時、黙りこくった。

生き残りをかけた、渾身の経営改革案だ。

「三誌のうち、二誌は廃刊か。思い切ったな」

「『ベル・エポック』は黒字ですし、ウチの看板ですから残します」

友之がこたえる。「現在赤字になっている二誌を統合する案もあったんですが、やはり赤字同士を一緒にしても黒字にはならないだろうということで、廃刊にすることにしました。苦渋の決断です」

友之は続ける。「今後、ウチが勝負をかけていく柱はふたつあります。ひとつは『ベル・エポック』誌面の充実。いままで以上に読者が求めている誌面を作り、特別企画をどんどん打ち出していく。目玉は、ここにきてようやくまとまった権威あるフランスの専門誌、『アール・モデルヌ』誌との提携です。これは業界的にもかなり話題になるでしょう。読者の底上げにつながるのは間違いありません。そのために、廃刊にする編集部から、ふたりをそちらに異動させます。もうひとつの改革の柱は、企画部門の業務拡充です」

友之は話を継いだ。「従来、私たちがやってきた仕事は企画のみでした。スポンサーや美術館に特別展を提案し、海外の美術館やコレクターと連絡をとって絵画や美術品の手配をする。でも、ヒアリングしてみると、クライアントたちの多くは、もう少し踏み込んだサービスを求めていたんです。広く様々なイベントの予算管理や広告宣伝、パンフレットの作成といったパッケージ化したサービスとして手掛けることで、より大きな売上げを確保していく。いままでは人材不足で出来なかったことが、編集部の有能な人材を再配置することで可能になります」

黙ったまま、政子は耳を傾けている。

「広告宣伝やパンフレットであれば、雑誌づくりで培ってきたノウハウが応用できます。また人員増によって、企画件数を今の二倍に増やして行く計画です」

友之の説明が終わると、しばらくの沈黙が落ちた。

どれぐらいそうしていたか、

「わかった」

政子のひと言が、その場に放たれた。そして、釈然としない目を半沢に向けてくる。「これだけしっかりした計画があっても、銀行さんはまだ、担保が必要なんか」

「いろいろと事情がございまして」

計画倒産との関与を疑う融資部のスタンスについて半沢は語らなかったが、政子のことだ、もしかすると鋭い感性で感得（かんとく）しているかも知れなかった。

「なるほど、まあええやろ」

意を決した目を、半沢に向ける。「半沢さんには宝探しなんて余計なことをさせてしもうたし、これ以上イケズなことはいわんとこ」

政子は改めて友之に向き直った。「友之さん、あんたの使命は何がなんでも、この計画を実現することや。銀行の中のことは、私らにはどうにもできん。半沢さん、そこはあんたに戦ってもらうしかない。頼むで——仙波工藝社への融資、どうぞこの土地建物を担保にして進めてください」

「ありがとうございます」

半沢はいい、女傑に深々と頭を下げた。

5

「ああ、支店長お帰りなさい」

外出先から支店に戻った浅野の姿を見て、江島が愛想よく声をかけた。「いい知らせがございます」

差し出したのは仙波工藝社のファイルである。

「実はつい今し方、半沢課長が報告してきました。仙波工藝社、担保が見つかったそうです」

「なんだって」

驚愕の表情を、そのとき浅野は見せた。上着を脱ぐことも忘れて、慌ただしくファイルを開く。

「堂島ヒルズ……。何だこれは――」

呆然と顔を上げた浅野に、

「仙波社長の親戚だそうです」

呑気な口調で江島がいった。「なんでも、所有しているビルを、今回の融資の担保に入れてくれるそうで。よかったですね、支店長」

「いいわけないだろ。買収はどうするんだ」

浅野の形相に、江島がはっと口に手を当てる。

「この担保に問題はないのか」

低い声で問うた浅野に、

「土地建物には特に瑕疵(かし)はなく……。ただその――」、江島は口ごもる。

「ただ、なんだ」

「親戚スジということですが、そのスジが若干……」

浅野に睨まれ、江島はおどおどと続けた。「担保提供者の堂島政子の夫は、例の計画倒産の噂があった堂島商店の社長でした」

「計画倒産に、この政子が絡んでいたというのか」

「いえ、絡んでいたかどうかはわかりませんが、なにしろ夫婦ですから。あのとき夫が数十億円もの負債を抱えて自己破産しているのに、妻の政子が無傷でビルを所有しているというのは、説明のつかないことかと」

「なるほど」

支店長室に入った浅野が電話をかけた相手は、業務統括部長の宝田であった。

「担保提供者が現れた？」

宝田は、警戒に声をひそめた。「どういう相手だ」

浅野の説明に、しばし考えて続ける。

「わかった。融資部長の北原には、私から言い含めておこう。計画倒産がらみの不動産など、担保として不適格だとな」

有り難いひと言に、浅野は安堵した。自分の手を汚さずに済むと思ったからだが、

「その代わり、トドメを刺すのは君だぞ」

ねじ込むようなひと言が、宝田から発せられたのは次の瞬間であった。「仙波工藝社の買収、何がなんでも成立させろ。ここは正念場だぞ、浅野支店長。君の評価がかかっていると思え」

「肝に銘じます」

受話器を置いてもしばらく、胸の鼓動は収まりそうもなかった。

「担保が出てきたんで、支店長、腰抜かしてるんじゃないですか」

課長代理の南田が振り向き、口に手を当てて声を潜めた。

融資部から要求された担保は確保した。再度練り直した精度の高い経営改革案も添

付して、仙波工藝社に対する融資はいまや万全の態勢が整ったといっていい。

「文句のつけようがないですからね」

そのとき支店長室のドアが開く音が聞こえ、振りかえると、ファイルを持った浅野がフロア最奥にある自席につくのが見えた。

「半沢課長。ちょっといいか」

来ましたよ、とひと言残して南田が自席に戻っていく。

「この堂島政子という担保提供者だが、以前梅田支店で取引のあった堂島商店の社長夫人らしいじゃないか」

浅野の口調は非難めいていた。

「いまはご自身で不動産業をされています。先日来、仙波社長と交渉を継続して参りましたが、このたびようやく、承諾を得ることができました」

「例の計画倒産の会社だろう、堂島商店というのは」

浅野はいった。「そんなスジの悪い担保を取るのは、どうかと思うんだが。他に担保はなかったのか」

「計画倒産については先日報告済みですし、法的にも問題ありません」

「しかしだな、夫が巨額の債務で苦しんで破産したというのに、なんで妻の政子がこんな物件を所有しているんだ。おかしいじゃないか」

「この物件は、倒産のかなり前から、政子さんが自己所有していたものです。倒産のどさくさに紛れて名義変更したものではありません」

「どうにも私は気が進まないね」

浅野はいい、「どう思う、副支店長」、と傍らの江島に質問を投げた。

「はっ、私も同感です」

いつもながら嘆かわしいほどの追従ぶりを見せた江島は、「他に担保はなかったのか」、と聞くまでもない質問を半沢に寄越す。

「ありません。これしかないんです」

半沢はこたえた。「交渉を重ねて、ようやく了承を得た担保です。どうか、融資部に上げさせてください」

浅野は、拗ねた子供のように唇をとがらせた。両手を頭の後ろでくんで椅子の背にもたれる。

撥ね付けることは出来ないはずだ。

半沢には自信があったものの——、

「まあ、いいだろう。担保は担保だ」

浅野の承認は予想外にあっさりしていた。「よかったな、半沢課長。これで稟議も承認されるだろう」

かくして、仙波工藝社の稟議は、再びその審査の舞台を融資部へと移すことになったのだが——。

6

「こんなスジの悪い担保、困るんですよ」

融資部の猪口は、半沢に直接掛けてきた電話で、開口一番言い放った。「だいたい、梅田支店で十五億円も焦げ付いてるんですよ、堂島商店って会社には。それがないんです。妻は資産家で、いまさら担保を提供する？　ふざけてませんか」

「堂島商店と本件は別でしょう」

感情的な猪口に、半沢は冷静を保った。「ウチは、仙波工藝社の融資について稟議してるんです。そちらが要求した通りの担保を出してるんだから、進めてもらわないと困ります」

「こんな担保はけしからんと、北原部長もおっしゃっててね。審査に値しないと

「——」

「ちょっと待ってください」

半沢は相手を制して続ける。「夫婦とはいえ、法的には別々の個人でしょう。保証人でもない。なんでこの不動産が担保としてスジが悪いのか、明確に説明してもらえませんか」

「計画倒産のすったもんだの末に、隠し持ってた資産の可能性があるからに決まってるでしょう」

小馬鹿にした口調である。「そうじゃないという証明は出来ませんよね」

「仙波工藝社を行き詰まらせるつもりですか」

一方的な理屈に半沢はすっと怒りを滲ませた。「きちんとした経営改革案があり、担保もある相手に融資をしない。そんなのは無茶苦茶だ」

「当行が融資を見送ったところで、行き詰まりはしないと思うんですがね」

聞き捨てならぬひと言を猪口が発したのはそのときである。「大手資本の買収提案があるのに、こんなスジの悪い担保を取って融資する意味はどこにもない。そんな簡単なこともわからないんですか」

「どこで買収のことを」

低く問うた半沢に、「別にどこだっていいでしょう」、と猪口は答えなかった。

「買収を受けさせるために担保に難癖をつけているようにしか見えませんが」

「失礼なことをいわないでくれ。我々がそんなことをするはずがないだろう」

語気を荒らげ、猪口は続ける。「こんな担保はダメだからダメだと、そういってるんだ」

「理屈になってない。約束だったはずなのに、ハシゴを外すんですか。おかしいでしょう」

「おかしいかどうかは、支店の融資課長が決めることじゃない」

ふてぶてしいひと言を、猪口は発した。「とにかく、本件については私だけじゃなく、部長も同意見だ。僚店が巻き込まれた計画倒産がらみの不動産など担保に取るのはコンプライアンス上もふさわしくない。そっちがどう喚こうと、この条件じゃ無理。嫌なら他の担保を探してもらおうか。さもなきゃ、とっとと買収案件を進めること。いいですね」

一方的に電話は切られ、仙波工藝社の稟議は、予想外の暗礁に乗り上げたのであった。

「承認にならなかった？　どういうことですか、それは」

「私の力不足で申し訳ない」

仙波工藝社の社長室で、半沢は深々と頭を下げた。「交渉したんですが、まだ出口が見えない状況です」

「担保さえあれば融資してくれるって、半沢さん、約束してくれましたよね。あれは嘘やったんですか」

友之に詰め寄られ、半沢は唇を噛んだ。

「伯母さんがせっかく担保くれたのに。スジが悪いとか、コンプライアンスの問題があるとか、そんなの言いがかりにしか聞こえません」

ハルのいうのも無理からぬことだ。

「もう他に担保なんかないよ。それわかってるよな、半沢さん」

友之は眉を顰めて険しい表情だ。「ウチに潰れろと、そういってんのと同じじゃや。せっかく経営改革案もこしらえて、これからっちゅうときに、こんな理不尽な理由で融資が受けられんっておかしいよ。半沢さんがついていながら、なんでこんなことになんねん」

「融資部も、倒産していいとは思ってないはずです。粘り強く交渉しますので、しばしお時間をいただけますでしょうか」

「今月末には資金ショートするで。間に合うんか」

友之は絶望的な声できいた。

「鋭意、交渉いたします。今はこれだけしかいえません」

決め手は欠いている。支店長の浅野が動かないのも問題だ。

現場主義の東京中央銀行では、いざというとき支店長の一押しがものを言う。だが、本件について浅野は重い腰を上げようとはせず、買収されればいいだろうという構えだ。

「ぼくはこんな担保は最初から気に入らないと思ってたんだ。コンプライアンスの問題といわれてしまってはこれはどうしようもないだろう」

というのが浅野の言い分で、江島もそれに同調する構えを見せていた。

「最善を尽くしますので」

具体的な打開策が見えないまま、半沢はそういうしかなかった。「いましばらく、お待ちください」

その半沢に渡真利から慌てた様子の電話があったのは、翌朝午前八時半前のことである。

「いま大阪駅についたところなんだが、時間ないか、半沢」

「十時までなら空いてるが、何かあったのか」

　尋ねた半沢に、

「これから真っ直ぐそっちに向かう。外で会おう。詳しい話はそれからだ」

　渡真利は切迫した返事を寄越しただけで電話を切った。

　その二十分後、支店にほど近いホテルのラウンジで、半沢は渡真利と向き合っていた。広々としたラウンジの天井がガラス張りで、晴れた日なら明るい太陽光が降り注ぐはずだが、生憎(あいにく)の雨であちこちに配置された植栽もくすんでみえる。

「どうしてもお前の耳に入れておきたいことがある」

　真剣そのものの表情で、渡真利は切り出した。「仙波工藝社の融資、通らないぞ」

「どういうことだ」

　はっと、半沢は顔を上げた。

「言葉通りの意味だ。業務統括部長の宝田が、ウチの部長の北原さんや猪口らに根回ししてる。融資はせず、ジャッカルの買収案件を受け入れさせようという筋書きだ。仮に行き詰まったとしても、安く買収できて好都合だと」

「冗談じゃない。そんな莫迦な話があるか」

声を荒らげた半沢に、

「連中の頭にあるのは、自分たちの都合だけだ」

渡真利は続ける。「宝田は横車を押してでも、仙波工藝社の買収を押し通すつもりだ。洩れ聞こえてきた話だが、仙波工藝社の買収案件は、全店に広報するモデルケースにするよう、すでに業務統括部内で調整しているらしい」

「取引先のことを何だと思ってる」

半沢の目の奥に、怒りの焰が点いた。

「北原部長には、コンプライアンスを理由に宝田がねじ込んだ。このままだといいようにやられちまうぞ」

あまりにも理不尽な状況に表情を歪ませ、渡真利は膝を詰めた。「なんとかしろ、半沢。こんなことで、当行の融資スタンスを歪めていいはずがない」

「話はわかった」

半沢の口調は静かだが、目は爛々と燃え、その奥底に渦巻く憤怒は手に取れるほどだ。

「こっちが大人しくしてるからって、いい気になるなよ。いまに見ていろ」

半沢は、強い雨が叩き付けるラウンジのガラス窓を睨み付けた。

「基本は性善説。だが——やられたら倍返しだ」

第八章　道化師への鎮魂歌

1

「副部長、仙波工藝社から連絡がありました。買収の件で話がしたいそうです。明日、行って参ります」

伴野は、直属の上長である和泉にたった今受けた連絡について嬉々として報告した。

十一月半ばの月曜日である。

「そろそろだと思ってはいたが、やっときたか。待てば海路の日和(ひより)あり、だな」

融資部の猪口からは先週末、仙波工藝社の稟議を突き返したとの連絡を受けている。

今月末に資金需要を迎える仙波工藝社に残された道は、ふたつ――。このまま倒産するか、買収されるかだ。

「我々の計算通りか。こうなってみるとあっけなく決着しそうだな。しっかりやってくれよ」

和泉がほくそ笑む。

「兵糧攻めが効きました。所詮、中小零細など銀行に刃向かって生きていけるわけがないですから。その中小零細に肩入れしているアホな融資課長もいますが」

半沢のことである。

「査問委員会を切り抜けたところで、所詮あいつの実力など知れたものよ」

和泉は肩を揺すってせせら笑った。「近々自分の実力を思い知ることになるだろう」

「宝田部長に、いい土産話ができますね」

会議出席のための宝田の来阪は、明日の午前となっていた。「我々もこれで田沼社長に成果を報告できます」

「ジャッカルと当行がタッグを組めば、間違いなくビッグビジネスが転がり込んでくる。苦労はしたが、ようやく報われたな」

和泉の表情は、仙波工藝社買収を確信したかのようであった。

伴野が、書類を携えて仙波工藝社に出向いたのは、午前十時のことである。

「わざわざご足労いただき、すみませんね」

社長室に招き入れた友之は、まあどうぞ、と気楽な調子で伴野にソファを勧めると自分は向かいの肘掛け椅子にかける。

「いえいえ。こちらこそ、お時間をいただき恐縮です。いろいろと資金調達でご苦労されていると小耳に挟んでおります。先日来申し上げてきましたが、最優先すべきは会社の存続ですから。生きるための最善の道を選ぶのが経営です」

「まあ、資金調達については、おっしゃる通り苦労してますわ。いやはや、銀行さんというところは、ほんま伏魔殿ですなあ。計画倒産の話から始まって、担保があれば融資するといったくせに、いざ担保を差し出したら、これはスジが悪いと撥ね付ける」

「いまはコンプライアンスに厳しいですからね」

伴野は、気の毒そうな顔をしてみせた。

「どんだけウチが計画倒産なんか絡んでないゆうても、聞く耳もたず。これでは私もどうしようもない」

「そのために、この買収提案があるじゃないですか」

調子よく、伴野がいった。「ついに決断していただけたようで。おおきに」

とってつけたような伴野の関西弁を、友之は受け流した。

「礼を言われるようなことはありません」

「いえいえ。我々にすれば、売却を決断していただいたこと自体、ありがたいことなんです」

笑みを浮かべた伴野だが、

「いえ、私は買収を受け入れるとは一言もいってませんよ」

友之の言葉に、きょとんとなる。

「どういうことでしょう。買収の件でお話があると、そうおっしゃったのはいったい？　そもそも資金調達でお困りになってるはずですが」

「そっちは半沢さんにしっかりやっていただいていますんで、心配はしておりません」

「半沢がどう説明しているかわかりませんが、稟議は通りませんよ、社長」

伴野は慌てていった。「買収に応じるべきじゃないんですか」

「稟議はまだ終わったわけやない。そう、半沢さんからは説明を受けています」

「終わってない……。この状況で？」

伴野は小さな笑いをこぼす。「馬鹿げてますよ。もう稟議は通らないし、このままでは御社の資金繰りは行き詰まる。そんなことは火を見るより明らかです。支店の融資担当者が取引先を滅ぼすことって、あるんだなあ」

あきれてみせた伴野は、不意に厳しい表情になった。

「買収、受けるべきです、社長。チャンスはもう二度とないかも知れない。それを逃すんですか」

友之は黙ったままゆっくりと首を振っている。

それを見て、

「社長、会社潰れますよ」

なおも膝を詰めた伴野に、友之が向けたのは怒りを孕んだ面差しである。

「はっきり申し上げますわ。ジャッカルさんからの買収提案、正式にお断りします」

ピンで留められたように、伴野は動かなくなった。瞬きも忘れて、友之と向き合っている。

やがて、

「そんな断りの返事のために、私をここに呼んだんですか」

プライドを傷つけられたと思ったか、伴野が怫然とした。

「あんたらが勘違いしてるようだから、この際しっかり意思表示した方がええいわれましてな」

「いったい誰がそんなことを――」

伴野が尖った声を発したとき、

「オレだ」

ふいに声がして、開けたままだった社長室の入り口にひとりの男の姿が現れた。

「――半沢！」

「失礼します、社長」

半沢はひと言断ると、友之の隣の肘掛け椅子にどっかと腰を下ろした。

「ふざけたことをしてくれるじゃないか」

いまにも嚙みつかんばかりの伴野に、

「ふざけてるのはお前らの方だろう。そのセリフ、そっくりそのままお返しする」

半沢の鋭い眼光が相手を射た。

「こんなことをして仙波工藝社さんが行き詰まったらどうするつもりだ」

鼻に皺を寄せた伴野が、荒い息を吐き出した。「当行は、岸本頭取のもとこうした買収案件を積極的に――」

「お題目はもう結構。買収のために融資部にまで根回しか。これ以上、お前ごとき小者の相手をしても時間の無駄だ。仙波工藝社さんは、オレが全力で守る。行き詰まらせることはない」

「お前ごときになにができる」

見下したひと言を発した伴野に、半沢はスーツの内ポケットから一枚の写真を取り出し、テーブルを滑らせた。

「なんだこれは」

「見ての通り、写真だ。何の写真かは、お前に説明する必要はない。それを宝田に見せて伝えろ。こんなことのために会社を乗っ取るのかと。今日、大阪本部に来ることになってるはずだ」

「なぜそのことを」

伴野の目が警戒に細められた。

宝田の動静を渡真利から秘密裏に得ていることを、伴野は知らない。

「必ず見せろよ。それと――取引先を舐めるな。そう伝えておけ」

「お前、こんなことして、タダで済むと思うなよ」

威圧せんとする伴野に、

「やれるもんならやってみろ」

半沢は、燃える眼差しを向けて言い放った。

「ふん。見てるがいい」

伴野は立ち上がると、最後に友之に吐き捨てた。「社長、後悔しますよ」

2

「どうだった、仙波工藝社は。同意したか」

大阪営業本部に戻った伴野を待ち構えていたのは、問うた和泉だけではなかった。この朝、新幹線で大阪入りしていた業務統括部長の宝田も一緒で、上機嫌で肘掛け椅子で脚を組み、伴野のこたえを待っている。

「それがその……」

伴野は言葉を濁した。「申し訳ありません。買収を承諾するものとばかり思っていたのですが、そうではなく正式な断りを入れてきました」

「ふざけるな！」

和泉が、自らの膝のあたりを打った。瞬間湯沸かし器の異名をとる禿頭が、みるみる朱に染まっていく。「相手は資金繰りに窮してるんだ。それをなぜ、まとめられない。いったい君は何を交渉してきたんだ」

「すみません、副部長。実は、交渉の場に大阪西支店の半沢がいまして、唆しているようです。その——融資部に根回ししたことをどこからか知ったようで」

「また半沢か」

宿敵の名前が出たとたん、宝田が目を怒らせた。

「取引先を舐めるなと、宝田部長にそう伝えろなどという始末でして——」

「こしゃくな」

宝田が吐き捨てる。「このことは早速、浅野君に報告しておこう」

「ぜひ、お願いします」

そういった伴野は、「それともうひとつ——」、と少々遠慮勝ちに切り出し、カバンから一枚の写真を取り出した。

「実は、半沢から宝田部長に渡すよう、写真を預かっております。何かよくわからない写真ですが、お渡ししてもよろしいでしょうか」

「見せてみろ」

宝田はソファから体を起こし、遠慮勝ちに差し出された写真を手に取った。

「なんだこれは」

そうつぶやいたのも束の間、その宝田の表情がみるみる険しくなっていく。

怒りのせいだと思った伴野だが、すぐにそれが紛れもない狼狽(ろうばい)だと気づいてすっと息を呑んだ。

「宝田、どうかしたのか」

怪訝そうな和泉に声をかけられ、ようやく我に返った宝田はこたえる代わり、

「半沢は、この写真について何か話したか」

そう伴野に問うた。

「いえ。私に説明する必要はないと」

宝田の光る目が、再び手の中の写真に向けられた。

何かが起きているはずだが、それが何なのか和泉にも、そして伴野にもわからない。

「なんの写真なんだ、それは」

やがて和泉がきいたが、

「さあ、私にもわからんよ」

宝田があからさまに誤魔化して、伴野を驚かせた。百戦錬磨の営業マンである宝田は、いつどんなときにも動じない男だ。それがいま、明らかに取り乱している。

「他には何かいっていたか」宝田が問うた。

「仙波工藝社は必ず守ると大見得を切っていました」

「生意気な」

和泉が吐き捨て、怒りのやり所に窮している。「支店の一課長がどう守るというんだ。どうせ最後は資金繰りに窮して、買収してくれと泣きついてくるのがオチだろう。いっそそのときまで待って、買い叩いてやるか」

息巻く和泉の脇で、宝田は黙っていた。

「どうだ、宝田」

和泉に問われても、「まあそうだな」、と気のない返事を寄越す。

「これは私が預かっておく」

写真をスーツの内ポケットにしまい、「そろそろ会議の時間だな」、そうつぶやくと宝田は、そそくさと立ってその話題を仕舞いにしたのであった。

その夜の話を切り出すのに、そこほど場違いな店はなかった。

梅田駅にほど近い高級ホテルのフレンチである。田沼が頻繁に通うお気に入りで、コースはひとり五万円は下らない。さらに高級ワインとペアリングともなれば、一晩で幾らかかるのか想像もつかなかった。

この日の用向きが、込み入ったものであることを、まだ宝田は告げていない。タイミングを見計らった宝田が、

「実は折り入ってご相談したいことがあります、社長」

そう切り出したのは、二皿目が下げられたときであった。「今日、支店の担当者がこんな写真を寄越しました。写っているのはおそらく、例の絵ではないかと。仙波工藝社にあるという落書きです」

一瞥した田沼の顔色が、みるみる変化していく。

「ほらみろ。油断は禁物だっていったじゃないの」

神経質な怒りをたたえた眼光は、針のように鋭かった。「どこまでバレたの?」

「わかりません」

問題はそこであった。

仁科譲と佐伯陽彦の書簡で明らかになったこの落書きに、どうやって半沢が気づいたのか、どこまで知っているのかもわからない。そして何の目的でその写真を宝田に

寄越したのかも。

「どうするの」

田沼が非難めかせてきいた。「万が一、あの事が世に出るようなことがあったら、あんた、どう責任を取るつもり」

「なんとかいたします」

苦し紛れのひと言だ。「その担当者は、ただあの落書きを見つけただけかも知れませんし」

気休めにもならない弁明であることは、自分でも承知している。

「買収は？　買収はどうしたの」

鋭い質問に、宝田は言い澱んだ。

「実はその――正式に、仙波工藝社が断ってきました」

瞬きすら忘れた田沼の目が、宝田に向けられている。どれだけそうしていたか、

「我々がここで狼狽していても、埒が明かないでしょ」

瀬戸際での度胸は、田沼の方が据わっていた。「あんたは、この写真を寄越した目的をきいてきて。どうするかは、それから決める」

「畏まりました」

宝田は小さく頷き、まったく無意識の動作で、ワイングラスを口に運んだ。本来ならば口いっぱいに広がる濃密なアロマもかすかな酸味もなく、それはただルビー色をした水のようであった。

3

支店長の浅野の怒りを、半沢は受け流していた。

「貴様、もう少し反省の態度を示したらどうなんだ」

浅野はデスクの前に平然と立つ半沢を睨み付けている。「仙波工藝社の買収は、すでに実績としてカウント済みだ。業務統括部はこれを成功事例として全店報知する準備に入っているんだぞ。私に恥を掻かせる気か」

仙波工藝社の買収提案却下を、正式に報告したところである。

「仙波社長がこの買収に賛同したことは一度もありません。それを既成事実化したのは、業務統括部の拙速(せっそく)です」

「本部のせいにするな」

浅野は激昂(げっこう)した。「そんな理屈が頭取に通用すると思うのか。業務統括部でまとめた報告は、岸本頭取まで上がってるんだぞ。いまさら拙速で済むか」

「大阪営本の伴野あたりが勝手な報告を上げたんでしょう。あるいは、宝田部長が独自に動いたか」

半沢のこたえに、

「宝田部長を愚弄（ぐろう）するのか」

浅野はさらに怒り猛（たけ）る。それを冷ややかに見据えた半沢が、

「そういえば、査問委員会に私が提出した資料、報告書では触れられなかったそうですね」

というひと言を切り出したのはそのときだった。

怒りに染まった浅野の目の底に、別の気配が揺らいだ。

「なんだと」

「どうしてかご存じですか」

「それは報告に値しないからに決まってるだろう」

警戒の色が、浅野に浮かぶ。

「査問委員のひとり、融資部野本部長代理は記録係でした。その野本さんに、宝田さんから、その部分の記録を落としてくれと依頼があったと聞いています」

「そんなことは君の知ったことではない」

浅野は撥ね付けた。「査問委員会が何を記録しようと、査問される側がとやかくいうことじゃないだろう」

「支店長がゴルフの練習のためにお祭り委員会をすっぽかして長老たちを怒らせた。この事実に代わり、査問委員会の報告書には、こう書かれているそうです。〝支店長は重要な交渉のためやむを得ず会議を欠席したが、気むずかしい長老たちがそれを問題視した〟と。事実と異なりますが」

「し、知らんよ、そんなことは」

形勢が悪化し、浅野は顔に動揺を浮かべた。

「では、これはご存じですか。宝田さんは融資部に手を回して、仙波工藝社の稟議に難癖をつけるよう、指示をした――」

「知らん！」

「支店長がご存じなくても、本部内に信頼できる情報源がある私は全て知っています」

思わぬ話の成り行きに、浅野は青ざめ、まばたきすら忘れて半沢を見つめている。

「その気になれば、すぐにでも査問委員会の内容について疑義を投げかけることができる。本部内の何人かが、私が査問委員会に提出した資料を共有しているからです。何を申し上げたいか、おわかりになりますか」

「き、君は私を脅迫するつもりか、半沢」

「さあ、どうでしょうか。ですが、あなたが理不尽なことに手を貸すのであれば、全てを表沙汰にする準備があります」

浅野の目が恐怖に見開き、唇が震え始めた。

「これ以上、仙波工藝社に対する稟議を妨げるのはやめていただけませんか。あの二億円の稟議は、合理的な与信判断に基づいています。経営改革案は評価されてしかるべきものですし、担保も正当なものだ。当たり前のことを当たり前に評価する——。宝田さんにどういわれているかわかりませんが、これ以上つまらない引き延ばしはしないでいただきたい」

「それは私ではなく、融資部の判断で——」

「あなたが説得すれば通るはずだ」

半沢は断じた。「当行は現場主義です。取引先に接し、業務内容や業績に通じ、経営者の人柄に接している現場の意見が何より強い。あなただってそれはわかっているでしょう。この稟議、支店長の発言力で推していただきたい。仙波工藝社への二億円は、メーンバンクとして当行が支援すべきものです。あなたが本来やるべきことをやっていただけるのなら、私もこれ以上、事を荒立てるつもりはありません」

半沢の言葉が浅野の胸中に揺らめき、落ちていくのが目に見えるようだ。浅野は考えていた。どれだけそうしていたか、

「や、約束、できるのか」

ついに、その言葉を絞り出した。

「もちろん」

本部勤めの長い浅野は、半沢の人脈が飾りではないことを知っているはずだ。同時に、この半沢の指摘が決して脅しでないことも。

浅野匡が、半沢の軍門に降った瞬間であった。

「もうよろしいですか。仕事がありますので」

「ひとつ、いいか」

背を向けた半沢に、浅野が声をかけた。気弱な、すがるような声だ。

「さっき業務統括部から電話があった。業務統括部主催の全国会議の件だ。各店、支店長と融資課長が出ることになってる。話は聞いてるよな」

「それが何か」

「各エリアから選ばれた支店が取り組みを発表することになっていて、不幸にもウチが選ばれたらしい。この仙波工藝社の買収事案を成功事例として発表してもらいたいということだった」

「そうやってプレッシャーをかけてるんでしょう。断ったらいかがです」

「断れるものなら断ってる」

浅野は瞳を揺らし、内面の苦悩を吐露した。「どうしたらいいんだ、私は。会議には頭取も出席されるというのに。頭取の前で私は恥を掻くんだぞ」

「買収を成功させるために、宝田部長の根回しで融資部も協力し、稟議に難癖をつけてゴリ押ししたがダメだったと、はっきりいったらどうです」

「いえるわけがないだろう。君がいいたまえ。そうだ、発表するのは君だぞ、半沢課長。君だからな」

「では、好きなように発表させていただきます」

恐怖に刮目した浅野に背を向け、半沢は、さっさと支店長室を後にしたのであった。

半沢の姿が支店長室から見えなくなった途端、震える手でデスクの電話をとった浅野は、即刻、宝田に掛けた。

「急ぎ、ご連絡をお待ちしております」

打ち合わせ中だと告げた秘書に頼んで電話を切ると、ものの十分もたたないうちに宝田本人から折り返されてきた。

「何事かね、急ぎの用件とは」

「は、半沢が、この前の査問委員会の資料、こちらの出方次第では公表するといってきました。も、もしそんなことにでもなれば、宝田さんに迷惑をかけてしまうと思い──」

「半沢の目的はなんだ」

浅野を遮って、宝田がきいた。「何もないのに、そんな脅しをかけてくる相手じゃない」

鋭く対立した仇敵だけに、半沢のやり方を宝田は身をもって知っている。

「仙波工藝社への融資を承認させろと。部長が根回しされていることまで知っていました。おそらく、融資部内に情報提供者がいるものと思われます」

「仙波工藝社の買収事案は諦めると、そういうことか。断られてもチャレンジを続ける気概もないのかね、君は」

板挟みになった浅野は、電話を握り締める手に汗が噴き出すのがわかった。胃が捻(ねじ)り上げられ、吐き気がする。

「し、しかし仙波社長はその——買収には応じないとの強い意志を……。もうどうにも……」

切れ切れに出てきたのは、怯(おび)え震えた声であった。

「まったく、君には失望したよ」

打擲(ちょうちゃく)するかのひと言が宝田から飛び出した。「まあ、所詮(しょせん)君は半沢の相手じゃなかったということか」

「ま、まさか、こんな形で脅しを掛けてくるとは——」

「奴は駆け引きの天才だ」

期せずして宝田が口にしたのは、半沢への評価であった。「一旦敵と見なせば、なんの容赦もなく潰しにかかる。組織の論理と人脈を駆使してな。相手が支店長であろうと、私であろうと関係無い」

「ご迷惑をおかけし、申し訳ございません」

敗北宣言に等しい、詫びの言葉を口にした浅野を、

「おいおい、迷惑をかけられては困るんだよ、浅野君」

　宝田は冷ややかに突き放した。「半沢に土下座してでも、穏便に済ませるよう頼み込め。それと、仙波工藝社の買収失敗の責任は、全て君にとってもらうからな」

　電話は一方的に切られ、浅野はがっくりとうなだれた。

「くそっ、くそっ！」

　一気に噴き出した怒りに、デスクにあった書類を力任せに投げつける。ドアがノックされ、顔を覗かせた江島がカーペット一面に散乱した書類に目を丸くした。

「支店長、大丈夫ですか」

「うるさいっ！」

　声を掛けてきた江島に八つ当たりした浅野は、両手で頭を抱えたまま、しばし動かなくなった。

4

　中之島（なかのしま）にある大阪本部、その応接室に入ったとき、相手は肘掛け椅子に収まったまま、首を斜めにして何事か思案しているところであった。

「明日、写真の件で話がしたい」

半沢にそんな電話が入ったのは、昨日の午後三時過ぎのことである。

浅野を籠絡(ろうらく)せしめた経緯については連絡が入っているはずだが、宝田はそれについてはひと言も触れなかった。用向きのみを告げて半沢の同意を取り付けると、翌日――つまり、この日の午前十時半というアポの時間を口にしたのみである。

大阪西支店のある本町(ほんまち)から、中之島の大阪本部までクルマで十五分もあれば着く。

そしていま――。

「我々を脅すとは、いい度胸だ」

入室してきた半沢に、宝田は憎々しげな眼差しを向けた。

「誤解されているようですが、私の基本は性善説です。しかし、降りかかる火の粉は払わねばならない」

「くだらんね」

眼底に燠火(おきび)のような赤い怒りを燻(くす)ぶらせ、宝田はいった。「お前が何かいっても、私はそれを握り潰す。部長の私と、一介の融資課長。この東京中央銀行という組織が、はたしてどっちの話に耳を傾けるだろうか。身の程をわきまえたらどうだ」

「大きなお世話です。そんな話をするために、私を呼んだわけじゃないでしょう」

「口の減らない奴だ」

宝田は吐き捨て、本題を切り出した。「昨日の写真、あれを私に寄越した意図が知りたい。あれは仁科譲による落書きだな」

半沢の目が疑わしげに細められた。

「あなたは、あれが仁科譲のものではないことを知っているはずですが」

半沢の手の内を探るような沈黙が落ちる。

「じゃあ、誰の作品だというのかね。『アルルカンとピエロ』は――」

問うた宝田に、「佐伯陽彦」、という半沢の一言が被(かぶ)さった。

「あなたは仁科と佐伯の往復書簡によって、仙波工藝社のビルに、佐伯陽彦の落書きがあることを知った。いまは高値で取引されている仁科譲の『アルルカンとピエロ』がもし、誰かの作品の模倣だとすれば――」

「わかった。もういい」

宝田は右手を挙げて半沢を制した。そして続ける。「仙波工藝社はカネに困っているはずだ。回りくどい話はもういい。単刀直入に話そうじゃないか。あの落書きを買おう。いくら欲しいかいってくれ。田沼社長には、私から検討を申し入れる」

「生憎(あいにく)、あれは売り物ではないんでね」

半沢の返事に、宝田は頬を強張(こわば)らせた。

「じゃあ、なんのために……」

「真実を明かすためです」

半沢はこたえる。宝田にとってそれは、考え得る最悪の返事だったはずだ。「仁科譲というひとりの画家と、その陰になり人知れず亡くなった佐伯陽彦。『アルルカンとピエロ』はそのふたりの友情の証であり、佐伯陽彦というひとりの画家がたしかにこの世に生きていたことの存在証明です。渡した写真に意味があるとすればそれは、真実の歴史を隠蔽しようとしているあなた方に対する宣戦布告だ」

「お前は東京中央銀行の行員だろう」

宝田は諭すようにいった。「そんなことをしたら、仁科譲コレクターとして知られる田沼さんは大変な損失を被ることになるかも知れない。仙波工藝社だけじゃない。ジャッカルだって当行の大切な取引先なんだぞ。それを守ることは当行行員の義務だ。我々の利益に適うことなんだよ。そうは思わないのか」

「随分と都合のいい話に聞こえますが」

皮肉をこめて半沢はこたえた。「我々銀行の仕事には、守るべきルールがある。あなたはそれを守ったんですか」

「なんだと？」

宝田の目がすっと細められた。「どういう意味だ」

「言葉通りの意味ですよ、宝田さん」

半沢は、宝田のその目の奥に問うた。「私は誰がなんといおうと、あなたのやったことは明らかにする。覚悟しておくんですね」

「ちょっと待て。ちょっと――」

立ち上がった半沢を、宝田は慌てて制した。「お前が何のことをいってるのか知らないが、私はただ、田沼社長の財産価値を守ろうとしているんだ。それのどこが悪い」

「本当にそれだけですか」

問われた刹那、宝田は言葉を呑みこみ、探るように半沢を見る。

「ああ、それと――」

帰り際、半沢はふと足を止めて振り返った。「M&Aの全店会議で、ウチの店が発表することになっている件、他の店に変更していただけませんかね。仙波工藝社の案件はすでに流れていますので。浅野支店長にプレッシャーをかけるつもりだったかも知れませんが、いまさら、意味がない」

「大阪西支店を指名したのは私じゃない。頭取だ」

苦渋の表情で、宝田がいった。

「頭取が？」

「ジャッカルの案件を大阪西支店が手掛けていると以前報告したことを覚えていらっしゃったようだ。その後どうなったか、是非、経過を会議で聞きたいと。それで発表リストに入れた」

「その買収のために、あなたがどれほど非常識な根回しをしたか、発表できる場が出来たわけだ」

「お前が参加できるならな」

「どういう意味です」

問うた半沢に、宝田は怒りの滲（にじ）んだ笑みを見せた。

「ひとつ忠告しておこう。私にあってお前にないものがひとつある。何かわかるか。——権力だ。支店の融資課長ひとり動かすぐらい、私にはたやすい。そのことを忘れるな」

「人事が怖くてサラリーマンは務まりません」

半沢は平然と笑いとばした。「やれるもんなら、やればいい。だけど、その前に宝田さん」

宝田に、半沢は指先を突きつけた。「――私はあなたを、全力で叩きつぶす」

5

「業務統括部の人間にそれとなく探りを入れてみたが、M&A全店会議については、たしかに宝田がいった通りらしいぞ」

そう渡真利が電話で知らせてきたのは、半沢が宝田と対峙した数日後のことであった。十二月に入り、街には気の早い「ジングルベル」が流れている。

「どうやら、岸本頭取もM&Aを将来の収益の柱にしようといった手前、全店の取り組みに関心があるらしい。大阪西支店に関しては、ジャッカルがらみということで頭取も覚えていたようだ」

「ヘンなところだけ記憶力がいいからな、岸本さんは」

審査部時代、岸本には様々な資料の説明に駆り出されたが、些末事ほどよく覚えていて驚かされたことがある。

そういう事案に共通しているのは、どこかしら突っ込まれると困る「弱点」があることであった。その弱いところを、敏感に察するのも経営能力のひとつなら、岸本には本能的にそれが備わっているに違いない。

「ウチの案件が流れたことは、まだ頭取のところに上がってないのか」

「そこなんだが――」

意味ありげに、渡真利は言い淀んだ。「宝田が止めているらしい。どういう意味かわかるか。大阪西支店は、見せしめだ。全店の支店長たちの前で、岸本頭取に叱責される。そうなれば他の店はさらに本気でM＆Aに取り組むだろう。一罰百戒。そのためのスケープゴートさ」

いかにも、宝田が考えそうなことであった。

実際、岸本は怒ると手が付けられないところがある。普段、理知的な紳士を装っているだけに、そのギャップに血の凍る思いをした者は、行内に数知れない。

「ただし、その名誉ある役目がお前に回ってくるかどうかはわからないぞ」

意味有り気に渡真利はいった。

「人事か」

「ご明察」

渡真利は、続けた。「お前が頭取の意向を無視して支店業績の邪魔をしているというメモが、宝田から人事部に上がっているらしい。先日の査問委員会のこともある。

支店業務を円滑に進めるため可及的速やかに異動させるべしとの内容だ。どういうことかわかるよな」

「ついにお役御免か。結構なことだな」

半沢は皮肉な口調でこたえる。「人事評価をねじ曲げるのは実に簡単だ」

「その通り。一応、伝えたからな。うまくやれよ」

半沢の返事を待たず、渡真利からの電話は一方的に切れた。

6

「しかし、大丈夫ですか、半沢さん」

アルルカンの見下ろす社長室で、友之は不安そうに半沢を見た。「ウチのために、銀行内で半沢さんの立場がますます悪くなったんやないかって、ハルとも心配していたんですわ」

友之の隣にはハルと、そして経理部長の枝島の三人。半沢の隣には、調印したばかりの融資の契約書をもった中西が控えている。

「ご心配には及びません」

半沢は涼しい顔でさらりと流した。

「半沢さんみたいな人がいなくなったら、銀行はますます腐るやろね。そやから、竹清の爺さんもあんたのことを買ってる思うわ」

友之のことばに、

「何かおっしゃってましたか、竹清翁は」

半沢はきいた。

「この前、土佐稲荷神社の集まりで会ったけど、あんたには随分世話になってるゆうてはった」

「それは逆です。竹清翁には、助けられてばかりですよ」

笑った半沢だったが、友之は真剣な顔を崩さず、改まって背筋を伸ばした。

「半沢さん、それに中西さんも。今回の融資は、本当にありがとう」

ハル、そして枝島とともに深々と頭を下げる。

「どうぞお上げください」

慌てて半沢はいった。「私もこの中西も、融資担当者として当たり前のことをしただけですから」

「いえ、そんなことはありません」

そういったのは、驚いたことに中西であった。「仙波工藝社さんの二億円の融資のために、体を張っていただき本当にありがとうございました、課長。私からも礼をいいます」

中西まで、改まって頭を下げる。

「おいおい、なんでお前まで」

困ったように笑った半沢に、

「もし、半沢さんが課長じゃなかったら、この融資、絶対に通らなかったと思うからです」

中西はいった。「本部の人たちや、支店長までが、なんとか買収を成立させようとしているのに、課長は真っ向から戦いを挑んで、力ずくでこの融資を通したじゃないですか。ほんとに、勉強になりましたし、勇気を貰いました」

「やっぱり、戦ってくれてたんやな」

ハルがいい、「ありがとう」、改めて礼を口にする。

「もし、立場が悪くなるようなことがあったらいつでもいうてな、半沢さん」

友之もいった。「竹清の爺さんに声掛けて、もういっぺん、浅野支店長を懲らしめたるから」

「それには及びません」

笑っていった半沢は、「それより、ひとつお願いがあるんですが」、と真顔になる。

「なんでもいうてください。出来ることなら協力します」

快く応じた友之に、半沢が切り出したのは意外なリクエストであった。

7

「広報部経由でインタヴューの申し込みが一件、ありました。『ベル・エポック』からですが、仁科譲コレクションについてお話をいただきたいと」

毎朝出社後に行われる、秘書との打ち合わせであった。

「『ベル・エポック』？」

その名を耳にした田沼は、思わず聞き返した。

「仙波工藝社から出ている、美術専門誌で――」

「それは知ってる」

秘書は、田沼が仙波工藝社を買収しようとしていたことを知らない。企業売買は極秘裏に進められ、情報に接することができるのは経営トップに近い者だけだ。その中に秘書は含まれない。

取材を受けたものか。田沼は考えた。

おそらく「ベル・エポック」編集部は、田沼が仙波工藝社を買収しようとしたことを知らず、取材を申し込んだのだろう。驚くべき偶然である。

「これが取材の企画書です」

秘書が差し出した書類には、「仁科譲特集」の文字が大々的に記されていた。「広報部のコメントですが、『ベル・エポック』の影響力は大きく、社長のコレクションの価値を世の中に知らしめるには最適な媒体だと。来春開館予定の田沼美術館の前宣伝としても受けていただけないかとのことでした」

「まあ、いいだろう」

田沼の決断は早い。

「先方の都合でできるだけ早い日時に一時間ほどお時間をとのことでした。来週水曜日の東西新聞三島(みしま)社長との面談が再調整になりましたので、そこに入れてもよろしいでしょうか」

「場所は」

「当社応接室では」

「いや、ぼくの部屋の方がいい」

田沼はいった。「『アルルカンとピエロ』も一枚ある。企画内容に合うでしょ」

「すばらしいお考えだと思います」

秘書は首肯し、その旨を手帖に書き留めた。「次に、ソフトシールドの乾社長とのミーティングの件ですが——」。考える間もなく次の話題へと切り替わっていき、「ベル・エポック」取材の件は、あっという間に脳裏の片隅へと追いやられていく。

田沼が再びそれを思い出したのは、取材当日のことであった。


その取材には、いつもと違う雰囲気が漂っていた。

特集の取材にしてはカメラマンらしき姿はなく、「田沼時矢」を取材するというのに、やってきたのはふたりだけというのも妙だ。

「このたびは貴重なお時間を頂戴しまして、ありがとうございます。私、仙波工藝社社長の仙波友之と申します」

「社長……？」

差し出された名刺を見た田沼時矢は、しばし相手の顔を見つめ、言葉を失った。

「あなたが社長……」

「その通りです。先日はいろいろと弊社に関心を持っていただきありがとうございました」

「それはその――買収のことをおっしゃってるわけ」

「ええ、そうです」

悪びれることなく友之は笑顔を見せた。「ご期待には添えませんでしたが、弊社の活動にご理解をいただいているのはよくわかりました。ありがとうございます」

「へえ、そうなんだ」

少々意地悪な目を田沼は向けた。「ウチからの申し入れは断っておきながら、よく図々しくこんな取材を申し込んできたものだね」

出てきた言葉は刺々しかったが、

「逆ですよ」

友之はいった。「買収の申し入れがあったからこそ、今日の取材に結びついたんです」

「どういう意味なの？」

「私から説明しましょう。東京中央銀行大阪西支店で融資課長をしております、半沢と申します」

「融資課長……？」

田沼の眉が顰められたのは、宝田あたりから買収交渉の経緯を耳にしているからだろう。

「先日、弊行業務統括部長の宝田に託した写真、おそらくご覧いただだいたことと思います。『アルルカンとピエロ』の落書きです」

「ああ、まあね」

曖昧に答えつつ手振りでふたりにソファを勧め、田沼は向かいの椅子に腰を下ろす。「それで？」

「誰の落書きかおわかりになりましたか」

さあ、とだけ田沼はこたえた。

「ご存じない？」

「わかるわけないでしょう」

ふてたような笑いを見せながら、田沼は、警戒の眼差しを半沢に向けている。

「そうですか。では私から説明します」

半沢がスーツケースから取り出したのは、先日と同じ写真であった。「かつて、仙波工藝社のビルは堂島商店という会社が所有しており、そこにふたりの前途有望な画

家志望の若者が勤務していました。ひとりは田沼さんもよくご存じの仁科譲。そして

もうひとりは佐伯陽彦という名の画家です。佐伯陽彦さんについて、あなたはもうご

存じのはずです」

　横を向いた田沼を見据え、半沢は続ける。「この『アルルカンとピエロ』は、一

見、仁科譲の作品に見えますが、よく見ると、ここ――」

　写真の一点を、半沢は指さした。「ここに描いた人のサインがある。H．SAEK

I。つまり、佐伯陽彦です。後年、パリに留学した仁科譲が『アルルカンとピエロ』

を発表する三年も前に、佐伯陽彦はまったく同じ世界観を持ち、ひと目見れば誰もが

わかるポップな絵を完成させていました。仁科譲が描いた『アルルカンとピエロ』

は、佐伯陽彦という元同僚のオリジナル作品をただ真似した――もっというと剽窃で

す」

「そんなことわからないでしょ」

　苛ついた口調で田沼がいった。「その頃から仁科譲は『アルルカンとピエロ』の絵

の着想を持っていて、彼が描いた落書きに、お遊びでその佐伯某がサインしたとも

考えられるじゃない。仁科譲の『アルルカンとピエロ』は世界的に有名なコンテンポ

ラリー・アートの傑作ですよ」

「その通りです」

半沢は認めた。「だからこそ、問題なんです」

田沼は、落ち着きなく脚を組み替え、内面の不安を隠そうとしている。それでも、半沢の言葉を制しないのは、話の続きに興味があるからに他ならなかった。

「いま仁科譲の作品にどれほどの人気と価値があるのか。それを一番ご存じなのは、世界的な仁科譲コレクターである田沼さん、あなた自身です。しかし、もし仁科の『アルルカンとピエロ』の特徴的な絵が、誰かの盗作に過ぎず、オリジナルではないと判明したとき、その絵画の評価額がどうなってしまうのか、想像もつきません。あなたの仁科譲のコレクションの総額は、一説によると五百億円を下らないそうですね。もしかすると、その価値は半分になってしまうかも知れない。あるいは三分の一かも。あなたはその評価額を守るため、盗作の痕跡を消す必要があった。仙波工藝社さんに買収を申し入れたのは、そういう裏の事情もあったからじゃないんですか」

「落書きひとつで、よくそんな妄想を口にできるね」

田沼は認めなかった。「そんなことのために、わざわざ取材と偽ってぼくに会いに来たとすれば、これは問題だよね。覚悟はできてるの、あなた」

「佐伯陽彦さんは、丹波篠山の造り酒屋の次男で、いまからもう二十年以上前にお亡くなりになっています。その造り酒屋には、いまでも佐伯さんが描かれた絵が大切に保管されています」

新たに差し出した写真に写っているのは、佐伯酒造で撮影した若き佐伯陽彦が描いた『アルルカンとピエロ』の絵であった。壁の落書きと違い、着色された絵は、その後の仁科譲作品とウリふたつだ。

「この絵は、美大時代に描いた絵で、佐伯さんの下宿にあったものです。体が弱かった佐伯さんのために、仁科さんはよく食料を買ってその下宿を訪ねていました。この絵を見た仁科さんは、衝撃を受けたのではないでしょうか。そして、パリで切羽詰まったとき、それを思い出したんです。仁科さんには、佐伯作品をほぼ完璧に模倣するだけの高い技術力と本質を捉える洞察力がありました。そして、『アルルカンとピエロ』は仁科譲の作品として世に出ることになったのです」

田沼の表情に影が差し、底が抜けたように昏くなった。

「ふたりにとって、これが幸せなことだったのか、はたまた不幸なことだったのか、私にはわかりません。でも、仁科譲のコレクションで名を馳せたあなたにとって、これは不都合な真実以外の何物でもなかった。そこで、当行の宝田を使って、佐伯酒造に遺された絵をあなたは買い取ろうとされた」

「ひとつ教えてくれる？　そんな話をどうやってぼくが知ったと？」

田沼がきいた。

「遺書じゃないですか」

半沢の代わりにこたえたのは、友之だ。「亡くなったとき、仁科譲は親しい人への遺書を遺していたという噂があります。そのうちの一通が、重要なクライアントでありスポンサーでもあったあなたに宛てたものだった。違いますか」

返事はない。

「佐伯酒造での買い取り交渉は、遺族の反対もあってなかなか進みませんでした」

半沢が続ける。「しかし最近になって、仁科譲と佐伯陽彦の往復書簡が残っていることをあなた方は知りました。そこで、もうひとつの『アルルカンとピエロ』の存在に気づきます。仙波工藝社の地下倉庫に眠る落書きが、それです。佐伯酒造に遺された絵と書簡を買い取る交渉がまとまりつつあるいま、真実の隠蔽を目指すあなた方に残された最後のミッションは、その落書きを隠蔽することでした。そのために田沼さん、あなたが仕掛けたのが、仙波工藝社の買収だったんです。違いますか」

半沢の問いかけに、田沼はもはや応えなかった。

脱力したように椅子に座ったまま、視線をカーペットに投げている。

やがて出てきたのは、

「あんたたちの目的はなに」

というどこか投げやりな質問だ。「そんな真相を話しに来たわけじゃないでしょう。そんなこと、わざわざぼくに説明しなくても、『ベル・エポック』に書けばいい」

「そうかも知れません。ですが、それでは佐伯陽彦の遺志に反することになってしまいます。そして何より、あなたの利益にもならない」

半沢はいった。「私は、佐伯陽彦の絵をこの目で確かめ、仁科譲との間に交わされた書簡も見て来ました。そして、そこに記録されたふたりの友情にどうすれば応えられるかを、長く考えてきたのです。私がここに来たのは、あなたにひとつの提案をするためです」

第九章　懲罰人事

1

「よかったな、中西。仙波工藝社に融資できて。なんとか間に合ったじゃないか」

運ばれてきたビールのジョッキを南田がかざすと、どこか浮かない顔をした中西がそれに合わせた。

「なんだよ、もっと喜べ」

そういって肩を叩いたのは先輩の本多だ。「あわやどうなることかと思ったけどさ、土壇場で一発逆転とは、びっくらこいた。やるじゃないか」

「いや、オレじゃないです。課長ですよ」

中西は否定すると、「わけがわからないんですよね」、と首を傾げる。

「それまで大反対していた浅野支店長が突然、融資部に電話して例外的に承認するよう説得したんですよ。その直前まで課長を呼びつけて怒鳴り散らしていたのに、何があったんですかね」

「たしかに、オレも妙だとは思った。課長はなんていってるんだ」本多がきいた。

「それが、別に何も」

中西は首を傾げる。「でも、何もなかったってことはないと思うんです。支店長室で何かあったはずです。なにかご存じですか、南田課長代理」

「オレにも詳しいことはわからんよ」

南田は静かにいうと、自分を見つめる部下たちに嘆息してみせた。

「課長代理もですか。内緒にしておくなんて、課長も水くさいですね」

不満そうな本多に、「それは違うな」、と南田は続ける。「オレたちに言わないのは、オレたちを守るためだと思う」

「守るため……？」

中西がつぶやいた。「どういうことですか？」

「あのな中西。それに皆もよく覚えとけ。銀行員ってのはな、知ってしまったら責任が生まれる商売なんだよ。だから、知らない方がいいこともある。課長は、オレたちを守るために、そういう汚れ仕事を一手に引き受けてくれてるんだ」

「いったい課長は何と戦ってるんです」

いてもたってもいられない、そんな様子で中西がきいた。「あんなふうに、浅野支店長の態度を変えさせるって、何か途轍もないパワーゲームでも仕掛けない限り無理じゃないですか」

「はっきりとしたことはわからない。だが、本部のお偉いさんまで巻き込んだ駆け引きになっている気がする」

「そういえば、今日、課長は？」

ふと思い出したように本多がきいた。「珍しいな、課内の呑み会を欠席するなんて」

「あいにく立売堀製鉄の本居会長から会食に誘われてな。みんなによろしく伝えてくれという話だった。それと、軍資金、預かってきたぞ」

南田は、胸ポケットから一万円札を出して場を沸かせたものの、ふと表情を曇らせる。

「どうしたんです」

本多に問われ、逡巡したようだが、「まあ、お前らには話しとくか」、そういうと南田は続ける。「実はオレの知り合いで人事部にいる奴が、課長が異動になるかも知れないって、こっそり知らせてきた」

「半沢課長が着任してまだ四ヵ月しか経ってないじゃないですか」

中西は驚きの表情でいった。「そんなに早く異動することってあるんですか」

「もしかして、仙波工藝社の買収事案を断ったことと関係あるとか？」

遠慮勝ちにきいた本多に、中西がはっと顔を上げた。南田が続ける。

「M&Aを将来的な重点項目にするのは岸本頭取の方針だ。今度の全店会議では、頭取自ら出席してハッパを掛けるつもりらしい。業務統括部では、今回の買収が不成立になった原因は半沢課長の非協力的な態度にあるという認識だそうだ。いわば頭取方針に逆らったってわけだ。こういう事例を放置すればガバナンスに関わる由々しき事態だというので、業務統括部から人事部に、相応の対応をするよう強い申し入れがあったらしい」

南田は思い詰めた表情を見せる。

「じゃあ、課長の異動っていうのは――」

「懲罰人事みたいなものだ」

南田の絞り出した言葉に、

「そんなの言い掛かりですよ」

中西が噛みついた。「買収拒否は仙波工藝社の意向に従っただけです。買収を成立させようとして、融資を渋ったりする本部のやり方の方がよっぽど問題じゃないですか」

「組織の論理ってやつだ」

南田がいった。「今回、本部のゴリ押しには目に余るものがあった。だが、連中には頭取方針という錦（にしき）の御旗（みはた）がある。浅野支店長もその尻馬に乗った形だ。唯一、取引先のために体を張った半沢課長だけが、組織の方針に逆らったという烙印（らくいん）を押される可能性がある」

「であれば、オレだって同罪です」

中西はいった。「課長は黙ってそれを受け入れるんですか」

「さあな」

南田が浮かべている憂愁は、サラリーマン独特のものであった。

「ただ、心配するな。お前にはなんのお咎（とが）めもない」

「どうしてですか」

問うた中西に、

「半沢課長は、ぜったいにお前のことは守るからだ。それだけはオレが保証する。組織の歪んだ論理のために、部下を傷つけたりは絶対にしない。あの人はそういう人だ」

「敵も多いが味方も多い――。半沢課長のことを本部にいる奴がそういってました」

本多がいった。「だけど、味方は圧倒的なシンパばかりなんだそうです」

「汚い手を使って買収をゴリ押ししようとした連中には何のお咎めもない。こんなことが許されるんですか。オレは納得いきません」

中西は、憤然として南田を睨み付けている。

「オレだって納得いかないよ。だが、我々はサラリーマンだ。お前もこういう経験を通して、身の振り方を学んで行くことになると思う」

部下たちに対して、それが南田がいえる全てのことであった。「絶体絶命の窮地で、半沢課長がどうするか、お前らはその目でしっかりと見ておけ」

2

「しかし、こんなことになろうとはな」

悔しげにいって奥歯を嚙んだのは、和泉であった。「痛恨の失敗だ。なんで浅野は仙波工藝社の稟議を承認させたんだ。話が違うじゃないか。もう少し待っていれば、仙波工藝社の方から白旗を揚げてきただろうに」

「浅野は、落ちた」

ふたりだけの待合室に宝田の虚ろな声が響いた。和泉が驚きの顔を上げたが、すぐに怪訝なものに変わる。

「落ちた……？」

その言葉を和泉が反芻した。「なぜだ。半沢に説得されたとでもいうんじゃないだろうな」

「説得とは少々違うな。いってみれば——脅迫だ」

宝田は、ちらりと腕時計の針を読む。田沼との面談時間まで十分近い余裕がある。

「査問委員会で、あいつのゴルフ練習場通いを隠蔽してやっただろう。どこかからその情報を仕入れてきたらしい。そこを突かれた」

「やはり、半沢か」

和泉がいい、憎々しげに奥歯を嚙みしめた。表情が青ざめているのは、事態の重要性を察知したからだ。「もしそんなことが公になったら、我々の立場まで危うくなるぞ。大丈夫か」

「あの男は、頭取の経営方針に刃向かった裏切り者だ。そんな男に何ができる」

宝田は、虚空を睨みつける。「浅野も愚かだ。半沢が査問委員会の報告書に嚙みついたら嚙みついたで、どうにだってできたものを」

宝田の目には怒りの焰が揺れ動いているが、それは浅野に対してというより、むしろ半沢に対するものだろうと和泉は察した。

「半沢が果たしてそれだけで済ますだろうか」

不安そうにいった和泉に、「ここだけの話だが」、と宝田は声を潜めた。

「すでに先手を打って人事部に手を回してある。あいつが何を主張しようと、ポジションを外れてしまえば、ただの遠吠えに過ぎん。頭取の意向に背くような融資課長は即刻外せといってやったよ」

「人事部はなんといっている」

「すぐに部内で検討して、早急に対応するという返事だ」

「あの杉田が動くかな」

人事部長の杉田は、〝銀行の良心〟などと評される男で、誰にすり寄ることもなく、すべてにフェアなことで知られている。

「杉田には、田所常務から申し入れてもらった」

「田所常務から」

和泉は驚きを隠さず、宝田を見た。田所は、人事を含む総務全般を担当する常務取締役で、人事部長の上席に当たる。

「事情を聞いた田所さんは烈火のごとく怒っていたよ。頭取方針に刃向かうなどけしからん、とね。田所さんから、厳罰に処すよう杉田には申し入れがあったはずだ」

「杉田も動かざるを得ないか」

「あいつもそろそろ、次のポストが気になる頃だ。役員の階段を上るのか、それとも下野するか。田所常務の意向で決まる」

「なるほどそれはいい」

憎々しげな笑みを浮かべて、和泉はいった。「これで半沢も一巻の終わりというわけだ。もしかすると、買収の話も復活するかも知れんな」

「そうなることを祈ろう」

仙波工藝社の買収が暗礁に乗り上げ、この日ふたりがここに来た目的は、なんとか田沼の気持ちを繋ぎ止めるための御機嫌伺いだ。

そのときノックがあって、秘書が顔を出した。

「お待たせしました。田沼がお会いします。どうぞ」

立ちあがったふたりは、案内されるまま社長室への通路を歩いて行った。

「社長、このたびの買収、先方の理由でいまだお力になることができません。申し訳ありません」

深々と頭を下げ謝罪した宝田は、その角度を維持したまましばらく動かなかった。その隣で和泉もそれに倣い、静かに社長室の張り詰めた空気を吸っている。

ところが、

「ああ。それならもういいよ」

予想外のひと言が田沼から飛び出し、ふたりを驚かせた。「仙波工藝社の買収は、やめたから」

宝田が呆気に取られた。和泉もぽかんとしている。

「しかし、社長。いままで交渉して参りましたし、仙波工藝社も状況次第では今後、買収に応じてくることもあるかと思います。諦めるのではなく、時機を待つということでいかがでしょうか」

和泉が神妙に進言してみせる。

「やめたっていってるでしょう。もういいのよ」

いつにない田沼の態度に、宝田は釈然としない目を向けた。

欲しいと思ったものは必ず手に入れてきた男である。カネに物を言わせ、地位を利用し、そして執念深く欲望を追い求める。それが田沼時矢という男だったはずだ。

「宝田さん――」

不思議そうな面差しの宝田に、ふいに田沼が問うてきた。「正直、いまのぼくは結構、追い詰められてると思うんだ。どう思う」

意外な質問である。「あんたたちにまかせておいて大丈夫なのかな。この状況で、あんたたちにどんな打開策がある？　それが知りたいんだよ。何か提案して欲しいんだけど」

「私の方で、いろいろと進めておりますので」宝田が口にしたのは、曖昧な言い逃れだ。

「いろいろね。それはいつまとまるの。美術館の買い手は見つかった？　そもそも本当にうまく行くの？」

次々と投げかけられる問いに、宝田は俄(にわか)に不審感を募らせた。

この日の田沼は、いつもと何かが違う。

違和感を抱いたものの、その正体を見据えることはできず、ちぐはぐな感覚だけが、宝田を落ち着かなくさせる。

「社長、私どもを信用していただけませんか」

宝田は、田沼の表情をそろりと窺(うかが)った。「我々は、ジャッカル様のために粉骨砕身(ふんこっさいしん)、尽くしております。必ずや、満足していただけるよう全力で取り組む覚悟です」

だが、

「口ではなんとでもいえるよね」

田沼の反応は冷ややかだった。「ぼくが求めているのは結果なんだよ。わかる？あんたにそれだけの実力があるんなら、きちんと証明して欲しい。さもないと——」

ドアがノックされ、田沼の肝心の言葉は阻まれた。

「社長、そろそろお願いします」

顔を出した秘書のひと言で、「まあいいわ」、と田沼は立ちあがり、面談が打ち切りになる。

あとに残ったのは中途半端な感触だけだ。

「今日の田沼社長、いつもと様子が違ったな」

エレベーターに乗り込むや、和泉がいった。「お前、なにか知ってるか」

「いや何も」

宝田は一点を見据えて首を横に振る。

「気にすることはない。すべては順調だ」

宝田は磨かれたエレベーターの壁に映る自分の姿を睨み付けている。それは、和泉にというより、宝田自身に言い聞かせた言葉に聞こえた。

箱はあっという間に一階エントランスに到着し、ビルの外へふたりを吐き出す。たちまち、ふたりのバンカーをひんやりとした晩秋の空気が包み込んだ。

3

「明日。お前の人事、内定するぞ」

渡真利は半沢を見ることなく、まっすぐに前を向いていた。その横顔の厳しさが、仕組まれた状況の深刻さを物語っているかのようだ。

十二月になってはじめての「ふくわらい」である。寒(かん)ブリが旨(うま)い季節になった。

「それで？　オレはいったい、どこへ飛ばされるんだ」

半沢の口調は飄々(ひょうひょう)としている。人事などどこ吹く風、さして問題なし、とでもいいたげな顔だ。

「人事部が準備しているのは、お前の田舎(いなか)だ」

金沢である。

「金沢支店なら悪くない」

「いや、金沢支店の、そのまた取引先だ」

出向である。

「明日、人事部内の打ち合わせで、杉田部長の決裁を仰ぐ段取りだ。さすがの杉田さんも、宝田の根回しで外堀を埋められた格好だ」

「根回しねえ」

半沢は笑っていった。「オレが使えなくて業績アップの邪魔だとでも浅野に言わせたか」

「それだけならまだましだ」

渡真利はいった。「いいか。いまのお前は、頭取方針を無視してガバナンスを乱す反逆分子なんだよ。田所常務が激怒してるぞ。手の込んだ宝田の戦略だ」

「宝田にしては上出来だな」

肩を揺すって笑った半沢に、渡真利はむっとしてみせた。

「笑ってる場合か」

「あの杉田さんが状況を判断して、もしそれで出向しろというのなら、オレは喜んで出向するね」

半沢はいった。「そんなバカげた組織に未練はない。新しい場所で、自分らしい人生を切り拓く方がよっぽどマシだ」

「馬鹿いうな。この組織にはお前が必要なんだよ」

渡真利の口調はいつになく、切迫していた。「誰もいえないことをお前がいい、誰も出来ないことをお前がやってくれる。それにオレたち同期がどれだけ励まされているかわかってるのか。お前がいてくれるからこそ、オレたちはこの組織に希望を持っていられるんだ」

「そこまで高く買ってくれてたとは驚きだ」

半沢はにこりともせずいい、まっすぐ前を見据えた。「だが、自浄作用がなくなったら、組織は終わりだ。今回試されているのはオレじゃない。この東京中央銀行という組織そのものなんだよ」

4

「来てくれてたんか。おおきに」

竹清翁はいうと、辺りを見回していつものメンバーを探した。「今日は半沢さんひとりか」

「ええ。ここを掃除していると、自分の心を綺麗にしているようで落ちつくんです」

「そうか。わしも同じこと思うとんねん」

竹清翁はいい、首のタオルで額を拭(ぬぐ)いながら、朝も早く閑散とした土佐稲荷神社の境内に目をやる。

「ちょっと休むか」

そばの石段に半沢と並んで座した竹清翁は、持参したポットの茶を呑み、ふいに遠くを見つめる目になって語り出した。

「わしの生まれた家は貧乏で、なんとか高校だけ出してもろうて小さな鉄工所に就職した。ところが、その会社があるとき潰れてな。就職して丁度十年目の節目やった。一旦は路頭に迷いかけたが応援してくれる取引先もあって、自分で鉄工所をやることにしたんや。それからはがむしゃらに働き詰めで、はっと気づいたときにはもう還暦や。そのとき気づいた。それまでわしは会社を大きくすることばかり考えて、地域への貢献とか、ボランティアとか、そんなことこれっぽっちも考えたことがなかったなって。おかげさんでカネだけは儲けたけど、考えてみたらそれも寂しい人生やなあ思うてな」

しみじみと語られる昔話である。半沢が見た竹清翁の横顔には、長く満ち足りた人生を駆けてきた人の余裕があった。「これからは会社のためやのうて、世の中のために生きよう。そう思うたんや。そこでここの氏子になって、地域の人たちと交流して、この人たちのために何かしてやろうと考えた。するとそこには、いままでにない心の豊かさがあった。自分のためではなく、他人のために何かをするというのは、金では買えん幸せや。お祭り委員会にあんたが出てくるようになって、他のひとから、あんたが仙波さんを助けるために銀行とやりあったと聞いたとき、すばらしいと思った。自分の成績のために何かをするのは当たり前やけど、成績にもならん、会社での居心地が悪くなるかも知れんことを、客のためにやる。簡単そうでなかなかできんことや」

「そんな大層なものじゃありません」

半沢は足元を見下ろして控えめな笑いを浮かべた。「当たり前のことをしたまでです。仙波さんが嫌だといってることを、ゴリ押しする方がおかしい」

「それは、取引先と正面から向き合っているからこそ、いえることや」

竹清翁は評した。「いまどきの銀行員は、内側に目を向けてるような連中ばかりや。会社の方針や上司の指示とあれば、それが間違っていようと無条件に従う。そやけど、あんたは違う。銀行員としてという前に、ひとりの人間として信用に値する。そう思ったからこそ、あんたにはわしが考えてきたことを話したし、相談に乗ってもらった。そして見事にそれに応えてくれた。冥土の土産ができた」

竹清翁は冗談めかし、半沢を恐縮させた。

「こちらこそ、本居会長には本当にお世話になりました。実は、その御礼を申し上げたいと思って参りました」

「異動になるかも知れんのやてな」

どこで聞いたか、竹清翁の耳の早さに半沢は少しばかり驚いて顔を向けた。

「何とかしてやりたいのは山々や。そやけど、わしらの力なんぞ知れてる。銀行の人事を動かすほどのものとは到底思えん」

「お気持ちだけで十分です」

半沢は改めて礼を言った。「後任が誰になるかはわかりません。万が一のときには後のことを南田に託そうと思いますが、よろしいでしょうか。例の件について彼にはまだ話していませんが、きっと驚くでしょう」

「あんた、本当に異動するつもりかいな」

呆れたように竹清翁はきいた。「銀行っちゅうところは、ほんまけったいな組織やなあ。逆に、あんたのような人材、銀行にはもったいないわ」

「過分なお言葉をありがとうございます。でも、私もその組織の住人ですから、いざというときの覚悟はできています」

半沢は答えると、すがすがしく晴れ渡った空に目を細める。

凛（りん）と冴え渡る冬の朝であった。

5

中西は、十時を回った時計の針を見上げ、この朝幾度目かの溜め息をついた。

デスクの上には、作成途中の書類が広げられているが捗（はかど）っている様子はない。状況は背後のデスクにいる本多らも同じで、誰も外出することなく自席に止（とど）まっているというのは、珍しい光景であった。

「今日はみんなどうした」

それに気づいた半沢が不思議そうに声をかけると、前のデスクから南田が立ってきて、

「すみません」、とひと言詫びた。「私が余計なことをいってしまったもので」

「余計なこと？」

南田は、真剣そのものの目を半沢に向けてきた。

「今日だと、聞きました。午前中に、人事部内で会議があると。課長の——」

「ああ、そんなことを気にしていたのか」

半沢は手にしたペンを置くこともせず、「気にするな。なるようにしかならん」、そういって読んでいた書類に再び目を落とす。

「気にしますよ、そりゃ」

半沢の声を聞きつけ、いてもたってもいられない体で中西が足早にやってきた。

「なんで半沢課長が異動させられるのか、まったく納得がいかないんです。仙波工藝社の買収は、もともと大阪営本がゴリ押しした案件じゃないですか。なのに、こんなのって——」

「おいおい」

　半沢は呆れたようにいい、いま自席の前に集まってきた部下たちの顔を見上げた。

「おかしいと思うことには裏がある。オレの存在を邪魔にするのは、それなりの事情が背後にあるからだ」

「その事情が何なのか、課長は、ご存じなんですか」と中西。

「そのうち皆にもわかる」

　半沢は、それ以上の口を噤んだ。

「それを人事部には説明してあるんですよね、課長」

　眉根を顰めて心配した中西に、

「いや」

　半沢は首を横にふった。「説明するまでもない」

「それじゃあ、課長が不利になりませんか」

「これでオレが異動するようなら、この東京中央銀行も、せいぜいその程度の組織だったということだ。そんなことより、仕事仕事」

　半沢にいわれ、渋々自席に戻っていく。

「若い連中のやる気を失わせるようなことにならなければいいんですがね」

その背中を見ながらいった南田は、不安げな目を半沢に向けた。「課長、もし動きがあれば、すぐに知らせてください。ところで、それは？」

半沢のデスクにあったお守り袋を見つけた南田が問うた。「土佐稲荷神社ですか」

「今朝、竹清翁と会って頂戴した。人事に御利益があるかどうか、あとで教えてくれといわれてる」

「冗談、きついですね」

半沢は笑っただけで答えず、それまで広げていた書類に再び目を落とした。

6

人事部長の杉田が会議室に入ったのは、午前十時前のことであった。

メンバーはすでに揃っている。

この事案を担当している人事部副部長の野島に次長の小木曾、関西エリア担当調査役の増川。もう一名、業務統括部からはM&A推進担当次長の江村という男が出ていたが、これは会議の正式なメンバーというより、事情の説明役であった。論客として知られる江村は、業務統括部の意見を押し通すために宝田が送り込んだ、いわば刺客である。

「時間まで少しありますが、皆さんお揃いのようですので始めさせていただきます」

進行役の小木曽が口火を切り、早速本題を切り出した。「本日は業務統括部から、大阪西支店の融資課長、半沢直樹について重大な問題有りとの指摘を頂き、その処遇について判断したいと思います。まず江村次長から改めて本件についてご説明いただけますか」

「それでは、ご説明いたします」

資料をもって立ちあがった江村の声は、さして広くない会議室でよく響いた。「ご存じのように当部は、頭取方針に基づき全店を挙げてM&Aを推進しているところであります。そんな中、大阪西支店においては、当行親密先のジャッカルから依頼された買収案件がありました。本来ならば積極的に推進すべきところ、担当の半沢課長はまったく非協力的態度で臨み、確実視されていた案件を流してしまうという大失態を犯しております。同店で取引先が大量離反するという不祥事を惹起して査問委員会まで設置されたのは、記憶に新しいつい先日のことです。この一連の問題には半沢課長が深く関与しており、このまま放置しておけば、同店の業績が著しく悪化するだけでなく、取引先との信頼関係毀損により将来に亘る禍根を残す可能性すらあります。想定される事態を回避するため、可及的速やかに半沢直樹を更迭し、しかるべき人材を充当するべきです。いますぐ動けば、大阪西支店の今期業績向上に間に合います。ぜひ、人事部の賢明なるご決断を賜りますよう、宝田より言いつかって参りました。当行のガバナンスの綻びを取り繕い、立て直すためにも杉田部長のご明断をお願いするものです」

「いまお話にありました査問委員会について補足します」

小木曾が話を継ぐ。「私も査問委員として出席しましたが、半沢は取引先の会に出席していたにもかかわらず、大量離反という状況になるまで楽観し、状況を読み誤りました。最終的に店を挙げての謝罪によって事無きを得たわけですが、融資課長としての資質を著しく欠くと判断せざるを得ません。浅野支店長によりますと、取引先からの評判もすこぶる悪く、対応に苦慮しているとのことでした」

小木曾の援護に、江村は満足そうだ。

「いかがでしょうか、部長」

腕組みをして瞑目していた杉田は、小木曾から問われてようやく目を見開き、その場にいる部員たちに視線を一閃させた。

「反対意見のものは？」

やがて出て来た問いに、答える者はいない。「なんだ。全員この人事に賛成か」

杉田はいうと、人事案について書かれた手元の資料をしばし眺め、小さく嘆息してテーブルに戻した。

「本件についてどこからか耳にされた田所常務から、頭取方針に反するなど言語道断、厳罰に処すべしとの意見を承（うけたまわ）っている」

田所の名を聞いて、江村と小木曽が同時ににんまりとした。「いま報告されたことが事実なら、私もそれに反対するものではない」

「では、半沢を大阪西支店融資課長から更迭するということでよろしいでしょうか」すかさず、小木曽が申し出た。「私のほうでしかるべき人材を充当すべくいま具体的にリストアップしております。また半沢の処遇につきましては、金沢支店取引先の不動産業者、加賀（かが）エステートへの出向を検討しております。現在同社に出向中の人材が定年を迎えることから、金沢支店を通じ、先方のご意向を確認しておるところでございます」

「おい、小木曽君。そんなに急いで半沢に失格の烙印を押すこともないんじゃないか」

杉田の一言に、小木曽は少々慌てた。

「しかし、部長。業務統括部も浅野支店長も、半沢については同意見ですし――」

「同意見なのはわかるが、君らの報告は事実なのか。それがききたい」

杉田は疑問を呈した。「少なくとも先日の査問委員会の報告書は、半沢が悪いとは書いてなかったよな。君らがまとめた報告書には、取引先が難しいところばかりで、つむじを曲げたのだと書いてあった。どっちが正しい」

「あ、ええと、それはですね――」

齟齬を突かれて小木曾は慌てた。「査問委員会といたしましても、半沢の更生を願い、穏便に済ませようという議論になりまして」

「事実と違うことを報告したのか。なんのための査問委員会なんだ」

杉田の叱責に、小木曾は唇を噛んだ。

「なあ、江村君」

今度は、江村に目を転じる。「君、半沢が買収事案に非協力的だといったが、実際、買収される側は買収に賛成していたのか」

「もちろんです」

江村は再び立ちあがると、あらかじめこの質問を予想していたのか弁舌も爽やかに答弁する。「仙波工藝社という出版社が買収対象でしたが、社長は買収を前向きに検討すると表明されておられました。実際、会社の業績は悪化しており、買収に応じれば社業の再建は容易な状況です。本来社長をサポートして正しい結論に導くところ、買収を流してしまうなど融資課長として明らかな過失です」

「当事者の社長が前向きだったというのは本当か」

　杉田が問うた。

「青息吐息の会社にとっては、願ってもない話ですから」

「しかし、支店には支店長も副支店長もいるじゃないか。社長が前向きなら、なぜ成立しない。君の言う通りなら、買収成立となるはずだ」

「問題はまさにそこです」

　江村は我が意を得たり、とばかり続ける。「仙波社長が買収に対して消極的になった経緯を、当部は問題だと捉えています。本来であれば、融資担当者から強く説得すべきです」

「そうだろうか」

　杉田は疑問を呈した。「買収を受けるかどうか決めるのは我々ではない。あくまで取引先じゃないのかね。経営者は、常に最善の道を進もうと考えている。半沢の説明がどうあれ、結果、買収が見送られたなら、それはひとつの経営判断として尊重されるべきだろう。君らはただ、自分たちの思い通りにならなかったことを、半沢のせいにしているだけに見えるんだが、違うか」

「お言葉ですが、そんなことで業績は積み上がりません」

反駁（はんばく）した江村を、杉田の鋭い眼差しが射たと思うや、手元の資料とは別に一通の封書を取り出した。おもむろにその中身を取り出す。

「これは昨日、私宛に届いた大阪西支店の取引先、立売堀製鉄の本居会長からの親書だ。ここには半沢には大変世話になったと書いてある。素晴らしい男だとね。本居会長が知る多くの経営者が、半沢の仕事ぶりを認め、信頼しているそうだ。君らの見立てとはえらく違うな、小木曾君」

「ええと、それはですね――」

あたふたと言い訳を口にしようとした小木曾であったが、杉田の発言はそれで終わりではなかった。

「そしてもう一通、仙波工藝社社長、仙波友之氏からの手紙だ」

「な、なんで、そんなものが部長のところに――」

小木曾が泡を食った顔できいた。

「大阪西支店の行員たちが心配して、なんとか半沢を守ろうと本居会長と仙波社長らに頼み込んだらしい。この仙波社長の手紙には、買収申し入れと交渉の経緯が事細かに書いてある。おかげで、江村君、君が一方的に決めつけた内容が事実の歪曲だと、私は断言できるわけだ」

江村が、バツが悪そうに沈黙してうつむいた。

「サラリーマンの人生は人事で決まる。故に人事は公正でなければならない」

長く人事畑を歩んできたバンカーの一見識を、杉田は示した。「君らが今日私に見せた資料も、証言も、正直、曖昧なものばかりで信頼性に欠ける。いい加減な理由で真っ当な行員の人生を奪うとしたら、この東京中央銀行という組織は確実に腐っていくだろう。君らはそれでいいのか。私は人事部長として、絶対にそんなことにはしたくない。——それと」

最後に杉田は、江村に向かっていった。「君らの行内政治のために人事を利用するのはやめてもらいたい。もうよろしいか」

立ち上がろうとした杉田に、

「お待ちください」

江村が食い下がった。「田所常務のご意向はどうされるんです。厳罰を望まれたと先ほど伺いましたが」

「常務には私から説明する。そこまでいうのならひと言申し上げていいか、江村君」

杉田はいった。「こんな底の浅いことをするから、君らは審査部時代の半沢に散々、論破されたんじゃなかったか。これ以上は問わないが、猛省を促したい。そう宝田さんに伝えてくれ」

言葉は静かでも、杉田の内面で燃える怒気の激しさが透けている。

圧倒され言葉を呑んだ江村に、もはや反論のあろうはずもなかった。

「本件はこれまで」

誰もが気まずそうに押し黙っている。杉田が席を立った後には、曲解された事実の、破砕された残骸が目に見えるかのようであった。宝田の奸計(かんけい)は、見事なまでに一蹴(いっしゅう)されたのである。

7

その電話は、午前十一時前に、半沢のデスクにかかってきた。

「はい、半沢です」

本部からの内線だと、部下たちも気づいたらしい。全員が手を止めて振り向き、半沢の言葉に聞き耳を立てている。

「杉田さんが突っぱねた。異動は流れたぞ」

渡真利の情報に、

「そうか。それは残念だ」

半沢は平然とこたえた。

「ふざけるな。今回は本当に危ないところだったんだぞ」

「たぶん土佐稲荷神社の御利益だな。本居会長に礼を言わないと」

中西が拳を握りしめるのが見えた。本多がこちらを向いて拍手している。南田が心底ほっとした顔で、長い息を吐いた。

「半沢直樹が神頼みか。世も末だな」

バカバカしくなったか渡真利はいい、「とにかく、今回は銀行の良心に救われた。そういうことだ。詳しいことはまた今度話す」

短い電話は、それで切れた。

「動かなかった？」

江村からの一報を受けた宝田は鋭い舌打ちとともに立ちあがると、その表情をみるみる強張らせた。

「ウチからの要請を、杉田が拒絶したというのか」

長く営業の最前線で活躍してきた自負のある宝田にとって、人事部は常に鼻持ちならない相手であった。自らの手を汚すことなく、日々様々なものと戦っている行員に点数をつけて喜んでいる内務官僚だ。稼ぐこともできない連中が、営業の最前線からのたっての要請を撥ね付ける——。

「そんなバカなことがあってたまるか」

宝田は吠えた。「机上の空論をこねくり回しているだけの内務官僚が権力を持つ組織など、ろくなものじゃない」

「小木曾次長と私から、半沢を異動させるべき事情を説明したのですが」

杉田とのやりとりを話すと、宝田はいきなりデスクに広げられた何かの書類を力任せに丸め、虚空に向かって投げつけた。身を縮めた江村の前で、宝田は静かに肩で息をしている。

「くそっ。杉田め。ただで済むと思うなよ」

怨嗟(えんさ)のつぶやきを洩らし、「全体会議の準備を進めろ」、部屋の片隅を睨み付けたまま、宝田は命じた。

「大阪西支店の発表はどういたしますか。事案は流れてしまいましたし、ここは岸本頭取に説明して――」

「変更の必要はない」

宝田は言い放った。「奴らには予定通り発表させる。人事部が動かないのなら、このオレが半沢を成敗してくれるわ。どれだけ、あいつが無能で、そのために重要な買収案件を逃してしまったか。それを頭取の前で晒してやろうじゃないか」

椅子の背から体を離し、宝田は命じた。「人事がやらなきゃ業務統括部がやる。今度の全体会議は、あのいまいましい半沢の公開処刑だ。わかったな」

短い返事とともに下がっていった江村の背中が見えなくなると、宝田は、その唇に薄気味の悪い笑いを浮かべて椅子の背にもたれた。

最終章　アルルカンになりたかった男

1

「業務統括部は、人事案を突っぱねられたことに激怒してるらしいぜ。気をつけろよ、半沢」

「ふくわらい」のカウンターでそういいつつ、渡真利は先付けの桜海老のお浸しに箸を付けている。

「気をつけろといわれても、気をつけようがない。〝落石注意〟の看板みたいなこというなよ」

半沢は静かに焼酎を呑んでいた。銘柄はいつもの「ダバダ火振」だ。

「いや、気をつけようはあるぞ。今度の全店会議だ。あれは支店長と融資課長が出席することになってるだろ。宝田が手ぐすねひいてるって話だ」

「ほう」

半沢は他人ごとのようにいった。「ご苦労なことだな」

「まったく、お前って奴は。オレたち周りがどれだけ心配してるのかわかってるのか」

「ありがたいとは思ってるよ」

半沢の返事に、「それだけか」、と不満そうに渡真利はいった。

「今度のことだって、杉田さんに助けられたようなものだろ。杉田さんが人事部長じゃなかったら、お前なんか今頃、金沢の中小企業で伝票整理してるところだぞ」

「オレはそういう仕事は得意だ」

「そうじゃないだろ」

渡真利は半沢を叱りつけた。「伝票整理はお前じゃなくてもできる。お前には、お前にしかできない仕事があるはずだ」

そういうと渡真利は声を潜めて続ける。「ここだけの話だがな、業務統括部内では、今度の全店会議がお前の公開処刑だと言われてるんだ」

「ほう。火あぶりにでもなるのか」

「少なくとも火だるまになるだろうな。しかも、頭取と全店代表者の前でだ」

渡真利は声を押し殺し、さも恐ろしげに続ける。「宝田は、お前の消極的な態度が問題だとあくまで主張するつもりだ——いいから聞け」

反論しかけた半沢を、渡真利は制した。「お前にも言い分があるのはわかる。仙波工藝社の社長が買収に乗り気じゃなかったとかな。だがな、岸本頭取の前でそんな細かい言い訳が通用すると思うか。岸本さんっていう人はな、あくまで実績重視なんだよ。実績を上げられなかった理由なんかに耳を傾けるような暇人じゃない。お前もそれはわかってるだろう」

「その通りだな」半沢はロックグラスを、口に運んだ。

「だったら」

渡真利は改まった口調で続ける。「その岸本頭取相手に今回の事態をどう説明するか、被害を最小限に食い止められるようなロジックを考えろ。最初から望みのないM&A案件でした、ではズタズタにされるぞ。全店会議にはオレも出席するよういわれてるんだ。衆人環視の中で炎上するお前の姿なんか、見たくない。なんとかしろ、半沢」

いまや必死の形相で、渡真利は小さく叫んだ。

「ねえ。全店会議ってなんなの？」

その日の夜、帰宅した半沢を待ち構えていたらしい花が尋ねた。

「なんでそんなことを」

半沢は驚き、ネクタイを緩めようとした手を思わず止めた。花は銀行の仕事にはいたって無関心で、いままでそんなことを尋ねたことは一度もない。

「社宅のみんながひそひそ噂してたんだよ。今度の全体会議で、あなたがマズいんじゃないかって、友坂さんの奥さんまで」

友坂家は、花が親しく付き合っている相手で、共通点は友坂の妻も花も、元銀行員ではないところだ。銀行員の妻は、圧倒的に元銀行員が多い。

「全店の支店長と担当課長を集めての業績発表会みたいなもんだな」

半沢はこたえたが、花が納得したようには見えなかった。

「あなた、一体なにをしたの？」

花の口調は、どこか非難めいている。

「別に何も」

「何もないのに、マズくなるはずないじゃない。何か失敗しちゃったから、そういう話になるんじゃないの？」

どうやら花は、半沢の過失を疑っているらしかった。

「何もないね。何かあるのはオレの方じゃなく相手の方だ」

「相手って誰よ」

「業務統括部長の宝田だ」

「大丈夫なの」花の顔色が変わった。

「さあな」

半沢がいつになく言葉を濁すと、

「でもさ、あなたのことだから、少なくとも正しいことはしてるんだよね」

不安そうに瞳を揺らしてみせる。

「銀行というところは、正しいことが必ずしも正しいわけじゃないさ」

「そんなことないよ。どんなときだって、正しいことは正しいし、間違ってることは間違ってると思う」

「だといいんだけどな」

ネクタイを緩めた半沢に、花はいった。

「私は銀行の人間じゃないからよくわからないけどさ。直樹、絶対に負けないでね。

私と隆博のためにも、絶対に」

半沢は静かな笑みを浮かべ、小さく頷いてみせた。

2

東京中央銀行約四百店舗の支店長と担当課長、さらに本部の主要セクション担当者らが一堂に集う全店会議は、銀行全体の業績情報と方針を確認するための最重要会議である。

その会議は十二月半ばの週末に開かれた。

午前九時に始まった会議だが、途中、ふいにざわついたのは、前方のドアからひとりの男が入室してきたからであった。

岸本真治、東京中央銀行頭取その人である。

役員に恭しく迎え入れられる中、岸本は用意された椅子にかけ、手渡された資料に目を通し始めた。

「議事の途中ではございますが、ここで岸本頭取からひと言、訓示を頂きたく存じます。それでは頭取、お願いします」

弁舌も爽やかに司会進行役を務めているのは、業務統括部の江村である。息を詰めて全員が見守る中、ゆっくりと登壇した岸本は、自分を見つめる行員たちに向かって言葉を発した。

「本日は全国各拠点から業務の合間を縫って集まっていただき、ご苦労様。ただ、こうして忙しい中集まる以上、業務統括部が準備した書類の数字を読み合わせるだけの無駄な時間を過ごしたのでは意味がない。ここに来た以上は、皆さんの支店経営のどこに課題があり、どう解決していけばいいのか、対策を発見する場にしてもらいたい。でないと、交通費がもったいないからね」

冗談のつもりらしいが、とても声を立てて笑えるような雰囲気ではなかった。

岸本は営業本部に長く在籍し、実績優先の現場主義で、一切の誤魔化(ごまか)しが通用しない男だ。言い訳すればたちまちのうちに無力化され、歯に衣着(きぬき)せぬ叱責を受けることになる。

岸本にとって精励恪勤(せいれいかっきん)は当たり前であり、評価に値するのは実績のみであった。その意味ではわかりやすい能力主義だが、一方で実績を上げられない者は有無を言わせぬ冷徹さで無能の烙印(らくいん)を押される。岸本の辞書に、情状酌量という言葉はない。

「おい、半沢君。本当に大丈夫なんだろうね」

その岸本の訓示が終わり、壇上が空になったとたん、隣に座る浅野が怯えた小声できいた。

「炎上すると思っておけば、大丈夫ですよ。それ以下にはなりません」

「冗談じゃない。全店の支店長の前で私に恥を掻かせる気か」

「恥を掻くぐらいで済めば見つけものでしょう」

半沢の言葉に、浅野の唇が震え、みるみる青ざめていく。

「君、なんとかなるっていったじゃないか」

半沢が何か答えようとしたとき、

「それでは次に、岸本頭取が将来の主要収益分野として方針を定められたM&Aについて議論、検討して参りたいと思います」

江村が議事を進めた。「今回は各エリアごとに、買収事案の取り組みについて発表していただくことになっております。それではまず仙台支店の取り組みと成果について発表していただきましょう」

手元の資料に記された発表店舗のリストは、仙台、丸の内、名古屋、大阪西——。大阪西支店を除けば、日常的にM&A業務が発生する大都市の中核店舗ばかりだ。これらの店なら成功例に苦労はしないだろう。その中にひとつだけ規模で一歩譲る大阪西支店が混じっているのは、岸本頭取の意向を汲んだものとはいえ、違和感がある。しかも、華々しい成功事例が並んだ後、トリを飾るはずの大阪西支店が発表するのは、こともあろうに買収事案の「失敗」なのだ。

「ダメだ……」

浅野は、いまにも頭を抱えんばかりである。

「それでは、最後に大阪西支店から発表していただきます」

発表の順番は、あっという間に回ってきた。司会進行役を務める江村の声がマイク越しに聞こえてくる。「早い段階で買収成立見込みとの報告があり、岸本頭取も期待されている注目の案件です。買収対象となっているのは、仙波工藝社という老舗出版社。売上げ三十億円ですが、昨期は赤字。今期も赤字続きで資金繰りが逼迫しております。そんな中、買い手に名乗りを上げたのは、田沼時矢社長率いる、ジャッカルでした」

田沼とジャッカルの名前が出たとたん、会場が沸いた。「仙波工藝社にとってまさに渡りに船となったこの買収、大阪西支店にとっては少々、簡単すぎた案件だったかも知れません。果たしてどんな交渉を積み重ねていかなる果実となったのか、大阪西支店に発表してもらいたいと思います」

絶体絶命の状況が、目の前に迫っていた。「登壇されるのは、浅野支店長ですか。それとも——」

「私からお話をさせていただきます」

「ほう。半沢課長からですか」

江村に底意地の悪い笑みが浮かんだ。見れば頭取の隣にかけている宝田は、含み笑いを隠すかのように拳で口元を隠している。その少し離れたところからは、渡真利が、祈るような眼差しを向けてきていた。

「さぞかし、すばらしい発表になるんでしょうねえ。期待してますよ」

江村が煽（あお）った。仕組まれた演出に、予定調和の結末。それはまさに、宝田が描いたシナリオ通りである。

資料を手に立ち上がった半沢は、軽く一礼して真っ直ぐに演壇に向かって歩き出した。壇上への階段を軽快に駆け上がり、自分を待つ演壇の前に立つと、自分を見据える千人のバンカーたちに向かって語り出す。

「大阪西支店融資課長の、半沢です。いまご紹介いただきました、仙波工藝社様に対する買収提案と交渉の経緯について詳（つまび）らかにさせていただく前に、結論を先に述べさせていただきます。——この案件、成立しませんでした」

だだっ広い講堂に、この日最大のどよめきが起きた。

3

「ちょっと待ってください、半沢さん」

司会進行役の江村が割って入った。「当部の資料によると、交渉成立確実だったはずです。確実な案件だったものが、ここにきて破談になりましたでは、ちょっと困るんですよ」

「お言葉ですが、私どもから成立確実と申し上げたことはありません。おそらくは大阪営業本部の甘い見通しに基づいて、業務統括部で勝手にそうしたんだと思いますが、もう少し現場の意見に耳を傾けていただきたい。この案件は、当初考えられていたような簡単なものではなかったのです」

宝田が憤然とした顔を上げるのがわかった。業務統括部への思いがけない意見に、会場が息を呑む。半沢が続けようとしたとき——、

「ちょっといいか」

宝田が立ち上がった。江村からマイクを受け取ると、半沢と対峙する。

「ここは、業務統括部に文句をいう場じゃない。誤解があるようだからいうが、業務統括部では、現場の意見に常に耳を傾けている。だが、大阪営本が簡単だといっている案件を、君がまとめることができなかったことは事実だろ。簡単なものじゃなかったからまとめられなかったというのは、自分の力不足を棚に上げた言い訳にしか聞こえないんだが。君にはそのあたりの反省はないのか」

「反省をする必要があるのなら、喜んでさせていただきます」

半沢の反論に、どよめきが起きた。「先ほど、そこにいる江村次長は、仙波工藝社は業績が悪く資金調達に苦労していた、だから、ジャッカルの買収には簡単にのってくるはずだという主旨の発言をしました。仙波工藝社は、百年近く続く老舗出版社です。現在の社長、仙波友之氏は三代目で、妹さんも要職に就いて会社を支えている。たしかに、昨年は赤字、今年も足元のところは赤字と、短期的な業績は今ひとつですが、経営改革による早期回復が見込まれます。仙波社長は、買収提案に耳を傾けはしましたが、その反応は最初から否定的なものでした。カネがないから身売りをするだろう、というのは、我々銀行員の思い上がりだ。そんな考えで強引にM&Aを進めようとするのは、日々必死で生きている経営者への背信としかいいようがありません。その根本的なことを、ここにいる全員が認識すべきではないでしょうか」

「その挙げ句が交渉失敗か」

宝田が噛みついた。「ならば私もここにいる全員に申し上げたい。M&A推進は、岸本頭取のビジョンなんだ。失敗の理由はいくらでもいえるだろう。もっともらしい御託を並べて、理想論を語る。私は長く営業の一線でやってきたが、そんなことでは業績は上がらない。見てみろ。大阪西支店は、みすみす買収事案を逃しているじゃないか。成果ゼロだ。ボーナスポイントも無し。ウチを信用して任せてくれているジャッカルの信用すら失おうという事態なんだよ。これが、この半沢課長がのたまう理想論がもたらした結果だ。それでいいんですか、皆さん。そんなことで、この東京中央銀行は他行との戦いに勝てるんですか。競合他行は、そんな甘っちょろい理想論なんか口にしてませんよ。もっとがむしゃらにやってくる。我々だけが特別じゃない。ここは、理想を語る場ではなく、現実を語る場なんだ。聖人君子ぶって綺麗事をいう者はすぐさま去れ！　わかったか、半沢」

「理想を忘れ、目先の利益に振り回された銀行がどうなったか。もうお忘れですか」

冷ややかな半沢の駁論に、場の空気が凍り付いた。「バブルの反省はどこへいったんです。同じ事になりますよ。それでいいんでしょうかと申し上げている。実体経済からかけ離れ、カネのためにカネを貸す。その挙げ句、我々に残ったのは巨額の不良債権だった。もう一度、あの暗黒時代に戻りたいんですか」

壁際の席にいる渡真利が、青ざめていた。もうそのくらいにしておけ、半沢に向けた目はそう語りかけている。

「ここは経営論を議論する場じゃない。実績を話し合う場だ。勘違いするな」

宝田が割って入った。「我々からすれば、大阪西支店は交渉力が弱すぎる。いいか。経営者は常に迷い、悩んでいるものだ。ときに現実を見失っているときもある。仙波工藝社がまさにそうじゃないか。はたしてどんな決断が合理的で正しいのか。それを一番よく理解しているのは、我々銀行員だ。違いますか、皆さん」

宝田は会場に語りかけた。「将来性に乏しく業績もパッとしない。そんな会社が生き残るために、どんな選択肢が有り得るのか。そりゃあ、経営者は自分の会社を売りたくないと誰しも思ってますよ。だが、的確な経営判断に導いていくことも我々の仕事だ。取引先がノーというからノーでは何も良くならない。そうですよね？」

拍手が起きて、半沢の劣勢は明らかであった。

「どうだ半沢」

宝田は、いま大勢の味方を背後につけて勝ち誇る。「これが、君の意見に対する、全員の評価だ。君はこれに反論できるのか？　岸本頭取の前で恥知らずな自己弁護を展開する前に、君がすべきことは交渉力の無さを反省し、こんな情けない結果をもたらしたことを謝罪することだろう」

そうだ！　という掛け声が飛んだ。

渡真利が俯(うつむ)き、頭を左右に振っている。会場の信任を得た宝田は、マイクを江村に返すと、颯爽(さっそう)とした足取りで自席へと戻っていった。もはや半沢は退路を断たれたも同然である。

「ものの見方というのは、立場によって変わるものです」

マイクを通した半沢の声は、落ち着き払っていた。「宝田さん、あなたは以前、ジャッカルの担当者でした。田沼社長の信任を得、同社の主力銀行の地位を他行から奪い、そして関西最大といわれている田沼美術館の建設費用三百億円を融資した。そのあなたに伺いたい、どうしてジャッカルは、仙波工藝社を買収しようと思ったのでしょうか」

いったい、半沢が何をいわんとしているのか、誰にもわからなかった。

「あの、半沢さん――」

江村が割って入った。「そんな話、直接この件とは関係ないですよね」

「関係があるからきいてる。極めて重要なことだ」

宝田を真っ直ぐに見据えて、半沢は断言した。

「くだらん。どうせまた何かつまらん御託を並べるつもりだろう」地声で応じた宝田がそっぽを向く。

「あなたに関係のあることですが、ご自分で説明する意思はないと、そういうことですか」

半沢は問うた。「あなたがご自分で弁明することのできる最後の機会になりますが」

壁際の席についたまま、仕方なさそうに宝田が伸ばした手に、江村がマイクを手渡した。

「ここは実績を発表する場だと何度いったらわかるんだ。頼む、もういい加減、わかってくれ。――おい、江村。議事を進めろ」

失笑が洩れ、憐れみに似た視線が半沢に向けられたとき、半沢の合図で会場が暗転した。

左右のスクリーンに映し出された文字を見たとたん、会場が息を呑み、静寂に包まれた。

買主（財）本居竹清財団

売主　（財）田沼美術館
想定譲渡額　最大五百五十億円（詳細精査により変動する可能性有り）

がたっ、という音とともに宝田が立ち上がった。

その目に浮かんでいたのは、紛れもない驚愕である。視線はスクリーンに張り付いてしまったかのように動かない。

引きはがすように半沢に視線を転じた宝田はうろたえ、

「ど、どういうことなんだ、これは」

問いが発せられた。

4

「それをいまご説明しましょう」

半沢は静かに語り出した。「前振りが長くなりましたが、大阪西支店のM&A事案について発表させていただきます。本居竹清財団は、当店取引先、立売堀製鉄会長の本居竹清翁が設立した財団法人です」

「いかにしてこの売買案件に辿り着いたか。意外に思われるかも知れませんが、そのきっかけは仙波工藝社でした。ジャッカルが仙波工藝社買収を申し入れてきたとき、仙波社長と私は率直な疑問を感じたのです。それこそが先ほどの質問、『なぜジャッカルが仙波工藝社を買収先に選んだか』ということです」

半沢は、そもそもの原点から話をスタートさせた。「仙波工藝社はたしかに特徴的な会社ではありますが、幾度かの拒絶にもかかわらずジャッカルは買収の申し入れを撤回しませんでした。大阪営業本部のジャッカル担当者の説明は、田沼社長が出版社に興味を持っているというものでしたが、到底それだけでは納得できません。ところが、その後ある事から我々はひとつの発見をしました。これがその写真です」

スクリーンに、薄暗い写真が映し出された。「これは、仙波工藝社の半地下室で、最近我々が発見した落書きです。この絵をご覧になったことはありませんか」

半沢は会場に向かって問いかけた。何人かが小さく頷くのが見える。「そうです。これはコンテンポラリー・アート界の寵児ともてはやされた仁科譲の代名詞といっていい絵、『アルルカンとピエロ』です。この落書きは二十五年ほど前のもので、その当時、このビルは堂島商店という会社の持ち物でした。その半地下室にはデザイン室があり、あまり知られていない話ですがそこに仁科譲が勤務していたのです。もし、これが仁科譲の作品であれば、おそらく十億円を下らないでしょう」

講堂に、驚きと溜め息が入り混じった。半沢は続ける。「ジャッカルの田沼社長は、仁科譲のコレクターとして知られており、来年オープン予定の田沼美術館は仁科譲の作品をメインに展示する計画でした。たしかに出版社には興味があったのでしょうが、仙波工藝社にこだわる理由は、この落書きにあったのではないか――それが当初、私の立てた仮説でした」

意外な展開に誰もが聞き耳を立てている。「ところが、ここをご覧ください。見にくいんですが、ひとつサインがある」

半沢はスクリーンの一部を指差す。「よく見ると〝H．SAEKI〟となっています。J．NISHINAとなっているのならわかるんですが、なんとサインは別人のものです。ところが、この落書きの絵はどうみても仁科譲のものにしか見えません。調べてみると、〝H．SAEKI〟は佐伯陽彦といって、当時、仁科譲とともにこの堂島商店に勤務していた画家志望の若者で、若くして亡くなっていることがわかりました。私はさらに詳しい事情を探るため、佐伯陽彦の実家である丹波篠山の造り酒屋を訪ね、そこで驚くべき発見をします。それがこれです」

スクリーンに映し出されたのは、佐伯陽彦による『アルルカンとピエロ』であった。

「そして、これが仁科譲の『アルルカンとピエロ』です」

画面が変わって新たな絵が映し出されたとき、会場内になんともいえぬ戸惑いが渦巻いた。

同じじゃないか、という呟き（つぶや）が半沢の耳にも聞こえる。

「私は最初、仁科さんが描いた落書きに、イタズラで佐伯さんがサインを入れたのかと思いました。ですが、佐伯さんの絵に辿り着いたとき、私は自分の勘違いに気づきました。あの落書きは、たしかに佐伯さんが描いたものだったのです。『アルルカンとピエロ』の特徴的な絵は、佐伯陽彦という無名の画家のオリジナルであり、仁科譲はそれを真似して描いたに過ぎない。もしかすると盗作といっていいかも知れません」

スクリーンの写真は、古い封書に転じた。陽彦の兄、恒彦が見せてくれた、仁科譲との往復書簡である。

「私が辿り着いた真実はある意味、現代美術界を揺るがす事件です。ここにある往復書簡により、仁科は佐伯に盗作の事実を認め、謝罪しています。でも、ここでひとつ留意したいのは、余命少ない佐伯陽彦がその謝罪を受け入れ、自らの模倣が評価されたことを自分のことのように喜び、この世を去って行ったということなのです。佐伯陽彦の遺族がこの事実を公表しなかったのは、そうした事情によるものでした。ところが、これは仁科譲コレクターである田沼社長にとって不都合な真実です。田沼社長は、仁科からの遺書によってこの事実を知らされたのですが、もしこれが公になれば、仁科譲に対する評価が暴落する可能性がある。仁科譲の絵画に五百億円といわれる巨額を投じ、さらに美術館まで建設しようとしていた田沼社長は、一旦は計画を断念しようとします。ところがそこに、反対意見を述べる者がいました」

会場全体が静まりかえり、半沢の話を傾聴している。「その者は、田沼社長にある約束をします。自分がこの真実を完全に隠蔽すると。だから、田沼美術館は計画通り建設して欲しいと懇願したんです。その者は、仁科譲が自殺した直後から佐伯陽彦の実家に何度も通い、遺作を売ってくれないかと交渉を続けてきました。さらに最近になって保存されていた往復書簡のことを知ると、絵と一緒にそれも売却して欲しいと頼み込んだのです。なぜなら、その往復書簡には、盗作の経緯について書かれていたからです。それだけではなく、そこには佐伯陽彦が残したもう一つの『アルルカンとピエロ』についても言及されていました。仙波工藝社にあった落書きのことです」

果たしてこの話がどこに帰結するのか、誰にもわからない。「さて、時を前後して私は、当店根幹先ともいえる取引先、立売堀製鉄の本居会長から、とある相談を受けておりました。それは、自分の唯一の趣味ともいえる美術品蒐集の集大成として、美術館を建設したいというものです。そこで、次に私がしたことは、田沼社長と直接会い、率直に自分が調べた事実を述べることでした。先ほど語った美術館建設の経緯は、そのとき田沼社長から伺ったものです。当時は業績絶好調で、つい銀行の担当者に押し切られて美術館建設にゴーサインを出したものの、隠蔽工作の約束は果たされず、最近になって存在が明らかになった往復書簡により、仙波工藝社にある落書きのことも知ったと。もしあの落書きに誰かが気づいて、佐伯陽彦にまで辿り着けば、仁科譲に投資してきた自分の資産は大きく毀損する——そう考えていた田沼社長は、ひそかに美術館を売却しようとしていました。全てが明るみに出る前に、仁科譲の絵画も売り抜ける考えだったそうです。ですが、真実を突き止めた私が登場したことで、そうした目論見は潰えました。私は立売堀製鉄の本居会長と話し合った末、田沼社長にひとつの提案をしたのです。それが、現在建築中の田沼美術館の譲渡です。これを機に田沼社長は、コンテンポラリー・アートへの投資から完全に手を引くと仰っています。譲渡された美術館は、本居会長の肝いりで予定通り開館し、関西エリアの新たな芸術発信基地としての役割を果たしていくことになるでしょう。契約はまだ緒についたばかりですが、今後事業内容の精査なども含め、抜かりなく進めていく考えです」

半沢が言葉を切ったとたん、感嘆の溜め息が会場に洩れた。賞賛の拍手がどこかで起き、次第にそれが会場全体に広がっていく。

サプライズが起きたのは、そのときであった。

岸本頭取が立ちあがり、拍手に加わったのだ。半沢のところから、拍手しながら何度も頷き、いまや満面の笑みを向けている渡真利も見える。

ちょっとした興奮状態を迎えた会場内で、

「あ、あの──。皆さんご静粛に」

慌てふためいた江村の声は掻き消されそうであった。「半沢さん、どうもありがとうございました。では次に──」

「いえ、まだ話は終わっていません」

怪訝な顔で応じた江村は、宝田に問うような視線を向けたが、すぐにその表情を強張らせた。半沢への惜しみない賞賛が渦巻く会場にいて、宝田の顔面は蒼白になり、怒りと屈辱に打ち震えていたからだ。

然であった。
半沢の無能をさらけ出すはずだった全体会議で、いまや宝田は打ち負かされたも同
半沢の話で浮き彫りになったのは、表面的な事情でゴリ押ししようとした者たちの浅薄であり、功利に走ろうとする者たちの愚かさである。

「さて、真実を求めた私の探求についてのお話を聞いていただきましたが、最後に、もうひとつの真実について言及したいと思います」

まだ興奮さめやらぬ会場に再び半沢の声が響き、囁き声と拍手が止んだ。「私が佐伯陽彦さんの実家を訪ねたとき、佐伯さんの絵と書簡を売ってくれないかという申し入れがあるという話を耳にしました。兄の恒彦さんは当初、私がその人の意向でやってきたのではないかと思ったそうです。同じ銀行の人だから、そう思ったと佐伯さんはおっしゃいました。これが、その者の名刺です」

大きくどよめく中、宝田がまばたきもせず、スクリーンを見つめている。「宝田さん、あなたの名刺だ」

壇上の半沢に指摘され、

「だから何なんだ」

やおら立ちあがった宝田は言い放った。「私は、田沼さんから頼まれていっただけ

だ。担当者として当然のことじゃないか」

「この名刺の肩書きを見てください。東京中央銀行大阪営業本部次長、宝田信介とあります。名刺の下に、兄の恒彦さんがエンピツで入れた三年前の日付もある。何がいいたいかわかりますか」

息を呑むような気配が会場を包み込み、ほぼ全員が半沢の視線を追うようにして、宝田に向けられている。立ち上がり、真っ赤な顔で壇上の半沢を睨み付けている男の姿が、そこにあった。

「この日付当時、田沼美術館への融資はまだ決定していませんでした。つまり宝田さん、あなたは田沼さんのコレクションの評価が大きく毀損する可能性があるのを知りつつ、それを銀行には内緒にして、融資を推し進めたことになります」

呼吸するのもはばかられるほどの緊張の中で、その場の全員が息を潜めている。半沢の発言が続いた。「田沼社長はおっしゃってましたよ。結局、客のためだといいつつ、自分のことしか考えない。そんな銀行員に騙された自分が情けないとね」

「本当か、宝田」

厳格な岸本の問いが発せられ、宝田は唇を噛んで顔を伏せた。

「宝田部長——」

その宝田に、壇上から半沢は語りかける。「あなたは先ほど、ここは理想を語る場ではなく、現実を語る場だとおっしゃいました。これがあなたの現実です。理想を語ってばかりでは確かに実績はついてこないかも知れない。ですが、理想のない仕事に、ろくな現実はない。これがあなたの仕事ぶりを見ての率直な感想です。——ご清聴、ありがとうございました」

全員があっけに取られている。一礼した半沢は、最初と同じように軽い足取りで演壇を降りると、涼しい顔で自席に戻ったのであった。

5

「やられたら、倍返し——か。まったくお前という奴は」

感心しているのか呆れているのかわからない顔で渡真利はいうと、「無事でなにより」、と改めて生ビールのグラスを掲げてみせた。

「どうも」

それに応じた半沢は、何事もなかったかのように酒を呑んでいる。

いつもの店だ。全体会議から一週間が経ち、真実が公になった途端、物事は急速に動き出していた。まるで堰き止められていた水が一気に流れ始めるように。

「本部ではお前の噂で持ちきりだよ。中には審査部時代からの恨みで、お前が宝田をこてんぱんにやっつけた復讐劇だという者もいる。業務統括部の拙速が招いた自滅だという者もいる。だけども、一番大きいのは大阪西支店のスタンスと力量を評価する声だ」

「当然だな」

半沢はグラスを傾けた。「宝田はどうなった」

「査問委員会が設けられた。当時の事実関係を調査中だ。大阪営本の和泉と伴野、融資部長の北原さんと猪口も調査対象だ。融資部への不当な根回しも問題になってる。宝田本人は田沼社長にいわれてやったと主張しているらしいが、実際のところ、どうなんだ？」

「田沼社長からヒアリングした事実は、すでに人事部に提出してある。宝田は真実を知っていながら銀行には報告はしていなかった。それだけでもバンカー失格だ」

「いくつかわからないことがあるんだが、教えてもらっていいか」

改まって渡真利がきいた。「ジャッカルの担当は大阪営業本部だ。連中に知られずに、どうやって田沼社長と話を付けたんだ」

「それは企業秘密だな」

半沢は笑って冗談めかしたが、仙波工藝社の取材を装った一件を話すと、渡真利は驚きを隠さなかった。

「ある意味、賭けだった」

半沢も認めた。「田沼社長はあのとき、席を蹴ることだってできた。だが、そうはせず、オレの話を聞いてくれた。大阪営本に話が洩れれば、和泉や宝田がしゃしゃり出てきて面倒なことになる。だから田沼社長と相談の上、この話を極秘扱いにしてもらったわけだ」

「そして立売堀製鉄の本居会長は、美術館建設という計画を前倒しで実現できたと。まさに、需要と供給がぴったり一致したってわけか」

「しかも安く実現できた。あの金額には仁科譲のコレクションも含まれている。オレとしては、そこをもっと評価してもらいたいな」

半沢にしては珍しく、少々誇らしげである。「そして最も重要なのは、現代美術史の知られざる一ページを世に出せたことかも知れない。仁科譲だけじゃなく、埋もれていた佐伯陽彦の功績を知らしめたことには意味がある」

「得意になっているところすまんが、佐伯陽彦は仁科譲の模倣というか盗作を赦(ゆる)して、人知れず死んでいったんだよな。それを公にしないのは、遺族の意思だったんじゃないのか」

渡真利の指摘はもっともである。

もし陽彦の兄、佐伯恒彦がその気になれば、もっと早い段階で、佐伯陽彦の名は世間に知れ渡っていたはずだからだ。そうしなかったのは、ひとえに、佐伯陽彦の遺志を尊重したからに他ならない。

「たしかに、佐伯陽彦の遺志に反するのは間違いない。実はオレもそれについては迷いがあった。その迷いが消えたのは、仁科譲の遺書を読んだからだ。田沼社長が受け取ったという遺書だ」

それは、便せん十枚近い、長い遺書であった。

6

(中略)

その記憶は、ぼくにとっていつだって、つい昨日の出来事のように鮮明です。

あのうら寂しいパリの屋根裏部屋で、ぼくの希望も夢もついに潰(つい)えました。手元の金は幾ばくもなく、描いた絵は全て否定され、唯一の収入源は、美術館での模写を売ることだけでした。そのとき、ぼくは持てる才能を──それを才能と呼べるとすれば、ですが──全て使い果たして何もなく、ただ孤独に打ちひしがれていました。どうして、あの『アルルカンとピエロ』を描いたのか、自分でも正確なところは思い出せません。

あのとき、どういうわけかぼくの脳裏に浮かんだのは、佐伯陽彦が描いていたあの特徴的な絵、ぼくの画風とは似ても似つかぬ絵だったのです。

その絵を描いたとき、画家としてのぼくは死にました。これはただの模倣ではなく、完全なるコピーだと、自分でもわかっていたからです。

『アルルカンとピエロ』が成功を収めたとき、陽彦はぼくを許し、祝福してくれました。そして、手紙にこう書いてきました。「私の代わりに、私の分まで、絵を描いてください」、と。陽彦は、自分の画家としての人生を私に託したのです。それはぼくにとって、仁科譲を名乗りつつ、佐伯陽彦として生き続けることと同義でした。

それからのぼくは卑怯者でした。

金のために、自分の成功のために、『アルルカンとピエロ』を描き続けたのです。あたかも、自分の作品のようにして。

ぼくはずる賢いアルルカンになろうとしていたのかも知れません。世の中を欺き、周到に振る舞う人気者に。

だけど、そうはなれませんでした。

どれだけ世間を誤魔化せても、自分自身を欺くことはできなかったのです。

ぼくは、愚かな道化師でしかありません。

狡猾なアルルカンにも、純真なピエロにもなれない、名もなき道化師です。

最初の『アルルカンとピエロ』を描いたときの罪悪感のことを、今でも覚えています。

いつか薄らぐのではないかと期待した罪悪感は、時が経てば経つほどより大きく、重く心にのしかかってきました。

そして、いまそれは、ぼくを完全に翻弄（ほんろう）し、叩きのめし、制御の限界を迎えています。

もうぼくには、自分の心をどうすることもできない。

ただひたすら絶望の崖っぷちに立つ自分を、なす術（すべ）もなく遠くから見つめていることしかできないのです。

脚光を浴びるべきは、ぼくではなく、佐伯陽彦という画家です。

彼こそが、世の中に広く認知される才能であるとぼくは信じています。

最近、堂島商店のデザイン室で陽彦と働いていた当時のことをよく思い出します。ふたりともまだ若かった。画家になる夢を語り合っていたぼくたちですが、結局、本当の意味で夢を叶えることはできませんでした。

これもまた、人生なのでしょうか。

いつの日か、ぼくたちふたりの人生を、世の中の人に知って欲しいと思います。必死で生き、もがき苦しんで歩んだぼくたちの生き様が、いつの日か人びとの記憶に刻まれることがあれば、こんな幸せはありません。

アルルカンになれなかった男の、それが最後の願いです。


「仁科譲は正直で、純粋な人だったんだと思う」

遺書の内容について詳らかに語った平沢はしみじみと語った。「美術館の建設計画が持ち上がり、田沼コレクションがその目玉になると知ったとき、抱えてきた悩みにもう耐えきれなくなったんだろう。宝田が殺したも同然だ」

「そして、真実を明かすための遺書を田沼さんに宛てた」

渡真利もまたしんみりとして、遠い目を酒瓶の並ぶ店の壁に向けている。

「オレは、この仁科さんの遺志をなんとか継ぎたいと思った」

「このことを、世の中に公表するということか。どうやって？」渡真利がきいた。

「竹清翁は、新しい美術館の目玉として、『仁科譲と佐伯陽彦』を常設展とする考えだ。ちなみに、この常設展の構成は仙波工藝社が担当する。ふたりの関係については来月号の『ベル・エポック』で特集されて世に知られることになるだろう」

「なるほど」

渡真利はこたえ、ふと考える。「ところで、佐伯酒造はどうなった。資金繰りが苦しかったんじゃないのか」

「そっちは大阪営本が動いて、大手酒造との資本提携を結ぶ方向で話を詰めているところだ」

ほっとした顔で渡真利は頷いた。

「今回のことで浅野支店長も大人しくなっただろうな」

「それが、全く変わらない」

半沢は小さな溜め息を洩らした。「自分のミスは部下のミス。部下の手柄は自分の手柄——。江島を子分同然に扱ってふんぞり返ってるさ」

「まさしく銀行員の鑑(かがみ)だ」

渡真利の皮肉に、おもしろくもなさそうに頷いた半沢は、かつて画家を夢見た青年たちの人生に、遥かな思いを馳せた。

謝辞

本書を執筆するにあたり、取材にご協力いただいた皆様に、心より御礼申し上げます。

東京国立近代美術館主任研究員（当時）の保坂健二朗さんには、これが小説であるという前提に立ち、リアルと空想を見据えた、有意義で興味深いアドバイスを頂きました。

日仏通訳・翻訳家の友重山桃（ゆら）さんには、フランスの文化・芸術に止まらず、フランス人気質に至るまで、知見と鋭い洞察に根ざした指摘を頂きました。

アドバンストアイ株式会社 代表取締役社長 岡本行生さんには、Ｍ＆Ａに関する幾つかの疑問について、懇切丁寧な解説を頂きました。

本書は、こうした方々のアドバイスを参考にした作者の創造です。現実との著しい乖離（かいり）、瑕疵（かし）があったとしても、その責はすべて作者にあり、ここに挙げた皆様の名誉を毀損するものではありません。

池井戸 潤

解説――半沢直樹が探偵役を！

村上貴史（文芸評論家）

■半沢直樹の第五弾

半沢直樹。

小説の登場人物である。

この名を聞いたことがない者はこの国にいないだろう――そう思えるほどに有名な登場人物だ。

本書は、その半沢直樹の活躍を描く小説の第五弾である。

半沢が読者の前に初めて姿を現したのは、二〇〇三年に連載が始まり、そして二〇〇四年一二月に書籍として刊行された『オレたちバブル入行組』でのことであった。この作品で半沢直樹は、東京中央銀行は大阪西支店の融資課長として、五億円の不良債権処理を押し付けられ、その回収に奔走する。その後、二〇〇八年には続篇の『オレたち花のバブル組』が刊行された。池井戸潤にとって、作家としては初めてのシリーズ作品となるこの第二弾では、半沢直樹は東京中央銀行の営業本部、営業第二部次長に栄転し、そこで一二〇億円もの巨額損失を出した老舗ホテルの再建を命じられる。さらに四年後、二〇一二年には、第三弾『ロスジェネの逆襲』が発表される。この作品は、子会社の東京セントラル証券に出向させられた半沢直樹が、営業企画部長として、企業買収案件において親会社の東京中央銀行を相手に闘う物語であった。そして記録的大ヒットとなったTVドラマ化（第一弾と第二弾を原作として二〇一三年に放送された）を経て、二〇一四年に第四弾『銀翼のイカロス』が刊行された（これらの四作品はメインタイトルを「半沢直樹」、元のタイトルをサブタイトルにして講談社文庫に収録されている）。東京中央銀行第二営業部次長に復帰した半沢直樹は、この作品では、巨大な航空会社の再建をめぐって、なんと国土交通省の大臣と対決する……。

以上四作品、いずれの作品においても半沢直樹は、欲や保身や行内の理屈に支配された銀行という世界を舞台に、銀行員はもちろん、取引先の人々としっかり向き合いながら、銀行員の本分に忠実に戦い抜く。寄り添うにせよ叩きつぶすにせよ、性善説を基本に、やられたらやり返す――倍返し――というスタンスで、だ。その結果として、このシリーズは大人気を博したのである。

その『銀翼のイカロス』から六年後の二〇二〇年、第三弾と第四弾を原作とする二度目のTVドラマ化の放送が終了するタイミングである九月に書き下ろしで発表されたのが、本書『半沢直樹　アルルカンと道化師』である。

ここで本書序盤の文章を引用しておこう。

「ちなみにアルルカンとは、ピエロとともに伝統的なイタリア喜劇に登場する人気のキャラクターである。ずる賢いアルルカンと純粋なピエロの対比は、画家たちが好んで取り上げるテーマのひとつになっている」（本書一九ページより）

このアルルカンと道化師を、池井戸潤は半沢直樹とともに描いたのである。

■アルルカンと道化師

さて、《半沢直樹》シリーズは、第四弾までは、作中の時系列順に書き進められてきた。しかしながらこの第五弾では、初めて過去に戻る。第一弾の前日譚として、約半年ほど前の半沢直樹が描かれているのだ。

半沢直樹の役職は大阪西支店の融資課長。第一弾と同一だ。そして、大阪西支店の支店長は、もちろんあの浅野匡だ。第一弾で読者に強烈な印象を残した人物である。

その浅野は、大阪営業本部が進める企業買収案件の支援をせよと半沢に指示した。ターゲットとなったのは、仙波工藝社という老舗の美術系出版社だ。大阪西支店の融資先でもある。看板雑誌を除くと赤字で、企業としての先行きはあまり明るくない。そんな状態であったにもかかわらず、仙波工藝社の社長は、東京中央銀行大阪営業本部が持ちかけた買収提案を断った。だが、それで一件落着とはいかなかった。東京中央銀行には、なんとしてでもこの買収案件を成功させようという一派が存在していたのだ。銀行本部で業務統括部長を務める宝田信介が、M&Aを将来の収益の柱にしようという頭取の意向を錦の御旗に、手駒である大阪西支店の浅野支店長や大阪営業本部に鞭を入れながら、自分にとっての重要顧客である大手IT企業ジャッカルによる仙波工藝社の買収を成功させようと画策していたのだ……。

半沢直樹は、顧客意向を無視した宝田の強引な買収工作に反感を覚え、同時に、仙波工藝社にはまだ自力で経営再建できる可能性があると考え、仙波工藝社の支援に走る——という、半沢対宝田のバトルの構図が、本書の一つの軸となっている。これまでの《半沢直樹》シリーズの基本形とでも呼ぶべき対立構造だ。その構造のなかで、第一弾でお馴染みの浅野支店長は抜群の責任転嫁能力を発揮し、また、人事部の小木曾も見事な小物っぷりで読者の憤りを煽り立ててくれる。一方で同期入行の親友である渡真利忍は、類い希な構内情報収集能力で半沢を支援する。《半沢直樹》の世界が、しっかりと存在しているのだ。だが、この第五弾では、そこに新たな展開が組み込まれている。謎解きという仕掛けである。

買収工作から仙波工藝社を守り、自立させるべく、半沢直樹は様々な情報を得るべく調査を進める。そのなかで、彼はいくつかの謎に気付くのだ。謎を見出す、といってもよかろう。銀行での自分の成績だけを考えている者であれば見過ごしてしまうであろう不自然さに気付く半沢直樹。それだけ取引先に真剣に向き合っているのである。

それらの謎は、半沢の専門分野であるお金に関するものもあれば、仙波工藝社の専門分野である美術に関するものもある。こうした謎を、本書では、半沢直樹が丁寧に解きほぐしていくのである。関係者を訪ね歩き、資料を読み解き、考え抜き、答えを得る。そう、ミステリの愉しみである。謎を解き、その先で現れる新たな謎に取り組むという私立探偵のような活動を繰り返しながら、仙波工藝社の救済に全力で取り組む半沢直樹の姿は、新鮮であり、なおかつ熱い。魅力的な主人公であることは重々承知していたが、またしても新たな気持ちで半沢直樹に魅了されてしまうのである。

読者はまた、本書を仙波工藝社の物語としても愉しむだろう。三代目の社長である友之や妹のハルといった経営の中心にいる人々はもちろん、過去に仙波工藝社に関わった人々の姿も、池井戸潤は丹念に描いている。その人々の物語もまた奥が深く、意外な心境が判明する造りとなっていて、読み応え抜群なのだ。

そして結末まで読み進んだ読者は、本書が第一級の美術ミステリであることを体感するであろう。アルルカンの絵画を題材として、画家の才能と苦悩を意外な真相とともに、本書はきっちりと描いているのである。そして、その画家の想いは読者の胸に深く刺さるし、また、半沢直樹の胸にも深く刺さる。半沢直樹はその想いをしっかりと受け止めた上で行動する。読者の予想を超えたその行動がまた、読み手の心を打つ。振り返ってみると、その半沢の行動に至る伏線がきちんと張られていることに気付くであろう。終盤に至るまでに積み重ねられた半沢直樹の描写が、この最後の一手に十分な説得力を持たせているのだ。巧みな造りであり、美術ミステリとしての凄味を感じさせる。

この仙波工藝社の物語と美術ミステリを、池井戸潤は、宝田対半沢のバトルと緊密に編み上げている。いくつもの糸が、つまりは幾人もの想いが合流するクライマックスのなんと力強いことか。半沢直樹がいて、半沢と気持ちを同じくする部下がいて、渡真利忍がいて、そして宝田がいて浅野がいる。仙波工藝社の想いがあり、画家の想いがある。そんなクライマックスなのだ。半沢直樹の小説の力強さを、改めて実感させられた。

読了後、本を閉じて表紙を眺める。そこにある『半沢直樹　アルルカンと道化師』という文字が、読み始める前とはまた別の重みで、目に入ってくる。そんな小説だ。圧倒的な出来映えに感服するしかない。

■池井戸潤のミステリ

半沢直樹が私立探偵のように活動する姿が新鮮と書いたが、池井戸潤は、そもそもミステリの書き手である。

デビューは江戸川乱歩賞。一九九八年に謎めいた言葉を残して死んだ同僚の死について調べる銀行員を描いた『果つる底なき』で第四四回の同賞を受賞したのだ。ご存じの通り、江戸川乱歩賞は日本のミステリの新人賞として最も歴史がある賞だ。

デビュー後も、池井戸潤はミステリを書き続ける。銀行という管理の厳しい場所で現金三〇〇〇万円が消失するという〝密室〟的な事件や、銀行脅迫事件を含む第一短篇集『銀行狐』（二〇〇一年）をはじめ、殺人事件もストーリーの一部となっている巨篇『ＢＴ'63』（二〇〇三年）もそうだったし、著者本人が作家としての転機と位置付ける『シャイロックの子供たち』（二〇〇六年）も、銀行の人間を一人ずつ描いていく連作短篇のなかにミステリの構造を備えていた。様々な会議を連ねていくうちにある犯罪が浮かび上がる『七つの会議』（二〇一二年）も、刊行時の帯で〝クライム・ノベル〟という言葉を用いるほどにミステリだった。

また、《半沢直樹》シリーズの出発点である『オレたちバブル入行組』も、私立探偵スタイルではないが、ミステリとしての魅力を備えている。この小説は、ある人物の〝動機〟が明かされて驚くという、ホワイダニットの魅力を備えた小説でもあるのだ（ＴＶドラマではこの要素が消えている）。

《下町ロケット》シリーズでもミステリの手法は用いられており、例えば、大事な取引先である帝国重工が業績不振に陥り、佃製作所が危機に陥るという第三弾『下町ロケット　ゴースト』（二〇一八年）では、深い企みが巧みに隠されていたりする。

直近では、『ハヤブサ消防団』（二〇二二年）がミステリ色を全開にしている。亡くなった父親が住んでいた地方の街に移り住んだミステリ作家がその地で消防団に参加し、そして連続放火や不審死などの事件に遭遇していくという一冊なのだ。

このようにデビュー以来、濃淡はあれどもミステリを書き、あるいはミステリの手法を織り込んだ作品を書き続けてきた池井戸潤。その彼が二〇二〇年代に入ってから発表した三作品——本書、『民王　シベリアの陰謀』（二〇二一年）、そして『ハヤブサ消防団』——のうち、二作品がミステリ色の濃い作品だったことは、はたしてなにを意味するのだろうか。意味はないのかもしれないし、なにか著者の意図があるのかもしれない。謎である。これはこれで、かなりワクワクする謎である。

■池井戸潤と半沢直樹

本書において池井戸潤は、シリーズにおいて初めて過去に遡って半沢直樹を描いたわけだが、刊行当時のインタビューで、その理由を、「『銀翼のイカロス』まで書いてきて、ちょっと物語が大きくなりすぎた」「銀行員としてもう少し現場に近い、卑近な戦いを書いてみたい」「そうすると、半沢が大阪西支店にいた融資課長時代がいちばんいいなと思って」と語っている（DIAMOND online）。そうした著者の気持ちが、さらに「ある画集でアンドレ・ドランの絵画『アルルカンとピエロ』を見て、絵画と結びついたミステリ風味の物語が浮かびました」（同）という出来事と結びついて、本書が誕生したというわけだ。

だが、どうやら一直線に現在のかたちに到達したわけではなかったようだ。「最初は、半沢直樹の盟友である渡真利忍を主人公にした中編を準備していました。自分が納得するレベルに達しなかったのでボツにしたのですが、半沢直樹を主人公にして書き直したのが本作」とのこと（ＢＯＯＫウォッチ）。究極の事情通である渡真利忍の物語を読んでみたかった気もするが、それはまた別の機会を待つとしよう。

池井戸潤は、今後も《半沢直樹》シリーズを書き続けていく意向だという。それが、『銀翼のイカロス』よりも未来の半沢の物語になるのか、あるいは本書のように過去の半沢の物語になるのかは、まだ明らかにされていない。また、ミステリ色が濃い作品になるかどうかも不明だ。

だが、池井戸潤のファンであれば、この作家が、読者の期待を常に超えてくることをよくご存じだろう。最新作が最高傑作。その気持ちで、素直に新作を愉しみに、そして気長に、待つとしよう。

この作品は二〇二〇年九月、小社より単行本として刊行されたものです。

|著者| 池井戸 潤　1963年岐阜県生まれ。慶應義塾大学卒。'98年『果つる底なき』で第44回江戸川乱歩賞を受賞し作家デビュー。2010年『鉄の骨』で第31回吉川英治文学新人賞を、'11年『下町ロケット』で第145回直木賞を、'20年に第２回野間出版文化賞を受賞。主な作品に、「半沢直樹」シリーズ（『オレたちバブル入行組』『オレたち花のバブル組』『ロスジェネの逆襲』『銀翼のイカロス』と本書）、「下町ロケット」シリーズ（『下町ロケット』『ガウディ計画』『ゴースト』『ヤタガラス』）、『BT' 63』『空飛ぶタイヤ』『七つの会議』『陸王』『アキラとあきら』『民王』『民王　シベリアの陰謀』『不祥事』『花咲舞が黙ってない』『ルーズヴェルト・ゲーム』『シャイロックの子供たち』『ノーサイド・ゲーム』『ハヤブサ消防団』などがある。

半沢直樹　アルルカンと道化師

池井戸 潤

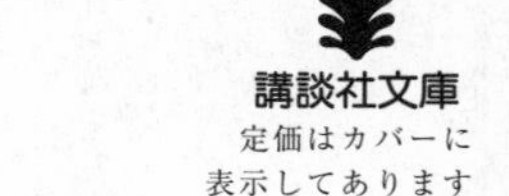

定価はカバーに
表示してあります

2023年９月15日第１刷発行

発行者──髙橋明男
発行所──株式会社　講談社
東京都文京区音羽2-12-21　〒112-8001
電話　出版（03）5395-3510
　　　販売（03）5395-5817
　　　業務（03）5395-3615

Printed in Japan

デザイン─菊地信義
本文データ制作─講談社デジタル製作
印刷───大日本印刷株式会社
製本───大日本印刷株式会社

ISBN978-4-06-533071-5

講談社文庫刊行の辞

二十一世紀の到来を目睫に望みながら、われわれはいま、人類史上かつて例を見ない巨大な転換期をむかえようとしている。

世界も、日本も、激動の予兆に対する期待とおののきを内に蔵して、未知の時代に歩み入ろうとしている。このときにあたり、創業の人野間清治の「ナショナル・エデュケイター」への志を現代に甦らせようと意図して、われわれはここに古今の文芸作品はいうまでもなく、ひろく人文・社会・自然の諸科学から東西の名著を網羅する、新しい綜合文庫の発刊を決意した。

激動の転換期はまた断絶の時代である。われわれは戦後二十五年間の出版文化のありかたへの深い反省をこめて、この断絶の時代にあえて人間的な持続を求めようとする。いたずらに浮薄な商業主義のあだ花を追い求めることなく、長期にわたって良書に生命をあたえようとつとめるところにしか、今後の出版文化の真の繁栄はあり得ないと信じるからである。

同時にわれわれはこの綜合文庫の刊行を通じて、人文・社会・自然の諸科学が、結局人間の学にほかならないことを立証しようと願っている。かつて知識とは、「汝自身を知る」ことにつきていた。現代社会の瑣末な情報の氾濫のなかから、力強い知識の源泉を掘り起し、技術文明のただなかに、生きた人間の姿を復活させること。それこそわれわれの切なる希求である。

われわれは権威に盲従せず、俗流に媚びることなく、渾然一体となって日本の「草の根」をかたちづくる若く新しい世代の人々に、心をこめてこの新しい綜合文庫をおくり届けたい。それは知識の泉であるとともに感受性のふるさとであり、もっとも有機的に組織され、社会に開かれた万人のための大学をめざしている。大方の支援と協力を衷心より切望してやまない。

一九七一年七月

野間省一

柄谷行人

柄谷行人の初期思想

解説＝國分功一郎　年譜＝関井光男・編集部

かB21

『力と交換様式』に結実した柄谷行人の思想――その原点とも言うべき初期論文集は広義の文学批評の持続が、大いなる思想的な達成に繋がる可能性を示している。

978-4-06-532944-3

伊藤痴遊

続 隠れたる事実 明治裏面史

解説＝奈良岡聰智

いZ2

維新の三傑の死から自由民権運動の盛衰、日清・日露の栄光の勝利を説く稀代の講釈師は過激事件の顛末や多くの疑獄も見逃さない。戦前の人びとを魅了した名調子！

978-4-06-532684-8